Daniel Bodelier

Kinderhorst

W0359996

agenda

Daniel Bodelier

Kinderhorst

Grundschule braucht Man(n)

agenda Verlag
Münster
2023

Bibliografische Information der Deutschen Nationalbibliothek
Die Deutsche Nationalbibliothek verzeichnet diese Publikation in der Deutschen Nationalbibliografie; detaillierte bibliografische Daten sind im Internet über http://dnb.dnb.de abrufbar.

© 2023 agenda Verlag GmbH & Co. KG
Drubbel 4, D-48143 Münster
Tel. +49-(0)251-799610
info@agenda-verlag.de, www.agenda-verlag.de

Druck und Bindung: TOTEM, Inowroclaw, Polen

Umschlagbild: owik2 / photocase.de

ISBN 978-3-89688-796-2

Für Hans-Martin und alle Männer in der Grundschule

1

„Riko, Marta hat mir in der Schule von so einer Information erzählt. Die machen gerade richtig Dampf, um Männern den Job als Grundschullehrer schmackhaft zu machen. Hat sie bei WDR5 gehört."

6.00 Uhr. Ich sitze am Frühstückstisch und stopfe lustlos ein Brot mit Fleischwurst in mich hinein. Zivildienst noch sechs Monate vor mir. Meine Vision war es, ein fresher, fitter Jugendherbergszivi zu sein, der mit Jugendgruppen Aktionen plant. Meine Realität sieht aber anders aus. 6.30 Uhr Start, Frühstücksbuffet aufbauen, eine Stunde zusehen, wie sich alle Gäste über meinen Aufbau hermachen, Chaos hinterlassen und wieder gehen, Spülen, Aufräumen. Dann mein absoluter Horror, die Zimmer aufräumen. Als Zivi habe ich die große Ehre, dass ich in der Jugendherbergshierarchie ganz unten angesiedelt bin. So war ich das Mädchen für alles. Selbst für die Putzkräfte. Und das soll nicht respektlos klingen. Ich war die Person ohne Respektsbekundung. Aus allen Zimmern, aus denen ausgecheckt wurde, durfte ich das Bettzeug holen, die Matratzen reinigen und Müll entsorgen. Und Zimmer, aus denen gerade eine Gruppe pubertierender Achtklässler einer Realschule auscheckten, waren für mich die Einladung zu Herpes der Güteklasse A.

Erst wenn ich meine Vorarbeiten erledigt hatte, konnten die mir anweisungsberechtigten Iwana, Heike und Princess „reinigen". Ab 11.00 dann wieder ab in die Küche, Mittagessen vorbereiten. Ein Glück für alle Gäste, dass nur wenige wussten, dass der Zivi soeben die Teller und das Besteck für sie bereitgestellt hat, von und mit denen sie gerade ihre verkochten Nudeln mit einem Cordon-Bleu und Fertigsoße schnabbulierten. Der Zivi nämlich, der soeben noch Kotzreste von der Matratze gelöst oder mit irgendwas gefüllte Kondome aus dem Duschablauf gefummelt hat. Guten Appetit.

„Cool, endlich wird was gemacht" brummle ich meiner Mutter zu. „Wann und wo kriege ich denn die Information?"

„Keine Ahnung", ruft sie mir zu, während sie vor der laut zischenden Kaffeemaschine steht. „Ich hau Marta in der Pause nochmal an. Vielleicht weiß sie ja noch was.“

Marta ist eine gute Freundin meiner Mutter. Lehrerin. Grundschullehrerin. Früher war sie an meiner Grundschule als Lehrerin tätig, hat sich aber vor fünf Jahren in den Nachbarort versetzen lassen. Meine Mutter arbeitet dort jetzt als Sekretärin.

Nach acht Stunden feinster Mädchen für alles Maloche in der Herberge, freue ich mich auf den Abend. Training mit den Jungs. Kein Putzmittelgeruch, keine Spülmaschinensounds. Einfach ballen, wie wir hip-hoppen möchtegern Michael Jordans und Kobe Bryants so zu sagen pflegen. Die Freude ist aber schnell verflogen. Auf dem Küchentisch klebt ein Post-it. Darauf notiert:

Morgen 9.00 Uhr, Stadtverwaltung Münster. Raum E21.

Was? Morgen schon? Vorbei mit meinem entspannten Abend in der Halle. Stattdessen ab zu Oma. Einfach mal Hallo sagen. Ein Hallo mit Hintergedanken. Für einen Trip nach Münster benötige ich einen fahrbaren Untersatz. Mit dem Zug vier Stunden nach Münster juckeln? Auf keinen Fall.

Also heißt es erstmal, entspannt hören, was es so Neues gibt in der Welt der Neuen Revue und welche interessanten Dokus wieder auf 3Sat liefen.

„Riko, ich war gestern kurz in Usbekistan. Unglaublich. Wusstest du, dass dort die größte Goldmine der Welt ist?“f

Ich schaue meine Oma an und säusle ein „Ne, nicht schlecht“ herüber.

Meine Oma erzählt immer voller Innbrunst von ihren „imaginären“ Reisen. Das erfüllt mich mit großer Freude, die genauen Infos interessieren mich aber meist so wenig, wie es einen katholischen Geistlichen interessiert, welches Alter seine persönlichen Messdiener haben. Ich bleibe dran. Schließlich bereite ich gerade die Frage vor, ob ich ihr wohl ihr altes Schätzchen in der Garage für morgen ausleihen dürfe. Ein Prachtauto, ein metallic-grüner Mazda 2. Ein Metall-Plastikgemisch feinster Güte, aber mit Duftbaum-Typ „Vanillearoma“ stets am Rückspiegel. Bewegt wurde das gute Stück das letzte Mal vor einem Jahr, circa fünf Meter aus der Garage rückwärts heraus und zack gegen die abgestellten Mülltonnen. Danach musste das Schätzchen in „Oma-Rente.

„Hätt' ich nicht gedacht, das mit den Minen da Oma. Was holt denn ein fleißiger Gold-Usbeke so raus an feiner Ware?“, frage ich interesseheuchelnd.

„'Ne Menge“, antwortet sie trocken, „fast 80 Tonnen im Jahr. Kannste dir ja mal 'ne Stange von abschneiden.“

Zack, ein kleiner Oma-Seitenhieb muss immer sein. Das gehört dazu.

„Ah, wo du es gerade sagst. Gold ist Geld. Und Geld möchte ich mal verdienen. Ich mach's kurz. Kann ich dein Auto haben? Ich kann morgen zu einer Veranstaltung. Die werben jetzt Männer für die Grundschulen an. Voll mein Ding. Ist allerdings morgen früh um 9.00 Uhr…“

Meine Oma schaut leicht schmunzelnd von ihrem Kreuzworträtselheft auf, welches sie schon die ganze Zeit fleißig beäugt, in das sie aber nichts einträgt.

„Riko, klar kannst du meinen Renner haben. Aber schau, dass du morgen Abend wieder da bist. Vielleicht brauch ich den am Freitag. Wenn der dann nicht da wäre, hätten wir ein Problem.“

Jetzt schmunzle ich in mich hinein. Als ob sie ihn bräuchte. Der steht seit einem Jahr unnütz herum und wurde die letzten 40 Freitage nicht mehr gebraucht. Aber vielleicht ja diesen Freitag. Man weiß ja nie.

„Danke Oma, mega Sache. Das hilft mir echt weiter. Muss versuchen, pünktlich zu sein. Da sind auch einige Leute der Uni Münster auf der Veranstaltung, da will ich ja kein schlechtes Bild abgeben.

Wenn alles gut geht, würde ich da gerne studieren. Die haben eine coole Sport-Uni."

Arbeiten, Fleiß, Geld verdienen. Die Tugenden meiner Oma. Wahrscheinlich die Tugenden einer ganzen Generation. Müsste ihr eigentlich gefallen.

Meine Oma hat mit meinem Großvater vor 50 Jahren selfmade ein Geschäft eröffnet. Aus dem Nichts, ohne Kapital. Volles Risiko. Angefangen mit einem kleinen Laden mit Reinigungsutensilien und selbstgemachten Seifen gegen jegliche Verunreinigungssorten. Die Nachfrage ließ den Laden immer mehr wachsen und aus dem kleinen Lädchen wurde nach und nach ein Großhandel für Reinigungs- und Hygieneartikel.

Leider wurde mein Opa ziemlich schwer krank. Böse Zungen behaupteten, dass das Selbstmischen der Reinigungsmittel zur Herstellung von Seife und Laugen leider ihren Beitrag dazu beitrugen. Aber wer weiß. Ziemlich schnell wurde es ziemlich schlimm und innerhalb weniger Monate verstarb mein Opa. Darmkrebs.

Laufender Großhandel jetzt ohne Großvater. Dafür aber mit einer toughen Großmutter. Unbeirrt malochte sie weiter, stets vor Augen, das Erreichte nicht einstürzen zu lassen. Ich selbst war zu dem Zeitpunkt erst ein Jahr alt. Keine Erinnerungen. Aber aus Erzählungen meines Vaters muss es eine harte Zeit gewesen sein. Die „eiserne Hygienelady" verteidigte ihr Revier mit Händen und Füßen. Wirkliche Zeit zu trauern nahm sie sich nie.

Kurzerhand benötigte meine Oma einen neuen Chef für ihr Unternehmen. Sie selbst malochte zwar wie eine Irre, aber zur Führung des Unternehmens fehlten ihr nicht nur wirtschaftliches Geschick, sondern auch viele Kompetenzen in der Leitung des Unternehmens, sowohl aus Sicht der Kunden als auch der der Angestellten. Gerne arbeiteten sie nicht für meine Oma. Das änderte sich aber, als meine Oma einen geschickten Schachzug vorbereitete: Sie überzeugte meinen Vater zur Übernahme des Geschäftes. Ein junger, seit einem Jahr zweifacher

Familienvater. Langzeitstudent für BWL. Sehr interessiert für Basketball und alles, was nicht mit geregelten Arbeitszeiten zu tun hat. Und zack, rein mit ihm ins eiskalte Reinigungsgeschäftswasser.

In meinem Vater sehe ich viel von mir. Ein freundliches Wesen lebt in ihm, sehr zugänglich und harmoniebedürftig. Genau das Richtige, was dieses Unternehmen brauchte, um einen nächsten großen Schritt zu schaffen. Und für meinen Vater die perfekte Gelegenheit – endlich raus aus dem Schlendrianleben, hin zum Geschäftsmann. Von jetzt auf gleich. Vielleicht brauchte er ja den Tritt in den Hintern, um endlich eben besagten hochzubekommen. Auch wenn es einen traurigen Hintergrund hatte. So wie ich vielleicht den zarten Tritt meiner Mutter benötigte, um mich weiter zu meinem großen Wunsch zu informieren, Grundschullehrer zu werden.

Der Großhandel läuft super, hat sich in unserer Stadt fast schon monopolartig etabliert. *Reinigungshandel Kordel*, ein Name, der auch über die Stadtgrenzen hinaus bekannt und angesehen ist. Geführt von meinem Vater, doch hinter allem weiter als Maskottchen thronend, herrscht meine Oma.

Und die macht sich natürlich Gedanken über die Nachfolge. Soll ja alles in der Familie bleiben. Aber ich werde nicht nachfolgen. Das ist klar. Ich habe so viel Ahnung von Geschäften und Verkaufen wie so manch ein Minister oder eine Ministerin von ihrem zuständigen Fachbereich. Ich wäre da völlig falsch. Das weiß meine Oma. Daher stänkert sie hier und da gegen mich. Aber liebevoll. So wie revierverteidigende alte Wölfinnen ihre Rudel verteidigen. So stelle ich es mir zumindest vor.

„Uni Münster", meine Oma reißt mich wieder aus meinen Gedanken. „Wusst' gar nicht, dass man für die Arbeit mit den kleinen Scheißern studieren muss."

Zack, da war er wieder. Der Leberhaken einer alten bissigen Businessfrau.

2

„Hier geht es lang."

Ein dicker grüner Pfeil zeigt mir den Weg in Richtung eines Raumes am Ende des Flures. Den Weg hin zum Gebäude der Stadtverwaltung Münster habe ich schon mal geschafft. *„Mehr Männer in die Grundschule – Informationen zum Einstieg ins Lehrerleben" 9.00 Uhr Raum E21.* Provisorisch hängen im Flur kleine Flyer zur Infoveranstaltung.

„Leck mich fett, da haben Sie aber ordentlich aufgefahren. Die scheinen die Männer ja wirklich in die Schule locken zu wollen und geben alles dafür." Ich schmunzle in mich hinein.

Die Veranstaltung wird in Kooperation der Westfälischen Wilhelms-Universität Münster mit dem Schulministerium NRW angeboten. In anderen Lehramtsstädten soll sie in nächster Zeit auch noch stattfinden.

Nach einer irren Fahrt mit Omas Schätzchen kommen Moritz und ich fast pünktlich in Münster an. Fast zweieinhalb Stunden haben wir gebraucht. Zum einen lag es am japanischen fahrbaren Untersatz, zum anderen aber natürlich an der bescheidenen Verkehrssituation rund um die Hauptschlagader NRWs, der Autobahn A1. Baustellen scheinen es sich hier richtig gemütlich gemacht zu haben und werden dort über Jahre toleriert. Man will sie wohl nicht in ihrer Ruhe stören. Gut Ding will Weile haben.

Moritz ist mein bester Kumpel aus der Schule. Ein Typ zum Pferdestehlen, groß gebaut, sportlich, witzig. Nur leider nicht das fleißigste Bienchen in Sachen Lernen und Wissenserwerb. Kennengelernt haben wir uns erst in Jahrgang elf, als mehrere Klassen zu einer Stufe zusammengelegt wurden. Irgendwie ist man sich vorher nie über den Weg gelaufen. Schade eigentlich. Moritz' Vater kommt aus dem Senegal. Moritz' Mutter hat ihn auf einer Safari kennen und lieben gelernt. Die Liebe hielt aber leider nicht lange an. Genauer gesagt nur einen Urlaub lang. Als Urlaubsaccessoire nahm sie sich also einen kleinen Moritz mit. Das merkte sie aber erst knapp vier Monate später.

All das erzählt sie uns immer wieder. Eine lustige Frau, die immer alles für Moritz aufgeopfert hat. Nach unserem Abitur hat sich Moritz direkt um eine Ausbildung beworben. Trotz vieler Bewerbungen lief es aber eher mau für ihn. Die Stellen, die er haben wollte, wollten ihn nicht. Mal lag es an seiner eher ausbaufähigen Abschlussnote, mal an tatsächlich schlechten Vorstellungsgesprächen. Wie bei seinem Vorstellungsgespräch zur Ausbildung als Sport- und Fitnesskaufmann bei einem großen Aachener Fußballverein. Im Gespräch plauderte er munter drauf los und schwelgte in Erinnerungen, wie dem Gewinn des DFB-Pokals. Leider gewann der Verein nie den Pokal. Und Moritz gewann nicht die Gunst der Personalabteilung.

Nach weiteren Absagen bewarb er sich als Groß- und Einzelhandelskaufmann im Betrieb meines Vaters. Die Stelle bekam er sofort. Aber nicht wegen meines Vaters. Der hätte ihn zwar auch sofort ausgebildet, aber meine Oma bekam mit ihren Wolfsohren mit, dass sich Moritz beworben hatte. Und bevor mein Vater ihn überhaupt zum Vorstellungsgespräch einladen konnte, wurde Moritz schon von meiner Oma angerufen, eingestellt und in der Mittagspause meines Vaters dem Team vorgestellt.

Für meinen Vater war das nach außen hin okay, innerlich brodelte es in ihm. Nicht wegen Moritz, sondern wegen des steten Wolfsatems in seinem Nacken. Aber Harmonie rules, das Spiel wird weiter mitgespielt. Was soll er auch machen?

Ich habe mich oft gefragt, warum meine Oma so ein großer Fan von Moritz ist. Klar, er ist stets freundlich, höflich und kann sich gut verkaufen. Außerdem interessiert er sich im Gegensatz zu mir für ihren Betrieb und bewarb sich sogar auch noch dort. Aber sein größter Pluspunkt ist sein Aussehen.

„Immer wenn ich Moritz seh, muss ich an Chris denken. Wie er uns mit seinen kohleschwatten Händen die Bonbons gegeben hat.

Ich kannte sowas ja nicht, war alles weiß vorher für uns. Und dann stand da plötzlich dat Möhrchen." Meine Oma erzählte dann immer davon, wie sie in der Nachkriegszeit als Kind von einem afroamerikanischen Soldaten auf der Straße Süßigkeiten geschenkt bekam. Das hat Eindruck hinterlassen. Und Moritz war wahrscheinlich das afrikanischste, was meine Oma seit jeher in ihrem persönlichen Umfeld wusste.

Das mochte sie. Moritz war ihr neuer Chris. Auch wenn ihre „Möhrchen"-Beschreibung weiterhin nicht politisch korrekt ist, weiß ich, dass sie damit niemanden verletzen möchte.

„*Damn* Riko, du lässt mich jetzt an meinem freien Tag nach Münster juckeln und jetzt setzen wir uns hier in diesen kleinen Raum. Da hätt' ich ja auch ins Büro gehen können. Ungefähr die gleiche Atmosphäre."

Moritz' Ärger kann ich gut verstehen. Auch ich bin völlig perplex. Alles wirkt wie eben erst kurz aufgebaut. Schnell dem Praktikanten noch zugerufen, dass er die Beschilderung drucken und aufhängen soll, schnell einen alten leeren Gruppenraum gesucht und gefunden. Power Point Präsentation an die Wand werfen und fertig ist die Laube.

Am Rednerpult stehen zwei Damen und drei Herren. Alle in Hosen bzw. Anzug. Stehen da, schauen in die Runde und plaudern lustig vor sich her.

Der Raum ist etwas größer als ein Klassenraum, 50 Quadratmeter schätze ich. Zehn Stuhlreihen sind aufgestellt, man rechnet also mit circa 100 Gästen. Es ist 8.51 Uhr. Bislang sind ungefähr zehn Plätze belegt, zwei davon von Moritz und mir. Zwei Reihen vor uns sitzen zwei Männer um die 40. Bärtig, abgewetzte Trekkingschuhe und Thermofunktionsjacken beschreiben ihr Äußeres auf die Schnelle.

„Bäm, selbst von der Bergwanderung wird der Weg hierher gefunden", flüstert mir Moritz ins Ohr. Mal wieder etwas zu laut, die beiden Männer drehen sich um.

Wir nicken freundlich.

Die beiden haben wahrscheinlich das Plakat gesehen, haben mal nachgeforscht und bemerkt, dass man bis knapp über 40 noch verbeamtet werden kann. Ein mögliches Ziel für die beiden Almöhis. Was wollen die sonst hier?

Hinter uns sitzt ein großgewachsener, schlaksiger, blasser Mann. Sein pickliges Gesicht versteckt er ein wenig in einem Fanschal von Bayern München. Auf dem Stuhl neben ihm eine Butterbrotdose und ein Trinkpäckchen. Sein Handy klingelt. „Ja Mutter, ich bin da. Hat alles geklappt.“ Schnell packt er sein Handy wieder in seine Hosentasche, schaut zu uns rüber und vermeidet schnell wieder den Blickkontakt.

Er hat bemerkt, dass wir sein Telefonat mitbekommen haben. Ich schau zu Moritz. Der kann sich nur schwer noch zusammenreißen.

„Wo sind wir hier?“, fragt er mich nochmal. „Vorne zwei Wanderer, hinter uns ein kleiner Junge, gerade noch von Mama die letzte Brust erhalten, eine Stulle für den weiten Weg geschmiert bekommen und mit einem Fanschal von Bayern München unterwegs. Die wollen alle Lehrer werden? Mein Gott. Die armen Kinder.“

Ich resigniere, lasse mich langsam den Stuhl entlang herunterrutschen, lege den Kopf auf die Rückenlehne und atme durch.

„Auf geht's junger Mann, keine Müdigkeit vortäuschen. Es geht los. Sie werden gebraucht. Die Grundschule braucht Sie!“

Ich schrecke hoch, setze mich wieder aufrecht hin. Anzugshorst eins ist ans Mikro getreten.

„Schön, dass Sie alle gekommen sind“, fährt er fort. „Heinrich Stuckmeier mein Name, Referent des Schulministerium NRW, unterstützt werde ich heute von Doris Bock, der Staatssekretärin des Ministeriums. Wir sind heute hier, um Ihnen Chancen aufzuzeigen, Ihnen Lust auf den Beruf zu machen, Ihnen Perspektiven…“

„Der hat sowas von Lust und Bock auf die Bock“, flüstert mir Moritz ins Ohr. Wieder etwas zu laut. Die beiden Reinhold Messners vor uns drehen sich wieder um, schütteln ein wenig den Kopf und drehen sich wieder nach vorn.

Müttersöhnchen hinter uns schmunzelt verlegen. Ich schätze seine Gedanken auf: „Hihi, die haben von Sex geredet, das muss ich Mama erzählen“.

Am Ende unserer Reihe sitzen zwei Männer mit ihren Freundinnen. Alle in unserem Alter. Beide Männer völlig unauffällig. Sie wirken nicht so irre wie ein Großteil der anderen Gäste. Ich bin erleichtert, nicht nur Vollhonks hier. Diese Hälfte der männlichen Gäste würde ich so in der Grundschule auch ohne Fußfessel arbeiten lassen.

„Und ich übergebe das Wort an Frau Bock.“

„Ja lieben Dank, Herr Stuckmeier für die schöne Anmoderation. Wie schon erwähnt, sitze ich als Staatssekretärin des Schulministeriums direkt an der Front. In unserer letzten Statistik haben wir herausgefunden, dass nur jede zehnte Lehrperson in einer Grundschule männlich ist. Und das ist fatal. Das müssen wir ändern. Deshalb sind wir hier. Sie interessieren sich für den Beruf des Lehrers. Wir interessieren uns für Sie. Sie gehen hoffentlich in circa 20 Minuten hier heraus und wollen auf jeden Fall das Studium antreten. Das ist unser Plan.“

„Ja, da bin ich aber mal gespannt, Bocki“, haucht Moritz zaghaft in meine Richtung. „Dann zeig mir mal, wo der Frosch die Locken hat.“

Wir schauen gespannt nach vorn. Aber nichts tut sich. Anzugshorst steht angewurzelt neben der Staatssekretärin, die verzweifelt versucht, mit ihrem kabellosen Presenter die nächste Folie herbeizuzaubern. Aus anfänglich noch ruhigen Drückbewegungen werden hastige Handgelenksbewegungen bis hin zu stark wedelnden Armschlägen. Das alles direkt über dem Laptop, der auf dem Rednerpult steht. Ich lasse mich wieder den Stuhl heruntergleiten und lege den Kopf ab. Ich bin hier falsch. Ich bin im Irrenhaus.

„Sie können einfach auf der Tastatur auf die rechte Pfeiltaste drücken", ruft ein weiterer Gast. Anfang 20, etwas verspätet dazugekommen. Sportlich gekleidet. Könnte von der Statur her auch Sport studieren wollen. Passt, denk ich mir.

Der kann was bewegen in der Schule. Die Grundschüler brauchen Männerbilder. Schon im Kindergarten haben sie meist nur Frauen als Bezugspersonen. Ohne die würde dort gar nichts laufen. Dann kommen die Kinder in die Grundschule und treffen da meist auch schon wieder nur auf Frauen. Bei einem Spontanbesuch in einer deutschen Grundschule auf einen Mann zu treffen, leider oft Glückssachen. Einfach schade, der Mix aus männlichen und weiblichen Lehrkräften wäre für alle gewinnbringend. Für Schüler und Lehrer.

Bocki und Anzugshorst schauen kurz irritiert, Bocki drückt schnell auf den Pfeil und führt ihre fulminante Rede weiter aus, so als wäre nichts gewesen. Profi, zumindest darin. Im Überspielen von absoluter Ahnungslosigkeit.

„Wir wollen den Beruf wieder attraktiver machen. Die Kinder brauchen Sie. Daher haben wir in Kooperationen mit verschiedenen Unis gesprochen. Hier wollen wir es schaffen, dass mehr Männer die erste Hürde meistern können, nämlich überhaupt erstmal für das Studium zugelassen zu werden."

Eigentlich logisch. Innerlich nicke ich der Rednerin wohlwollend zu. Ein durchaus wichtiger Aspekt, der hier von Bocki angesprochen wird.

Viele Männer scheitern zunächst an der hohen NC-Hürde. Dem Numerus-Clausus, der Abschlussnote des Abiturs. Für meine Fächerkombi bedeutet das, dass ich einen NC von 2,1 für die Fächer Mathe und Sport benötige. Und für die Kombi mit Deutsch als Hauptfach sogar 1,8. Wenn ich jetzt an meine Jungs und unser Abitur zurückdenke, ist mir klar, warum einige Herren schnell an dieser Hürde scheitern. Der Notendurchschnitt ist einfach zu hoch, die oftmalige Larifari-Lernzeit während des Abiturs sorgt bei einigen männlichen Wesen dafür, dass die vielen fleißigen Lernbienchen weiblicher Art im Schnitt viel besser abschneiden. Denn sie wissen, dass auch die Nebenfächer im NC Berücksichtigung finden. Da wird dann nochmal im Grundkurs Pädagogik im zweiten Halbjahr der Klasse 13 ein freiwilliges Referat vorbereitet, um Punkte sammeln zu können, während wir Jungs oft froh sind, dassschon reine Anwesenheit oft für mindestens drei Punkten reicht.

Mit meiner Abschlussnote von 2,3 würde es auf Anhieb also nicht reichen, allerdings erhalte ich für mein Zivildienst Anrechnungspunkte, sodass mein NC steigt, um ganze 0,2 Punkte. Zack, mit 2,3 bin ich dabei.

Wie genau die Vereinbarungen zwischen den Unis und dem Ministerium genauaussehen würden, bleibt natürlich offen.

Auf Nachfrage vom linken Messner-Double verweist die gute Frau auf die Homepage der jeweiligen Unis, da würde demnächst etwas veröffentlicht.

„Das heißt, sie hat keine Ahnung. Aber klingt natürlich erstmal geil", flüstert mir Mo wieder zu.

„Auf jeden Fall, alles Luftpumpen", nuschle ich in meinen nicht vorhandenen Bart.

Bocki lässt sich nicht weiter stoppen und drückt nun souverän wieder die Pfeiltaste auf ihrem Laptop. Dabei wirkt sie gelassen und stolz, ähnlich wie mein letzter Geschichtslehrer, der es eines Tages eigenständig geschafft hatte, seinen Laptop mit einem Beamer zu verbinden, als er uns während einer Stunde verschiedene Bilder eines Trips in die DDR zeigen wollte. Einfach Mediengenies am Werk.

Für unsere nächste Folie begrüßen wir Mariele Schuck-Bernslinger von der Gewerkschaft für Bildung und Erziehung in Münster, zuständig für das Resort Grund-, Haupt- und Realschule.

Eine typisch westfälische Frau mittleren Alters tritt nun ans Rednerpult. Der dröge, spießige Charakter sprüht Funken. Wir müssen aufpassen, dass ihre zu 80 Prozent aus Filz bestehende Kleidung nicht Feuer fängt. Aber mal sehen, was sie zu erzählen hat, das Äußere sollte ja keine Rolle spielen, ermahne ich mich selbst.

Ich merke, wie mich die ganze Veranstaltung so langsam durchdrehen lässt. Neue Infos oder besondere Pluspunkte für eine sofortige Bewerbung kann ich noch nicht finden.

Die Gewerkschaftlerin berichtet abermals von der desaströsen Männerquote in den Grundschulen Deutschlands und kommt dann zum, wie ich finde, alles entscheidenden Punkt: Viele Männer, die sich für den Lehrerberuf entscheiden, werden Lehrer für weiterführende Schulformen. Warum?

Ganz einfach. Die Aufstiegschancen und damit verbundene bessere Besoldung. Ein Grundschullehrer verdient ein Gehalt und sortiert sich einer Besoldungsstufe ein. Dieses wird nach Berufsjahren natürlich leicht mehr, enthält aber niemals den Sprung nach oben, die nächste Stufe bleibt unerreicht. Egal, ob neue Anforderungen anstehen, eine plötzliche Inklusion in Grundschulen durchgeführt wird, oder man sogar zeitlich begrenzt kommissarisch Schulleitungsaufgaben durchführen muss, weil die eigentliche Schulleitung verhindert oder gar nicht gefunden worden ist.

In den anderen Schulformen wie Gymnasium und Gesamtschule steigt man direkt mit einer Besoldungsstufe höher ein, das macht knapp 400 Euro im Monat aus, mit dem zusätzlichen Bonbon, dass man auch noch fünf Stunden weniger wöchentlich unterrichten muss. Lohnenswert. Wenn es dann noch gut läuft, schnappt man sich zu gegebener Zeit einen der vielen Funktionstitel, wie Abteilungsleiter Stufe zehn oder Sportfachbeauftragter oder IT-Beauftragter der jeweiligen Schule. Zack, schon wieder eine Stufe geklettert.

Und jetzt wundert man sich noch, dass viele Männer eher diesen Weg wählen, als ein Leben lang auf einer Stufe herumzustehen und nach seinen 28 Stunden noch die IT der Grundschule zu organisieren?

Wohlwissend, dass auch in den aktuellen Zeiten noch oft hauptsächlich der Mann der Hauptverdiener einer Familie sein muss, da sich viele Frauen oft weiter noch um die Kindererziehung bemühen wollen oder müssen. Ein Hauptgrund für diese gemeinschaftliche Entscheidung der Arbeitsteilung: Eine Frau verdient in ihrem Beruf des Öfteren weniger. Was bleibt einem Paar heute dann auch anderes übrig?

So unterschiedlich Schucki , wie ich Frau Schuck-Bernslinger nun gedanklich taufte, und ich auch äußerlich sein können, so identisch sehen wir das Hauptproblem des männlichen Lehrermangels in der Grundschule: Man verdient zu wenig Geld. Das liegt sicher noch an veralteten patriarchalen Überbleibseln, dem traurigen Erbe, dass meist Frauen die wichtigen sozialen, erzieherischen Arbeitsfelder übernehmen, obwohl diese schlechter bezahlt sind. So war es früher, so ist es schmerzlicherweise auch heutzutage noch oft.

Ich nicke ihr verständnisvoll zu als sie auf ihrer letzten Folie genau zu diesem Fazit kommt. Darunter, die Frage gerichtet an das Ministerium: Seht ihr das auch so?

Moritz rammt mir den Ellbogen in die Seite. „Lass gehen, die ganze Sache hier kannste dir sparen. Ich muss tierisch auf Klo und hab Hunger."

„Junge, du klingst wie ein kleines quengelndes Kind auf einer Autofahrt. Aber Recht hast du. Will nur noch kurz hören, was Anzugshorst jetzt darauf sagen wird."

Moritz nickt. Wir schauen nach vorne, Schucki tritt unter dem trägen Applaus der zehn Gäste zur Seite. Anzugshorst übernimmt wieder die Moderation, drückt die Präsentation gekonnt weiter und bedankt sich bei seiner Vorrednerin für ihre Darbietung. Alle erwarten nun ein kurzes Statement. Anzugshorst ist Profi. Er baut eine künstliche Redepause ein, dreht sich selbst zur Folie um, sinniert kurz davor und beginnt erst danach mit seinen nächsten Worten.

„Selbstverständlich haben wir als Ministerium dieses Problem auch erkannt. Wir haben dies auf dem Schirm und beobachten die Problematik. Diesbezüglich haben wir ein Institut damit beauftragt, eine Studie zu erheben, die uns Aufschluss darüber geben wird…"

Ich sehe links in meinem Augenwinkel Moritz aufstehen. Er nimmt sich seelenruhig seine Jacke und zieht sie sich an. Ihm wird's zu bunt, das kann ich verstehen.

„Entschuldigung, darf ich mal vorbei?" Moritz fragt laut in unsere Sitzreihe. Sehr höflich. Nur leider sitzt ja niemand in unserer Sitzreihe.

Anzugshorst gerät inmitten seiner Schachtelsätze ins Schlingern und schaut irritiert zu Moritz. Ziel erreicht: Anzugshorst stoppen. Moritz setzt noch einen drauf und beginnt einen kleinen Talk mit ihm:

„Oh, Entschuldigung, kam nicht vorbei. Jetzt müsste es aber klappen. Weitermachen!". Irgendwie unhöflich. Aber irgendwie auch richtig. Horst soll merken, was er da für ein Geschwurbel von sich lässt. Ich packe meine Sachen schnell zusammen und verschwinde mit Moritz aus dem Raum.

Wir hören Anzugshorst noch sagen: „Nun denn, Sachen gibt's. Weiter zu unserem letzten Gast der heutigen Veranstaltung: Manuel Figger vom Studentenwerk Münster, der Ihnen heiße Tipps für ein mögliches Studium geben wird..."

Ich kann nicht mehr: Was eine Veranstaltung! Zum Abschluss noch die Figger-Tipps zum Studium. Kein Reporter der freshesten Jugendzeitschrift hätte dies besser auf den Punkt bringen können.

3

Der Sound von vorbeirauschenden Fahrrädern, das Zwitschern der Vögel bei angenehmem Sonnenschein und vorbeijoggende Männer und Frauen lassen uns all die Qualen für die Ohren der vergangenen Stunde vergessen. Moritz und ich liegen bedient auf einer Rasenfläche direkt am Aasee. Vor uns das Herzstück Münsters, die grünblaue Lunge der Stadt.

Unser direktes Ziel nach der Flucht aus dem Stadtgebäude, nur zehn Minuten Fußweg entfernt.

Ein Tretboot dreht einsam seine Runden auf dem See, am kleinen Anleger entspannt das bekannte Schwanentretboot. Das muss noch völlig fertig sein von den permanenten Flirt- und Begattungsversuchen des echten Schwans Petra vor einiger Zeit, denke ich mir und schmunzle.

Moritz schaut einfach in den Himmel. Nach einiger Zeit steht er auf, wirft einen Stein in den See. Ein plumper Versuch, ihn zum Hüpfen zu bringen. Klappt nicht. Der Stein taucht direkt beim ersten Versuch an der Wasseroberfläche ins Wasser ein. Enttäuscht trottet Moritz zurück.

„Mega chillig hier. Gefällt mir."

„Auf jeden Fall", kann ich nur erwidern, „hier lässt sich's aushalten. Die letzten zehn Minuten wirken wie eine Heilung gegen die Laber-Rhabarber Veranstaltung von eben."

„Ich check's nicht", steigt Moritz ein. „Wie kann man eine Veranstaltung wie diese planen und sie NRW-weit bewerben, wohl wissend, dass man gar keinen Plan hat, wie man Männer in die Grundschule kriegen will. Einfach albern. Stell dir vor, das würde so bei uns im Betrieb laufen. Dein Vater möchte das effektivste, aber gleichzeitig auch umweltschonendste WC-Reinigungsmittel entwickeln und auf den Markt bringen, plant eine große Werbeveranstaltung, lädt Investoren aus aller Welt ein. Auf der Show dann die einzige Botschaft: Jo, wär' schon cool, wenn wir das entwickeln könnten, gibt einfach zu wenig naturschonendes, gutes Reinigungsmittel. Wär' wichtig, wenn sich da was ändert. Wir als Betrieb sehen das Problem, wir behalten das mal im Auge und gehen das an. Wie, keine Ahnung. Da werden die Gäste doch jegliche Gegenstände zu Flugobjekten werden lassen mit dem Ziel: Das Gesicht deines Vaters. Die jagen den doch vom Hof."

„Aber sowas von", stimme ich ihm zu. „Völlig absurd!"

„Lass uns noch 'ne Runde drehen, bevor es wieder in die alte Klapperkiste geht", schlage ich vor. „Halbe Stunde mit dem Tretboot den See unsicher machen."

„Jawohl", willigt Moritz ein.

Wir raffen uns auf und schlendern entspannt in Richtung des Bootanlegers keine 500 Meter entfernt. Von weitem können wir schon erkennen, dass kein großer Andrang auf die Boote herrscht, trotz des guten Wetters. Ist bestimmt so 'ne Touri-Attraktion, in der Woche sind halt nicht so viele da.

Rund um den See ist schon viel los, viele Fahrradfahrer, Jogger und Spaziergänger präsentieren uns ein bewegungsfreudiges Münster. Das gefällt. Während des Weges fällt es Moritz schwer, seine Augen nur der schönen Münsteraner Umgebung zu widmen. Viele vorbeijoggende junge Frauen haben es ihm angetan.

„*Damn* Riko, das ist ja ein Schlaraffenland hier. Eine schöner als die andere. Da will ich ja fast mitlaufen gehen. Egal, was heute passiert ist, ob es dir hier gefällt oder nicht. Du musst hier studieren. Werd von mir aus auch Lehrer, dein Ding. Aber du musst hier leben. Und ich komm dich jedes zweite Wochenende hier besuchen. Dann gehen wir steil. Und du brauchst eine Wohnung mit Gästezimmer." Moritz kommt aus dem Schwärmen gar nicht mehr heraus.

Ich lächle, schlendere weiter, schaue auf den See. Die Sonne glitzert herrlich auf den leichten Wellen. Ich weiß, dass Moritz noch nicht fertig philosophiert hat. Wenn er ins Schwärmen für Frauen gerät, muss man ihn kurz lassen.

„Von mir aus kannst du mir auch die Wohnung überlassen, wenn du mal nicht da bist. Ich wüsste schon, was ich hier machen würde. Du brauchst ein Extra-Zimmer für mich Riko. Da muss nicht viel drin sein. Du weißt schon. Das Zimmer sollte auch nicht so hellhörig sein“, setzt Moritz seine große Rede grinsend fort.

„Damit ich dein Schluchzen nicht höre, wenn du wieder eine Abfuhr erteilt bekommst“, teile ich süffisant aus.

Moritz muss lachen und haut mir kumpelhaft auf die Schulter. „Ach Riko, einfach geil hier. Ob Klara wohl was dagegen hätte, wenn du nach Münster müsstest? Bei den Frauen hier hätte ich als Freundin ja mal mega was dagegen.“

Moritz hatte Recht, der Anteil an weiblichen Einwohnern in Münster ist vor allem im direkten Vergleich mit unserer Heimatstadt exorbitant schöner. Während in Münster auf den Partys der Östrogenspiegel in der Luft immer ausgeglichen scheint, so ist man in der Heimat als Frau meist schnell von mehreren Männern umzingelt.

Aber im Gegensatz zu Moritz ist mir der Frauenanteil meiner Studi-Stadt nicht wichtig. Ich bin nicht auf der Suche. Ich habe mein Glück gefunden: Klara.

Seit drei Jahren sind wir schon zusammen und nicht mehr auseinanderzudenken. Ich hätte niemals gedacht, dass ich einmal so für eine Frau empfinden kann. Dass eine Frau meinem Hobby, dem Basketballspiel, mehr als nur Konkurrenz machen kann, entspricht dem höchsten Kompliment. Ich genieße die Zeit mit ihr sehr. Klara war und ist das perfekte Puzzleteil, das mir fehlte neben Sport, Freunden und Schule.

Und dieses Puzzleteil mag ich gar nicht tauschen wollen. Das soll bleiben. Daher dürfen in Münster auch gerne die feinsten Damen freudestrahlend an mir vorbeiradeln oder joggen. Ich freue mich dann, lächle zurück. Freue mich aber währenddessen umso mehr, dass ich Klara habe und nicht wie Moritz mit heraushängender, triefender Zunge hinter den Frauen herjagen und sie für mich gewinnen muss. Mein Jagdinstinkt ist im Vergleich zu Moritz tot. Wären wir Tiere in freier Wildbahn, wäre ich erstmal auf seine Beute angewiesen, ich hätte das Jagen selbst verlernt.

Klara habe ich damals zufällig kennengelernt. Wir hingen bei Moritz zu Hause ab, hörten Musik und fühlten uns wie Dr.Dre und Eminem. Proteinshakes waren unsere Drinks, denn damals strebten wir noch nach der großen Sportlerkarriere. Die drückten aber gut auf die Blase, sodass ich mich in Richtung Toilette aufmachte.

Der Weg war nicht weit, Moritz wohnte mit seiner Mutter in einer Zweizimmerwohnung mit Küche. Daran angeschlossen das kleine Bad, mein Ziel für angestautes Eiweiß-Pipi.

In der Küche traf mich dann der Schlag. Am Küchentisch neben Moritz' Mutter saß sie: Klara. Ihre blond-braun gesträhnten langen Haare verdeckten ein wenig ihr Gesicht.

„Hi, Riko, das ist Klara. Wir lernen fürs Mathe Abi. Das kommt auf euch auch noch zu", grinste Moritz' Mutter.

Moritz' Mutter bot nebenbei Nachhilfe an. Vor ihrem Afrikaurlaub studierte sie Mathe. Wollte Gymnasiallehrerin werden. Dann hatte sie Moritz und wurde Buchhalterin in einem Verlagshaus.

„Hi", sagte ich verlegen, „cool." Mehr kam nicht aus mir raus, ich war völlig erstarrt. Das hatte ich noch nie.

„Ich muss mal, lasst euch nicht stören", versuchte ich selbstbewusst zu sagen und schlurfte weiter in Richtung Keramikraum.

Ich saß auf der Kloschüssel, vor meinem inneren Auge sah ich wieder Klara. Ihre rehbraunen, leicht grünen Augen strahlten mich an. *Damn* Riko, dich hat es voll erwischt. So schnell? Vor drei Minuten war ich noch Slim Shady, jetzt war ich Hugh Grant. Das Gefühl kannte ich nicht.

Ich versuchte so cool und geräuschlos zu urinieren wie noch nie. Ich konzentrierte mich, dass es nicht zu sehr plätschert. Wie peinlich wär das denn? Oder wenn jetzt einer rausrutschen würde, so ein fieser Protein-Shake Furz. Das wäre mein Untergang. Doch jedem Drehen des Gedankenkarussells zum Trotz, schaffe ich es schnell abzuschütteln, souverän abzuziehen und keinen Brummer dazulassen.

„*Good Job* Riko", lobte ich mich selbst, wusch meine Hände und stolzierte wieder heraus.

„Bin mal wieder drüben, viel Erfolg noch beim Lernen", gab ich noch cool preis und verschwand wieder in Moritz' Zimmer.

„Alter, du musst heute Abend herausfinden, wann deine Mutter die nächste Nachhilfestunde hat. Da draußen sitzt meine zukünftige Mrs. Kordel", berichtete ich Moritz direkt, als ich wieder in seinem Zimmer ankam.

Und aktuell? Mrs. Kordel? Soweit sind wir aktuell noch nicht, auch wenn mein Standpunkt nach drei Jahren gleich geblieben ist.

Nach weiteren zufälligen Treffen in der Lernküche bei Moritz' Mutter, freundete man sich schnell an. Von Zeit zu Zeit wurde der eigentliche Lerngrund abgelöst von lustigen Talkrunden bei Kaffee und Kuchen. Und nach einiger Zeit kam es auch öfters dazu, dass Moritz' Mutter kurzfristig wegmusste und Moritz einen wichtigen Anruf erhielt. Die perfekten Wingmen.

Eines Mittwochnachmittags konnte ich sie dann überzeugen, dass wir nicht auf die beiden warten müssten, man könne doch auch eine Runde spazieren gehen. An diesem Tag kamen wir zusammen. Ich, ein Hallodri, elfte Klasse, und Klara, meine Traumfrau, 13. Klasse.

„A perfect match, like Scottie and Michael," sagte Moritz immer. Ob das aber auf Dauer halten konnte, auch wegen des Altersunterschieds, das wusste ich damals nicht.

Moritz und die Frauen, das ist eine andere Sache. Eine wirkliche Beziehung hatte er nie, seine längste dauerte zwei Wochen. Sein Jagdtrieb war immer schon ausgeprägt, seine Jagderfolge nicht von der Hand zu weisen.

Er kommt sehr gut bei den Frauen an, brauner Typ, sportlich, groß. Aber auch ein kleiner Knuddelbär. Warum er keine Frau länger in sein Leben lässt, bleibt mir weiter unklar. Ich habe ihm oft versucht, die schönen Seiten einer Beziehung aufzuzeigen. Aber vielleicht war das ja das Abschreckende? Das Festlegen-Müssen. Das Verzichten.

Moritz ist nicht soweit. „Ich muss mir noch die Hörner abstoßen," sagt er immer, wenn ich ihn darauf anspreche. „Deine Hörner sind ja schon stumpf," neckt er dann immer zurück.

Er lacht dann. „Klara hat dich doch an den Eiern."

Ich gönne ihm seinen Spaß. Wohlwissend, dass bestimmt auch Neid über meine Beziehung zu Klara in seinen Worten mitschwingt.

4

„Aber jetzt mal Butter bei die Fische. Wär' das was für dich hier in Münster? Grundschullehramt studieren? Was sagt Klara dazu?" Moritz schaut mich fragend an.

Entspannt sitzen wir auf unserem Tretboot, lassen uns von den Wellen gechillt durchs Wasser treiben. Die Sonne gibt ihr Bestes und sorgt für die perfekte Chillout-Atmosphäre. Viele kleine Segelboote kreuzen unseren Weg. Ein Segelkurs für Kinder startet. Der Segellehrer stört unsere Entspannung mit seinen Anweisungen durch die Flüstertüte. Für die Kinder der Startschuss zum Training, für uns das Zeichen, nochmal in die Pedalen zu treten. Der See ist ja groß genug.

Nach ein paar Minuten verhallen die Anweisungen – „Jasper, nicht zu stark ziehen" und „Ariana, das andere links bitte" – und wir beenden unsere kurzzeitige Seeflucht und tauchen wieder ein in die sich treibenlassende Entspannungsatmosphäre.

„Was soll ich sagen, Moritz, du wirst mich nach dieser Veranstaltung zum Volldeppen erklären. Alles spricht dagegen, aber mein Kopf und mein Bauch sagen mir: Werd' Grundschullehrer. Ich bin nicht gemacht für Wirtschaft, für Ellbogen raus und Profitmaximierung an. Ich will sehen, dass ich was bewegen kann. Wenn ich daran denke, dass ich noch fast 40 Jahre arbeiten muss, dann mach ich doch etwas, das mir Spaß macht. Den Kindern Spaß an der Bewegung vermitteln, ihnen beim Lernen helfen. Das bockt. Das will ich machen. Klar, da bin ich seltsam. Kaum ein Mann geht diesen Weg. Das Warum hast du ja eben auch nochmal gehört. Aber soll ich jetzt Architektur studieren, nur weil ich da mehr verdiene? Da geh ich doch kaputt und werde unglücklich."

Das Wunderbare an Moritz ist, dass er nicht nur mein Kumpel für alberne Quatscherei der Extraklasse ist, sondern auch wirkliche Probleme mit ihm besprochen werden können.

Dann wandelt sich die Laberbacke in den einfühlsamen und nachdenklichen Moritz.

„Voll, ich bin bei dir. Verstehe ich total. Das ist ja das Typische an den sozialen Jobs. Meist machen die ja sozial denkende Typen, die was bewegen wollen. Die schmeißen ihren Drang nach Geld und besserer Bezahlung für das soziale Miteinander über den Haufen. Da viele so denken, finden sich immer Leute, die die sozialen Jobs machen, obwohl sie wissen, dass sie bescheiden bezahlt werden. Völlig absurd. Warum also was ändern?“ Moritz schüttelt verständnislos den Kopf und fährt fort:

„Ich ziehe meinen Hut vor dir, dass du den Weg gehen möchtest. Nach der Veranstaltung eben würde ich dem ganzen System ordentlich vor die Füße kotzen. Überleg mal, ich verdiene schon in der Ausbildung Geld. Nach meiner Ausbildung steige ich mit ungefähr dem Gehalt ein, mit dem du nach fünf Jahren Studium beginnst und das du dein Leben lang behältst. Ich kann meinen Verdienst ordentlich pimpen. Du nicht. Wie kann das sein? Soll *Anzugshorst* das doch selber machen. Dann wird er der *Kinderhorst*.“

Ich muss lachen. Aber irgendwie nur halbherzig, denn Moritz' Worte wirken nach. Auf der einen Seite schön zu hören, dass er mich verstehen kann. Aber auf der anderen Seite auch mies zu hören, wie es wirklich um die sozialen Berufe steht. Wie ein Außenstehender darüber denkt. Mir ist selbst bewusst, dass ein Riesenanteil der sozialen Berufe von Frauen ausgeübt wird. Nur wenige Männer nehmen sich diesen an. Aus bekannten Gründen.

Sind Frauen jetzt sozialer als Männer? Bin ich jetzt kein richtiger Mann, weil ich einen sozialen Beruf ausübe?

Ich lasse meinen Blick über den See hinaus gen Ufer schweifen. Kleine Gruppen finden sich auf den Uferwiesen ein. Ein Grill wird aufgebaut, die ersten Kohleanfeuerungen beginnen. Scheinen Studenten zu sein. Alle wirken zufrieden. Ein Studium in Münster könnte ich mir wirklich vorstellen. Drauf geschissen, was andere von mir denken. Dann bin ich halt ein *Kinderhorst*. Aber dafür mache ich was, was mir Spaß macht. Also hoffentlich.

„Mo, erklär mich für verrückt. Aber ich denke, dass ich mich auf einen Studienplatz bewerben werde. Ich mach' das. Und dann zeig ich *Bocki* und *Anzugshorst*, warum die mal wirkliche Änderungen einführen müssen, um mehr Männer zu finden. Wie, weiß ich zwar noch nicht, aber dazu werde ich dann noch eine landesweite Infokampagne starten."

Wir lachen hämisch. „Lass zum Steg zurück und was essen, der Grillgeruch steigt mir in die Nase. Döner?"

„*Damn*, die haben Rotkohl reingemacht."

Wie bei jedem Döner-Mahl philosophieren wir zuerst über die richtigen Zutaten eines Döners. Moritz plädiert ganz klar für Döner ohne Rotkohl und dafür Weißkraut. Ich tendiere völlig normal zum rotkohligen, aber dafür krautsalatfreien Genuss. Natürlich als Dönerrolle. Moritz schwört weiter auf das übliche Dönerbrötchen, das nie völlig kleckerfrei gegessen werden kann. Aus allen Ecken suppt die Soße raus, man beißt sich von Ecke zu Ecke durch. Ne, da mach ich nicht mit. Alles drauf aufs frisch zubereitete gerollte Brot, eingerollt. Perfekter Genuss. Da sind wir unterschiedlich, so perfekt wir als Freundesteam auch harmonieren.

Klara ist kein großer Döner-Fan, sie nimmt meist Currywurst mit Pommes. Auch beim Dönermann. Da sind wir dann doch ziemlich unterschiedlich. Diese kulinarische Meinungsverschiedenheit lässt uns aber nicht an der engen Verbundenheit zueinander zweifeln. Das Gegenteil ist der Fall. Wir sprechen eher über unsere Zukunft.

Klaras Zukunft liegt weiter klar in der Heimat. Sie möchte in der Nähe ihrer Eltern bleiben.

Ihr Vater sitzt seit einem Verkehrsunfall vor genau 22 Jahren im Rollstuhl. Ihre Mutter hat sich seitdem nicht nur um Klara gekümmert, sondern auch ihren Mann in Pflege genommen. Klara kennt ihren Vater nur im Rollstuhl.

Das erste Mal gesehen haben sie sich im Krankenhaus. Klara wurde ihrem im Koma liegenden Vater auf die Brust gelegt. Eine Stunde später erwachte er. Viel schneller als von den Ärzten prognostiziert. Ein „klaras" Wunder.

Ihre Mutter hatte zwei Wochen vor dem geplanten Entbindungstermin starke und schnell eintretende Wehen. Die damalige Nachbarin verständigte daraufhin nicht nur den Krankenwagen, sondern auch den Bald-Papa. Der war nämlich mit Freunden auf einem Konzert. Konnte ja keiner ahnen, dass Klara sich an diesem Abend auf den Weg machen wollte.

Natürlich machte sich ihr Vater sofort auf den Weg zum Bahnhof. Das Taxi wartete schon auf ihn. Vor lauter Vorfreude wartete er aber nicht an der Ampel, sondern ging stattdessen über Rot und übersah den heranfahrenden Pizzaauslieferungs-Smart. Das waren seine letzten Schritte.

Seitdem findet bei ihm alles auf Rollen statt. Völlig verständlich, dass Klara nach dieser Geschichte niemals aus der Heimat wegziehen will, solange ihren Eltern noch dort leben.

Das kann ich verstehen. Ich mag ihre Eltern sehr und liebe Klara. Und daher würde ich ihr nie Druck machen, mit mir in eine andere Stadt zu gehen. Sie unterstützt mich aber weiterhin und redet mir gut zu, bestärkt mich darin, das Grundschullehramtsstudium aufzunehmen.

Sie findet, dass meine Persönlichkeit einfach in eine Schule gehört, ich könne Kinder „lesen“, sie verstehen, aber zeitgleich auch klare Regeln und Grenzen aufzeigen. Und meine Sympathie zu Münster ist nicht nur mir beigemessen. Ich weiß nämlich, dass Klara die Stadt auch sehr gefällt. Sie hat mir ihrer Mutter immer wieder viele Tage und Wochen in Münster verbracht. Immer, wenn ihr Vater wieder für Untersuchungen zu Spezialisten in die Uni-Klinik musste.

Die Türme der Klinik kann ich gerade aus dem Fenster des Dönerladens sehen.

„Wenn ich in eine andere Stadt zum Studieren wollen würde, dann gerne nach Münster“, sagt Klara immer. „Dann komme ich dich auch mal besuchen.“ Danach grinst sie immer so, wie nur Klara grinsen kann.

„Ach Mo, voll vergessen. Du wolltest ja noch wissen, wie Klara über Münster denkt. Sie ist cool damit."

„Nice", erwidert Moritz, steht auf und holt sich einen Ayran aus dem Kühlschrank.

5

„Letzte Runde für uns Zwei, Mr. Meico.“ Ich schiebe den Korb mit gekonnt sortierten Tellern in die große Spülmaschine.

Ein Abschiedswaschgang, mein letzter Tag als Zivi. Ein souverän ausgeführtes Herunterdrücken des Starthebels lässt Mr. Meico aufheulen und seine Arbeit beginnen.

Mr. Meico ist eine Maschine. Die Maschine. Ohne ihn würde hier nichts laufen. Tagtäglich lässt er sich Hunderte von Körben mit Tellern, Gläsern und Besteck in seinen Rachen schieben und innerhalb von zehn Minuten reinigt er die Dinge in Höchstleistung. Mr. Meico spielt in der Champions-League der Industriespülmaschinen.

In den letzten Monaten haben wir viele Stunden miteinander in der Spülküche verbracht. Man könnte sagen, dass wir fast Freunde wurden. Ich konnte all meine Sorgen bei ihm lassen, habe ihn von meinen Plänen erzählt, Grundschullehrer zu werden, habe ihm gebeichtet, dass ich die Heimat verlassen werde.

Mr. Meico hat all meine Geschichten ertragen und mit klaren Spülsound-Gesten angezeigt, dass er hinter mir steht. Ein gutes Gefühl.

Auch als ich von der anstehenden Fernbeziehung mit Klara erzählte, zeigte er keine Regung, die auf mögliche Probleme hinweisen könnte. Das stärkt den Rücken.

Nun denn, trotz allem Zeit, Abschied zu nehmen. 14.58 Uhr. In zwei Minuten endet meine letzte Schicht. Dann übernimmt der nächste Zivi, neun Monate spülen, Betten machen und Co. warten auf ihn.

Verträumt schaue ich auf Mr. Meico, denke kurz zurück. Die Arbeit hier war hart und die Dienste wirklich nicht erstrebenswert. Aber irgendwie hat es mich erwachsener werden lassen. Ich weiß nun, was Arbeit bedeutet, kann solche Tätigkeitsfelder besser wertschätzen. Vor vielen solcher Dienstleister, die sowas ihr Leben lang abmalochen, kann ich nur meinen Hut ziehen.

Als kleines Abschiedsgeschenk habe ich meinen Putz-Chefinnen Iwana, Heike und Princess bei meiner letzten Bettenmachrunde in den Zimmern kleine Schokoladenbonbons versteckt, an den besten Orten. Orte in den Zimmern, die nur Zivis und Putzkräfte kennen. So kann ich abtreten.

Mr. Meico wälzt das Wasser kraftvoll gegen seine Wände, man spürt förmlich den entweichenden Schmutz, der sich kampflos der gewaltigen Spülkraft des Spülimperators geschlagen gibt. Eine Minute noch, der Sound lässt nach, er wird schwächer. Ungewöhnlich, fast hört es sich so an, als ob Mr. Meico eine kleine Abschiedsträne verdrückt. Ergriffen tätschele ich ihm aufmunternd auf den Rücken des Spülgehäuses. Kurzerhand gelangt er wieder zur altem Spülsound.

„Mach's gut, alter Freund", murmele ich, lege meine Spülkluft ab und verlasse die Spülküche.

Ab in die Freiheit. 15.00 Uhr.

Schon am Nachmittag treffe ich mich mit Moritz, Klara und meiner Mutter bei uns zu Hause. Umzugskisten packen ist angesagt. Morgen düse ich mit Moritz nach Münster und beziehe meine erste eigene Wohnung. Klara muss leider arbeiten, sonst wäre sie mitgekommen. Aber einem kleinen Umzugsmännertrip habe ich auch nichts entgegenzusetzen.

Eine kleine Einzimmerwohnung mit Küche und Bad ist es geworden. Ziemlich kurzfristig und ziemlich glücklich. Eigentlich hatte ich mich für eine andere Wohnung bei einer großen Vermietungsagentur interessiert. Die war aber nicht mehr zu haben und während des Gesprächs mit der Mitarbeiterin wurde ihr kurzerhand eine freie Einzimmerwohnung eingereicht. Zack, direkt zugeschlagen. Ungesehen. Aber besser als nichts.

Eine Wohnung direkt in Münster zu finden, ist wie das Erreichen des Abiturs, wenn man aus einer Arbeiterfamilie mit prekären finanziellen Verhältnissen kommt: Derbe schwer und mit einigen hohen Hürden versehen.

Ich bin mir meines Glücks bewusst und freue mich auf meine Wohnung. Schon die letzten Tage habe ich mit Klara meine Klamotten soweit zusammengestellt. Jetzt muss nur noch alles eingepackt werden. Ich versuche, nicht allzu viele Sachen mitzunehmen, will ja noch oft in die Heimat zu Klara fahren. Bett, Schreibtisch-Set mit Stuhl, kleiner Esstisch mit Stühlen und eine Fernsehkommode habe ich mit Moritz gestern schon bei einem großen skandinavischen Möbelhaus gekauft. Alles schon Abfahrbereit im Umzugsauto. Küche und Schrank lässt der Vormieter in der Wohnung, „in gutem Zustand", wie die Vermieter sagen. Natürlich für einen kleinen Obolus, zehnmal so hoch wie der eigentliche Wert der zu übernehmenden Dinge. Aber zahlt man den Abschlag nicht, erhält man die Wohnung nicht. Ganz einfach. Zahlst du, kriegst du. Willkommen im Leben.

„Marta hat mir noch eine Mikrowelle mitgegeben. Sie braucht sie nicht, passt nicht mehr in ihre neue Küche. Willst du die mitnehmen?" Meine Mutter steht vor mir, in den Händen eine fast wie neu wirkende Mikrowelle.

„Auf jeden Fall, mega. Eine feine Currywurst aus der Packung, erwärmt in der Mikrowelle, da ist mein Mittagessen ja gesichert", lache ich.

„Super, und wenn ich dich besuchen komme, kann ich mein Kirschkernkissen darin aufwärmen. In deiner Wohnung wird es bestimmt so kalt sein wie in deinem Schlafzimmer", ergänzt Klara freudig.

Das stimmt, ich liebe es, wenn es im Schlafzimmer rattenkalt ist und man sich richtig in die Decke einmummeln muss. Klara mag es nicht so sehr, hat damit aber einen Grund gefunden, sich nah an mich zu kuscheln. Win-win für beide.

„Alles klar, dann stelle ich das Ding noch zu den gepackten Kartons", sagt meine Mutter und schlurft mitsamt der Mikrowelle hin zum Kartonstapel. Man merkt meiner Mutter die Anspannung an. Ein neuer Abnabelungsprozess hat begonnen.

Der einzige Sohn verlässt das Haus, zieht in eine andere Stadt.

Die letzten 20 Jahre war sie mit Leib und Seele Mutter. Jetzt verlässt die Brut das Nest und wird flügge.

Als Sohn war ich sicher nicht immer einfach, war kein Muttersöhnchen oder ähnliches. Aber natürlich ist eine enge Verbundenheit zu meiner Mutter immer da. Sie würde sich wahrscheinlich sicherer fühlen und den Abschied leichter verdauen, wenn Klara mitziehen würde. Dann wüsste sie, dass ich unter Kontrolle wäre, dass jemand auf mich aufpasst.

Sie hat große Angst davor, dass ich die Sache mit Klara verbocke. Dass ich mich in Münster verändere und die Beziehung in den Sand setze. Das hat Mama mir schon direkt gesagt: „Junge, eine Klara findest du nie wieder." Das war ihr Wortlaut. Das nehme ich ihr ab und glaube ich auch.

Bis obenhin bepackt steht der Sprinter nun auf dem Parkplatz vor dem Haus meiner Eltern. Morgen früh noch die letzten Teile wie Laptop und persönliche Unterlagen ins Auto bringen.

Das war's.

Mein Vater fährt vor, parkt sein Auto gekonnt vor dem Umzugswagen. „Wow, schon fertig", lobt er. „Gute Arbeit, Jungs und Mädels."

Wie es sich für einen Vater gehört, geht er auch noch kurz zum Umzugssprinter und drückt einmal kräftig gegen die Kofferraumtüren. Vater-TÜV bestanden.

Mein Vater wollte heute auch mitgeholfen haben, musste aber kurzfristig im Betrieb einspringen, da sich einige Mitarbeiter krankheitsbedingt abmelden mussten. So ist das in der Selbstständigkeit, da muss man dann ran.

„Ich habe uns was vom Griechen mitgebracht. Nach einem Malochertag muss zünftig gegessen werden." Er geht zu seinem Auto und holt eine Warmhaltebox heraus. „Habe ein Potpourri zusammenstellen lassen, da wird für jeden was dabei sein. Souvlaki, Suzuki, Gyros, Grillgemüse, ordentlich Zaziki und Reis und Pommes. Ab, rein mit uns, Yamas!“

Jawoll, die perfekte Idee meines Vaters, etwas zu Essen zu holen. Auf Kochen hätten wir jetzt überhaupt keine Lust mehr.

Auf dem Weg nach drinnen beschleicht mich ein sentimentales Gefühl. Irgendwie bin ich kurz ergriffen vom Einsatz meiner Eltern, meines Freundes, meiner Freundin. Jeder hat auf seine Art einen Teil seines Tages für mich geopfert. Und jeder zeigt auf seine Art, wie er mit meinem anstehenden Umzug umgeht. Moritz ist viel ruhiger als sonst, wirkt für seine Verhältnisse fast nachdenklich. Meine Mutter läuft wie ein aufgescheuchtes Huhn hin und her, kommt nicht zur Ruhe. Mein Vater versucht, sich nicht anmerken zu lassen, dass es auch für ihn nicht einfach sein wird, ab morgen wieder der einzige Mann im Haus zu sein. Wer ihn nicht kennt, der merkt ihm nichts an. Das hat er als Geschäftsführer gelernt. Aber wer ihn kennt, der weiß, dass er schon den ganzen Tag während der Arbeit nur an den Abend gedacht hat und das Essen nicht spontan geholt wurde. Das war geplant und bestellt. Ein letzter Abend mit Sohn im Haus muss gebührend gefeiert werden, das ist ihm wichtig.

Nur Klara bleibt Klara. Selbstsicher, offen wie eh und je.

„Morgen früh um 8.30 Uhr wollen Moritz und ich los, damit wir den Berufsverkehr vor uns herfahren lassen und trotzdem genug Zeit haben. Übermorgen fährt Moritz dann mit leerem Sprinter wieder zurück, ich bleibe in Münster und starte in die O-Woche.“ Meine erste Studienwoche, die Orientierungswoche.

Als ob dies *business as usual* sei, stellt Klara Fragen. Sie zeigt Begeisterung und Interesse für meine anstehende Zeit. So, dass man es ihr wirklich abnimmt. Sie ist völlig okay mit der anstehenden Fernbeziehung.

Sie erzählt von ihrer ersten Zeit in der Ausbildung. Nach dem Abitur hat sie eine Ausbildung zur MTA gemacht, leicht überqualifiziert, aber dies völlig außer Acht gelassen.

Nachdem sie schon ihr Leben lang viele medizinisch-pflegerischen Erfahrungen durch das Aufwachsen mit einem an den Rollstuhl gefesselten Vater machen konnte, war es klar, dass sie einen medizinischen Beruf ergreifen würde. Darin geht sie total auf und macht ihre Sache immer mit vollem Herzen. Sie trägt und moderiert uns durch den Abend, während wir nach ordentlich Fleisch und Knoblauch im Bauch im Fresskoma sitzend auf den Befreiungsouzu warten. Der ist Chefsache und wird von meinem Vater aus dem Eisschrank geholt.

„Yamas, auf den schönen Abend, auf dich Riko!“

Je schöner und geselliger ein Abend, desto schneller geht er um. Irgendwie schade. Anders wäre es schon schöner. Schon 23.30 Uhr. Zeit, ins Bett zu gehen. Ich drücke meine Eltern nochmal fest, bedanke mich für ihre Hilfe, verabschiede Moritz, der es sich im Gästezimmer bequem machen darf und ziehe mich mit Klara in mein Zimmer zurück.

0.14 Uhr zeigt der Wecker als wir endlich bettfertig unter der Decke kauern.

„Danke, dass du da bist“, flüstere ich Klara ins Ohr. „Ich verspreche dir, jetzt liegst du hier noch neben einem Ex-Zivi. In ein paar Jahren sollst du neben einem Lehrer, einem Grundschullehrer liegen, alle anderen Frauen werden vor Neid erblassen.“

Klara muss grinsen. „Auf jeden Fall, man sagt ja auch: Suche dir einen Grundschullehrer und du hast ausgesorgt.“

Wir lachen und geben uns einen Gute-Nacht-Kuss.

„Wir schaffen das, auch auf Distanz“, säusle ich ihr ins Ohr, bevor sie sich in ihr Kissen einkuschelt und wegschlummert.

Ich kann nicht sofort schlafen, brauche noch ein paar Minuten Zeit. Ich freue mich auf die anstehende Zeit, habe aber auch Respekt vor all dem, was da auf mich zukommt. Trotz aller Veränderungen, irgendwie freue ich mich auf die Zeit.

Mit diesem Gefühl schlafe ich endlich ein.

6

Die ersten beiden Semester vergehen wie im Flug. Ich bin voll angekommen im Studentenleben. Der Umzug mit Moritz lief reibungslos und meine Wohnung erwies sich als der perfekte Glücksgriff. Ich hätte es mir nicht besser vorstellen können.

So oft es ging besuchte mich Klara am Wochenende, an freien Tagen in der Woche besuchte mich Moritz auch immer gerne. Seinem Wunsch nach einem eigenen Zimmer in meiner Wohnung konnte ich zwar nicht nachkommen, dies stellte für ihn aber kein Hindernis dar: Dann übernachtete man halt bei der neuen Bekanntschaft und schlurfte am nächsten Morgen erst bei mir an, um den Schlaf nachzuholen.

Gerne zogen wir mittwochs um die Häuser, die Clubs wurden unser zweites Wohnzimmer. Das schwarze Schaf hatte es Moritz besonders angetan. Wahrscheinlich war hier seine Flirt/Beischlafquote am höchsten. Aber ich fühlte mich in dem Laden ebenfalls wohl, auch als glücklich vergebener Student konnte man dort ohne Probleme feiern.

Mit der Zeit wurde auch unsere Partycrew größer und größer, vor allem meine Mit-Sportstudenten wussten, wie am besten auf die Kacke gehauen werden konnte. Getreu dem Motto meiner Oma „Wer feiern kann, der kann auch früh aufstehen“, wussten wir aber auch, wie das Sportseminar am nächsten Morgen am besten ohne sich zu übergeben zu überleben war. Man lernte seinen Körper neu kennen und seine Grenzen der Belastbarkeit. Die schlimmste Erfahrung musste ich nach einem durchzechten Mittwoch im zweiten Semester machen.

Moritz ist mal wieder da, diesmal ohne Ausbeute. Noch in Jeans und Hemd liegt er zusammengekauert und schnarchend auf meiner Gästematratze neben meinem Bett. Penetrant klingelt mein Handy.

Verdammt, hab vergessen das Ding auf „Flugmodus“ zu schalten, weil ich natürlich noch mit vollem Kopp eine *Gute-Nacht – Ich liebe dich* Nachricht an Klara verschicken musste.

Schon wieder das laute Vibrieren des Handys.

„Mach das Ding aus", brummt Moritz und zieht sich sein Kissen über den Kopf. Ah, das Summen verstummt. Endlich Ruhe.

Keine fünf Sekunden später dasselbe Spiel. Moritz erhebt sich leicht, robbt rüber zum Schreibtisch, greift das Handy und wirft es mir zu. „Mach das Ding jetzt aus, Riko."

Unbekannter Anrufer strahlt auf dem Display.

„Scheiß O2, immer diese Kundenanrufe", denke ich. „Denen geig ich jetzt meine Meinung, in meiner jetzigen Verfassung kann ich auch anders, dann bin ich nicht mehr der liebe Riko."

Gestern war episch, die Drinks schmeckten noch besser als sonst, die Musik war herrlich abwechslungsreich, meine Vorfreude auf das Wochenende stieg: Klara hatte sich zum Besuch angemeldet.

Marteria und Miss Platnum schmissen uns pünktlich um drei aus dem Laden: *Wir bleiben wach bis die Wolken wieder lila sind.* Das blieben wir auch. Selbstredend holte man sich nach einem gelungenen Abend noch einen Wegdöner und schlenderte nach Hause. Um halb fünf hatten wir unser Ziel erreicht. Die eigentlichen drei Kilometer zwischen Club und Bett immer wieder mit kleinen Sit-Ins und kleiner Bierpause bravourös gemeistert.

Mein Handy vibriert weiter. Ich drücke den grünen Hörer und bin schon im Angriffsmodus, als ich nur „Riko Junge, wo bist du?" höre.

„Hä, was ist los?", stammele ich in den Hörer.

„Riko, bist du dran? Wo bleibst du? Wir haben Prüfung."

Immer noch habe ich keinen blassen Schimmer, wer mich zu dieser Uhrzeit derart stört.

„Weitsprung haben wir schon gemacht. Hab dem Prof erzählt, dass dir dein Fahrradreifen auf dem Weg geplatzt ist und du 30 Minuten länger brauchst."

Jetzt erkenne ich den Anrufer, mein Hirn arbeitet noch zu langsam. Silas ist dran, mein Kommilitone aus dem Leichtathletik-Seminar.

„Was? Wir haben doch erst nächsten Donnerstag Prüfung!", entgegne ich trotzig.

„Riko, halt's Maul, schwing deinen Arsch hoch. Heute ist Prüfung, nur du fehlst. Meinst du, dass sich alle vertan haben, nur du nicht?" Die Stimme am anderen Ende der Leitung wird strenger.

„Shit", ich blättere in meinem Kalender und sehe tatsächlich, dass ich die Prüfung falsch eingetragen haben. L-Prüfung 18.6., 9.00 Uhr steht da, leider nur eingetragen am 25.6.

Mein Puls schnellt in die Höhe, fast vergessen scheint es, dass ich noch vor wenigen Stunden gemeinsam mit Moritz versuchte, „Wer das liest, ist doof" auf die Straße zu urinieren. Ich taumele über Moritz, trete ihm dabei auf den Arm. Scheint ihn in seinem Schlaf aber nicht zu stören.

Schnelle kalte Dusche, schnell Sachen gepackt und ab aufs Rad. Vom ersten Anruf von Silas bis jetzt sind 20 Minuten vergangen. Zehn Minuten radele ich meist bis zum Sport-Campus. Heute sind es fünf. Rote Ampeln kenne ich nicht. Die Strafe würde ich in Kauf nehmen.

Völlig außer Acht lasse ich dabei, dass ich sicherlich noch Restalkohol im Blut habe. Das würde meinen Lappen kosten und somit auch meine Kurztrips zu Klara in die Heimat ordentlich erschweren. Aber in dem Moment tangiert mich das noch nicht mal peripher. Ich bin im Modus: Wie ärgerlich wäre das? Ich müsste die Prüfung dann im nächsten Semester nochmal machen, ich würde ja unentschuldigt fehlen. Das ganze Training der letzten Zeit umsonst. Stunden habe ich in der Woche trainiert, sogar das Basketballspielen an den Nagel gehangen, um mich voll auf die Prüfungen zu konzentrieren.

Ich erreiche die Leichtathletikhalle, sehe meine Gruppe schon beim Hochsprung und werfe meine Tasche an den Abstellplatz.

„Ah, da sind sie ja. Welch eine Ehre!", raunzt der Prof mich an. „Sie sind direkt dran. Aber ich will ja kein Unmensch sein, machen sie sich noch kurz warm, in zwei Minuten dann. Schmidt, nächste!" macht unser Prof unbeeindruckt weiter. Ein ehemaliger Deutscher Meister im 400-Meter-Lauf, jetzt an der Uni.

„Alter, siehst du scheiße aus." Silas kommt zu mir und dehnt sich kurz mit. „Du musst gleich noch Weitsprung und den 100-Meter-Lauf nachholen. Das haben wir schon. Schon was gegessen?"
„Ja, vor drei Stunden einen Pomm-Döner."

Einen Döner mit Pommes in einer formschönen Pappbox. Die perfekte Vorbereitung für eine praktische Prüfung. Nicht.

Leicht aufgewärmt und mit flauem Magen muss ich dann ran: Hochsprung als erste Teilprüfung. Nacheinander werden wir aufgerufen. Dann schallt „Kordel, Riko" durch die Halle. Mein Start-Aufruf.

Einstiegshöhe 1,45 Meter. Alle leichtathletischen Disziplinen machen mir Spaß und liegen mir. Da ich jahrelang Basketball gespielt habe, liegt mir Hochsprung sehr. In Trainingseinheiten lag meine Besthöhe bei 1,83 Meter, das würde für eine 1,3 als Teilleistungsnote reichen.

Ich stelle mich an den Startpunkt, mache mich startklar und lasse ab da alles nach Routine ablaufen: Alle Disziplinen sind fleißig trainiert und sitzen. Während des Anlaufs denke ich schon an die nächsten Höhen. Welche setze ich aus? Wann steige ich wieder ein?

In 3cm Schritten wandert die Stange immer höher und wir Studenten können immer springen, bei maximal drei Fehlversuchen.

Ich erreiche meinen Absprungpunkt und springe rücklings über die Stange und ab auf die Matte. Beziehungsweise – so hätte es sein sollen. Stattdessen Absprung und zack rücklings gegen die Stange, auf der kurz später mein Steißbein landet. Ein böses Erwachen. Mein Rücken schmerzt, mein Magen grummelt. Bei 1,45 Meter mein erster Fehlversuch, mein Herz rutscht mir in die Hose.

„Wollen Sie nochmal?", ruft mir mein Professor zu.

„Kurze Pause", stottere ich, reibe mir leicht simulierend den Rücken um Mitleid zu erheucheln. Ich setze mich auf die Bank und stemme meinen Kopf zwischen meine Hände. Silas kommt zu mir, gibt mir eine Banane.

„Iss das Riko, sammle dich nochmal. Lass die Höhe aus, das wird nichts mehr, du bist voll neben der Spur. Lass deinen Körper erstmal ankommen. Steig dann gleich so bei 1,60 wieder ein, die Höhe wuppst du. Das weiß ich. Dann hast du zwei Versuche dafür und eine sichere 2,7. Wenn dann noch was geht, kannst du es ja weiter versuchen."

Ich denke kurz über Silas Worte nach. Er hat Recht: Ich bin noch nicht soweit. Ich brauche noch ein bisschen Aufwachzeit. So wie Silas vorgeschlagen hat mache ich es. Durch das Auslassen der Zwischenhöhe habe ich nochmal knapp 15 Minuten Zeit um klarzukommen.

Bei 1,60 Meter trete ich wieder an und schaffe es tatsächlich wie von Silas prophezeit souverän über die Stange. Erleichtert laufe ich direkt zu ihm und klatschte ihn ab: „Du hast mir den Arsch gerettet, danke. Ich läg' jetzt noch im Bett und würde an alles außer die Leichtathletikprüfung denken."

Viel erreichen kann ich an diesem Tag aber leider nicht mehr. Im Hochsprung ist bei 1,66 Meter Schluss für mich. Knapp 20 Zentimeter unter meiner Bestleistung, aber bestanden. Im Weitsprung wird statt Leistung meine Technik bewertet.

Technikprüfung bestanden, zufriedenstellend mit 2,0.

Bei den Wurfdisziplinen wähle ich Diskuswerfen auf Technik und Speerwerfen auf Leistung. Beides für mich okay, mit 1,7 und 2,7 aber unter meinen Möglichkeiten.

Die gerechte Quittung für meine durchzechte Nacht bekomme ich aber in den Laufdisziplinen. Da die Prüfung in einer Halle stattfindet, wird die Sprintleistung eines 60-Meter-Laufs gemessen. Was ich allerdings nicht wusste: In der Prüfung wird der Startschuss mithilfe einer Luftpistole durchgeführt, wie bei den Profis. Das wurde zwar allen Teilnehmern der Prüfung mitgeteilt und vor Beginn der Prüfung auch vorgemacht, zu diesem Zeitpunkt lag ich aber noch verkatert im Bett. Da ich die Prüfung alleine nachholen muss, kann ich mich nur schwer an anderen orientieren.

Ich hänge also im Startblock und warte auf den Countdown. Ich erwarte: „Auf-die-Plätze-Fertig-Los." So wie im Training kurz geübt. Ich bekomme: „Ready-Set…" und dann nichts.

„Peng", ein lauter Knall durchdringt mich. Ich schaue hoch und sehe die hochgehaltene Pistole des Wettkampfrichters, die Platzpatrone noch qualmend.

„Ich Depp, ich muss los." In der gefühlten Schnelligkeit eines Rhinozeros drücke ich mich aus den Startblöcken nach vorne und laufe los: Bei jedem Schritt will ich mir jede gestern getrunkene Flasche Bier auf den Schädel hauen. Du Depp, Du Depp, Du Depp. Nur wenige Sekunden später erreiche ich die Ziellinie.

„Hui Herr Kordel, Punktlandung, 8,0 Sekunden, gerade so noch 4,0." Der Professor schaut mich mit strengem Blick an.

Heiliger Bimbam, ich bin geschockt über meine Leistung, gleichzeitig aber auch heilfroh über das Bestehen der Prüfung. Ich will den Tag einfach nur noch hinter mich bringen. Egal wie. Danach noch den 400-Meter-Lauf durchziehen, irgendwie bis ins Ziel kommen.

Diese Disziplin bereitet mir keine Probleme, ich erreiche meine anvisierte Zeit. Endlich ein Erfolgserlebnis an diesem miesen Tag. Nach den Einzeldisziplinen folgt noch der 3000-MeterLauf, eine Ausdauerprüfung, die aber erst nach einer Stunde Pause losgeht. Ich verlasse die Halle, setze mich auf eine Bank am Campus und lasse mir die Sonne ins Gesicht scheinen.

„Meine Fresse, was war das schon wieder?" Genervt von mir selbst schnaube ich wütend vor mir her.

Silas setzt sich zu mir, hat einen Kaffee organisiert. „Nervenkitzel brauchst du wohl Riko, oder? Aber Respekt mein Lieber, wenn ich so gesoffen hätte wie du, ich hätte die Disziplinen nicht geschafft. Um deinen Bekanntheitsgrad bei den Kommilitonen brauchst du dir ab jetzt keine Sorgen mehr machen. Das war 'ne Nummer."

Zwei Stunden später radele ich völlig ausgelaugt nach Hause. Ich bin leer, kraftlos, habe alle Kräfte mobilisiert, um auch den 3000-Meter-Lauf zu Ende zu bringen. Mit einer passablen Zeit, durchaus noch ausbaufähig, bestand ich auch die letzte der praktischen Prüfungen. Dass ich mich danach zehn Minuten im Toilettenbereich aufhalten musste, sei nur für das Protokoll erwähnt. Alles musste raus, völlige Überforderung für den Körper. Jedes Würgen war die verdiente Strafe für mein verpeiltes Vorgehen vor der Prüfung.

Für mich das Zeichen zur rechten Zeit. Mir wurde bewusst, dass ich fokussiert sein muss und das Studium nicht auf die leichte Schulter nehmen darf. Dieser Tag sollte der letzte Larifari-Studenten-Riko-Tag werden.

Moritz liegt immer noch auf seiner Matratze, der Fernseher läuft. Ich werfe meine Tasche in die Ecke, gehe auf direktem Weg weiter unter die Dusche. Einmal kräftig kalt duschen.

„Wo warst du?", fragt mich Moritz, als ich abgetrocknet und in Jogginghose ins Zimmer komme. Moritz rappelt sich auf. Man sieht ihm die letzte Nacht an. Jünger werden wir ja nicht.

„Hab grad kurz die Leichtathletikprüfung gemacht", antworte ich trocken.

„Häh?" Moritz schaut verdutzt.

„Ja, hatte heute Prüfung, habe ich dir das nicht gesagt?", witzele ich.

„Du Maschine", platzt es aus Moritz. „Ich wusste, dass du verrückt bist, aber so abgezockt hätte ich dich nicht eingeordnet."

„Lange Geschichte, erzähl ich dir später. Brauch erst kurz 'ne Pause", kann ich noch sagen, lege mich aufs Bett und schon nach wenigen Augenblicken fallen mir die Augen zu.

Als ich wieder aufwache, rieche ich Lasagne à la Moritz. Nice, Hunger habe ich. Moritz' Lasagne ist ein Gaumenschmaus. Zu den allseits bekannten Zutaten gehört bei ihm zusätzlich Sauce Hollandaise und ganz wichtig: Fünf Minuten vor Ende der Garzeit werden drei Eier auf den geschmolzenen Käse geschlagen.

Hört sich erstmal pervers an, ist aber ein bombastisches Geschmackserlebnis. Ich wanke in die Küche. Ein gedeckter Tisch steht bereit.

„Setz dich, wir brauchen jetzt ordentlich was zwischen die Rippen", sagt Moritz.

Nach einer ordentlichen Portion Lasagne ist Moritz über den durchaus verrückten Tag informiert.

Nach anfänglichem gemeinsamen Lachen werden wir wieder ernst.

„Junge, wir hätten jetzt auch hier sitzen können und du hättest eine nichtbestandene Prüfung auf deiner Agenda. Das war 'ne knappe Kiste. Ich hab' keinen Bock, dass du so ein Langzeitstudent wirst, mit Cordhose, langen Dreadlocks und Ökopulli, der am Aasee Gitarre spielt und den Weltfrieden besingt. Deine Oma reißt mir den Allerwertesten auf, wenn sie erfährt, dass ich mit dir unter der Woche feiern war und du deshalb die Prüfung verpennst. Ab jetzt gilt: Epische RikMo-Partys nur noch am Wochenende. Innerhalb der Woche nur noch Bar-Time, anspruchsvolle Gespräche führen, den Feuilleton diskutieren. Du willst ja schließlich Pädagoge werden."

Ich muss lachen. „So machen wir es, RikMo-Partys nur noch Fr bis So."

Nachschlag: Moritz schaufelt mir nochmal zwei Kellen seiner Lasagne auf den Teller.

Ein guter Tagesabschluss.

7

Fast ein ganzes Jahr als Student ist um. Es ist Freitag, 16.00 Uhr. Soeben habe ich den Hörsaal der Sport-Uni verlassen. Die letzte Klausur des Semesters stand an: Sportsoziologie. Ich bin zufrieden, habe fleißig gelernt und ein gutes Gefühl, dass meine Leistung für eine gute Note reichen sollte.

Vor dem Hörsaal stehen noch einige meiner Kommilitonen und quatschen über die Klausur.

„Was hast du bei Frage acht geschrieben? Hast du da auch die gesellschaftlichen Funktionen des Sports genauer beschrieben?“ Die üblichen Fragen nach einer Klausur.

Ich habe mich immer schon gefragt, was diese Talks bringen sollen. Im besten Fall wird deine Antwort bestätigt, in den meisten Fällen wird man aber verunsichert und alle Beteiligten gehen danach mit einem schlechteren Gefühl aus dem Gespräch als vorher. Daher habe ich mich schon immer von diesen Nachbesprechungen ferngehalten. So mache ich es auch heute. Muss mich eh beeilen, schnell nach Hause, die Wohnung aufräumen und kurz wischen. Klara hat sich angemeldet, wir feiern meinen Semesterabschluss. Sie bleibt bis Sonntag, dann geht es über die Semesterferien gemeinsam zurück in die Heimat.

Es klingelt. Gerade noch habe ich den Wischmopp wieder unter mein Bett gestopft. In Rekordgeschwindigkeit habe ich die Wohnung auf Vordermann gebracht. Da ich in meiner Bude keinen Abstellraum habe, wurde der Stauraum unter meinem Bett zum Abstellbereich für jegliche Putzutensilien. Man wird als Student erfinderisch.

Ich drücke den Türöffner und lausche im Treppenhaus. Schon am Geräusch der Tritte kann ich Klaras sanften Gang hören.

Mein Puls wird schneller, meine Vorfreude auf sie ist riesig. Haben uns jetzt schon ganze vier Wochen nicht gesehen. Für viele Fernbeziehungen ein Klacks, für unsere Beziehung die längste Trennung, die wir je hatten. Während meiner Klausurenphase brauchte ich die Wochenenden zum Lernen und Klara war beruflich sehr eingespannt.

Die Tritte werden lauter und endlich biegt sie um die Ecke. Wir sind wieder vereint und die nächsten vier Wochen wieder unzertrennlich. Wir fallen uns in die Arme. Nachdem ich eben noch den Bereich unter meinem Bett benötigt hatte, benötigten wir nun dringend den Bereich darüber.

18.30 Uhr. Wir liegen im Bett.

„Na, was machen wir heute noch?“, fragt Klara.

„Och, ich find’s ganz gemütlich, muss ich sagen. Könnt’ so bleiben.“ Ich grinse schelmisch und streichle Klara liebevoll über den Rücken. „Spaß beiseite, habe uns Karten für das Spiel heute Abend besorgt: USC Münster – Schwerin.“

Klaras Augen strahlen. Klara ist nicht sonderlich sportbegeistert, aber Damen-Volleyball ist ihr Steckenpferd. Die Begeisterung hat sie von ihrem Vater. Vor seinem Unfall war er stets treuer Fan von Alemannia Aachen. Nach seinem Unfall war er nur noch einmal dort. Auf der Rollitribüne. Spiel gegen den 1.FC Nürnberg. Ende des Ganzen: Ausschreitungen der Fans mit Gästefans, Becherwürfe aufs Spielfeld inklusive getroffenen und verletzten Beteiligten.

Am meisten hat ihn aber der Hass erschrocken, die aufkochende Gewalt zwischen zwei eigentlich sportlichen Parteien, denen Fairness schon alleine durch den sportlichen Gedanken heilig sein müsste. Und das alles noch aus der Perspektive eines im Rollstuhl sitzenden, fast hilflosen Mannes. Den Fußballsport verfolgt Norbert, Klaras Papa, trotz allem weiter interessiert. Aber nur von Zuhause aus.

Mir sagte er mal: „Als ich noch als gesunder Mann auf der Tribüne stand, habe ich da gar nicht so drauf geachtet: auf die Gesänge, auf die Gewalt, auf die oft hässliche Stimmung. Als ich aber in meinen Rollstuhl gefesselt dasaß und den Hass im Blick einiger Fans sehen konnte, wusste ich, dass bei einer Eskalation auf mich keine Rücksicht genommen werden würde. Und selbst wegrollen kann ich auch nicht. In dieser Situation hatte ich Angst.“

Immer, wenn er davon erzählt, läuft es mir schaurig den Rücken herunter. Dass Leute, die Unterhaltung genießen und aus ihrem Alltag abgelenkt werden wollen, Angst haben müssen, wenn sie in ein Stadion gehen, das hat nicht nur ihm, sondern auch mir die Augen geöffnet. Seitdem geht er gerne zum Volleyball. Dort sei die Stimmung immer respektvoll beiden Teams gegenüber. Jede gute Aktion wird gefeiert, egal ob Heimteam oder gegnerische Mannschaft. Dieser sportliche Geist, der hier gelebt wird, Teamgeist und Fangemeinschaft, zog dann auch Klara in den Bann. Anfangs war sie meist nur als Betreuerin ihres Vaters mit bei den Spielen. Mit der Zeit entfachte sich die Leidenschaft für diesen Sport dann auch bei ihr.

Die Ballsporthalle des USC ist gut besucht, wir haben Plätze auf der Tribüne ergattern können, mit perfektem Blick aufs Spielfeld. Spiel gegen den Tabellenführer, die Chancen auf einen Sieg stehen eher schlecht. Die Chancen auf einen schönen Abend aber sehr gut.

„Prost auf dich!“ Klara hat uns zwei Pinkusbier geholt, Münsteraner Bier, herrlich süffig. „Auf die Semesterferien.“ Wir stoßen an und gönnen uns einen ordentlichen Schluck aus den Plastikbechern.

„Zwei Semester geschafft. Würdest du es nochmal machen?“, will Klara wissen. Auf dem Spielfeld baggern und pritschen sich die Damen zum Aufwärmen die Bälle um die Ohren. Ich überlege kurz, komme aber schnell zu einer Entscheidung.

„Auf jeden Fall! Sport zu studieren, war die perfekte Entscheidung. Habe zwar erst zwei Semester auf dem Buckel, kann aber jetzt schon sagen, dass alle Seminare und Vorlesungen genau das Richtige für mich sind. Sportstudent zu sein ist irgendwie besonders.“

„Wie meinst du das?“, fragt Klara.

„Ich glaube, ich könnte dir in einer Mensa voller Studenten schon von Weitem alle Sportstudenten herauspicken“, prahle ich.

„Wahrscheinlich, weil sie alle den ganzen Tag Trainingsanzüge tragen“, frotzelt Klara zurück, während die Schiedsrichter die beiden Teams auf dem Spielfeld zur letzten Besprechung vor Anpfiff bitten.

laran. Aber ohne Witz: Wir Sportstudenten fallen auf: t gut gelaunt, haben ein Grinsen im Gesicht, sind oft in wegs, man kennt sich untereinander. Du musst dir das n jedem Wintersemester fangen so 100 Studenten an der Sportuni an. Unsere Vorlesungen finden auf dem Sportcampus statt, alle Seminare ebenso. Dort triffst du auf deine Kommilitonen, meist alle aus dem gleichen Semester, weil das Sportstudium gut organisiert wird. Das unpersönliche und oftmals Anonyme eines Studiums in Riesenhörsälen gibt es bei uns nicht. Und die Praxisveranstaltungen sind der absolute Knaller: Pro Semester belegen wir meist zwischen zwei und drei Praxisveranstaltungen, so wie ich jetzt zum Beispiel Leichtathletik und Kleine Spiele belegt hatte, einmal die Woche hast du Theorieseminar mit deinem Prof und einmal Praxis. Um dich dann mit der Praxis genauer beschäftigen zu können, kannst du jeden Tag zu Trainingseinheiten gehen, die werden von studentischen Hilfskräften geleitet, die die Prüfung schon sehr gut bestanden haben. Außerdem kannst du jederzeit auf dem Sportcampus alle Sportbereiche nutzen, egal ob Sportplatz oder Halle. Einfach perfekt. Während des Trainings findest du immer Kommilitonen als Trainingspartner, wenn du nicht eh schon verabredet warst. So wie Silas, von dem habe ich dir ja erzählt." Ich bin selbst von mir verwundert, dass ich kurzfristig in einen solchen Monolog des Schwärmens verfallen bin.

„Oh ja, die Story vergesse ich nicht so schnell!", entgegnet Klara und verdreht liebevoll die Augen. „Du Pappnase."

Die Teams kommen auf das Spielfeld und nehmen ihre Aufstellungen ein. Die Schiedsrichter reißen mich aus der Schwärmerei für das Sportstudium heraus.

„Um auf deine Frage zurückzukommen: Ja, Sport würde ich auf jeden Fall wieder machen. Dass ich mit vollem Herzen dabei bin, kannst du auch daran erkennen, dass ich meine Basketballschuhe an den Nagel gehangen habe: Das Erlernen von neuen Sportarten in jedem Semester bockt einfach zu stark und benötigt viel Trainingszeit. Da habe ich keine Zeit mehr für Zusatztraining im Verein."

„Da hast du Recht.“ Klara nickt mir zustimmend zu, lässt mich aber mit ihrer Mimik zeitgleich erkennen, dass ich meine Klappe halten soll. Das Spiel läuft schon.

„Auf geht’s, USC!“, rufe ich anfeuernd in Richtung Spielfeld.

Keine zwei Stunden später schlendern wir zurück nach Hause. Im Gepäck eine deftige Niederlage nach zwei Sätzen gegen den sehr überlegenen Gegner aus der Landeshauptstadt MeckPomms.

Ein schöner Abend war es trotzdem, die Münsteraner Ladies gaben alles, die Spielzüge der gegnerischen Meisterinnen waren aber weitaus durchdachter und effektiver. Der Sieg geht voll in Ordnung.

Auch Klara gefiel das Spiel sehr, sie konnte es ja mit ganz neutraler Brille schauen. Es ist ein lauer Abend, feinstes Pulloverwetter. Wir entscheiden uns gegen den Bus und spazieren lieber den Weg zurück. Alles genießen, was geht.

„Jetzt habe ich die ganze Zeit von mir erzählt, meinem Studium, meinen Erlebnissen, meinen Prüfungen“, fällt mir auf. Vielleicht ein wenig uncharmant, aber Klara kennt mich ja.

„Kein Problem“, erwidert sie lächelnd, „bei mir passiert ja auch nicht viel. Da höre ich dir gerne zu. Und ab morgen kann ich dir ja vier Wochen lang jeden Tag erzählen, was ich alles so erlebe.“

Klara piekst mich neckend in die Seite und lacht. „Oh ja, das werde ich genießen. Da fällt mir ein, morgen Abend möchte meine Mutter für uns kochen, ein Willkommen-Zurück-Essen. Habe ich dir vergessen zu sagen, ist das okay für dich?“, fragt Klara.

„Ja klar, völlig. Deine Mutter ist zwar nicht die beste Köchin, aber für deine Eltern setze ich mich auch an den Tisch, wenn es verkohlte Frikadellen aus Gammelfleisch geben würde. Richte ihr aus, ich bin gerne dabei.“

„Hab ich ja schon“, grinst Klara.

„Wie geht es deinen Eltern denn?“

„Ging schon mal besser“, antwortet Klara leise. „Irgendwie wird mein Vater anders, er wirkt nicht mehr so lebensfroh, wo er doch früher stets gutgelaunt und positiv war. Das würde vielleicht vielen nicht auffallen, er kann es gut kaschieren. Wer ihn aber genauer kennt, der sieht, dass er stiller geworden ist. Ich weiß nicht, warum." Klaras Blick wird starr, ihre Gesichtszüge wirken traurig und abgeschlagen.

Ich kann es gut verstehen. Immer wieder wundere ich mich, wie sie und vor allem ihre Mutter diese Kraft tagtäglich aufbringen können, zu 100 Prozent für ihren Vater, ihren Mann, da zu sein. Zeitgleich aber ein Privatleben zu führen und ein Arbeitsleben aufzubauen.

Schwächephasen zeigen die beiden nur selten, schnell wird sich immer wieder Positivem zugewendet.

„Hast du denn schon mit deiner Mutter gesprochen? Sieht sie es auch so?", frage ich.

„Ne, noch nicht. Möchte sie damit nicht belasten. Sie hat genug um die Ohren. Aber hey, ab morgen bist du wieder da. Vielleicht braucht er wieder Gesprächspartner, mit denen er auf seinem Niveau über Fußball, Sport und Co. plaudern und philosophieren kann. Ich kann nur allzu gut verstehen, dass die Pseudofußballtalks mit mir eher launeverderbend sein können", gesteht Klara mit wieder aufhellendem Blick und einem leichten Grinsen.

Ich äffe ich ein mögliches „Fachgespräch" zwischen Klara und ihrem Vater nach: „Eindeutiger Trainerfehler gestern beim Spiel gegen Wolfsburg. Der Frontzeck hätte niemals den Krontriris für den Pinto reinbringen dürfen. Da musst du doch defensiver wechseln und die 2:0 Führung verteidigen. – Jau Vadder, seh' ich auch so. Wenn der Pinto runter ist, fehlt dem Team ja auch der Leitwolf."

Sie prustet los: „Exakt, du kannst hellsehen. Keine Ahnung haben, aber prägnante Wörter reinwerfen, das kann ich. Leitwolf, ganz wichtig."

„Mach dir keinen Kopf, ich päpple deinen Vater wieder auf. Ab morgen heißt es jeden Tag ‚Willkommen zum Doppelpass-Fußballtalk mit Riko Wontorra'." Ich nehme Klara in den Arm und drücke ihr einen dicken Kuss auf die Stirn.

8

6.30 Uhr. Ich sitze am Küchentisch und schiebe lustlos ein Brot mit Fleischwurst in mich hinein. Etwas mehr als anderthalb Jahre ist es nun her, dass ich zu ähnlicher Zeit auch hier saß. An Ort und Stelle.

Vor einer Woche habe ich die Semesterferien eingeläutet und bin mit Klara gemeinsam in die Heimat gedüst. Die erste Woche habe ich mir direkt als Urlaubswoche gegönnt: Eine Woche nicht an Uni denken. Nur schöne Dinge planen, ausschlafen und das Leben genießen. Klara hat sich extra drei Tage Urlaub genommen, damit wir drei gemeinsam ein paar volle Wochentage genießen konnten. Herrlich war's.

Selbstredend habe ich auch versucht, Klara und meine Schwiegermutter in spe bei der Pflege von Klaras Vater zu unterstützen. Das genossen die beiden spürbar. Und Klaras Vater blühte tatsächlich wieder auf. Wenn Klara und ihre Mutter arbeiten waren, unternahmen wir kleine Ausflüge. Mal in den Tierpark, mal einfach durch die Fußgängerzone bummeln und dem Treiben zuschauen, mal ins Café und die Seele baumeln lassen. Dort konnte dann ordentlich sportlich gefachsimpelt werden. Manchmal fühlte ich mich wie Omar Sy in „Ziemlich beste Freunde", nur weiß und ohne Millionär-Rolli-Freund.

Dass ich trotz allem einen etwas wesensveränderten Schwiegerpapa vorfand, behielt ich für mich. Auch ich fand, dass er insgesamt eher ruhig, antrieblos und müde wirkte. Ich hielt mich aber eher an den positiven Seiten fest. Methode à la Klara. Dass Klaras Papa wieder lachen konnte, und das auch herzhaft, bestärkte mich darin, meine aufkommende Sorge um ihn nicht weiter breitzutreten. Ich musste Klara und ihre Mutter ja nicht unnötig belasten.

Die meiste Zeit verbrachte ich bei Klaras Familie, zog quasi mit ein. Ansonsten besuchte ich natürlich meine Oma, ließ mich von ihr auf den aktuellen Stand setzen, welcher Mitarbeiter meines Vaters wie effektiv und gut arbeitete und wie man irgendeine Entscheidung meines Vaters anders hätte machen können. Wenn sie ihren geschäftlichen Monolog ohne eine Möglichkeit der Gegenrede beendet hatte, wurde sich kurz mir gewidmet. „Und, wie ist es bei dir? Kommst du voran im Studium, oder hängst du eher in den Tanzlokalen ab, so wie dein Vater damals?“ Ein kleines Grinsen huschte ihr dabei über die Lippen. Daran erkannte man, dass sie es eigentlich nicht so böse meinte, wie sie es immer aussprach.

„Wann musst du los?“ Meine Mutter kommt ins Esszimmer, in ihrer Hand ein frisch gebrühter Kaffee.

„Würde wohl auch noch einen nehmen“, rufe ich ihr frech zu.

Kopfschüttelnd verlässt meine Mutter wieder den Raum. Dass sie dabei ihre Augen verdrehte, sehe ich aber natürlich noch.

„Gerne, weil du es bist“, zischt sie dabei liebevoll zurück. Keine Minute später kann ich dann auch in den Genuss des braunen Golds kommen, dem Muckefuck, dem natürlichen Wachmacher. Da meine Eltern sich eine neue Maschine gekauft hatten, wollte ich nichts verstellen, indem ich mir schon vor meinen Eltern einen Kaffee zog. Ein Vollautomat mit allem Pipapo, ein wahres Schmuckstück. Das Teil würd’ ich gerne mitnehmen, wenn die Uni wieder losgeht. „Kann ich gut gebrauchen“, scherze ich.

„Vergiss es, den brauch ich hier“, lacht meine Mutter und trinkt genüsslich noch einen Schluck. „Wann musst du denn los?“, fragt sie nochmal.

„Bin in zehn Minuten weg, keine Sorge. Ich komm schon nicht zu spät.“

„Dann check vorher die Staunachrichten, du musst über die Ringe, da staut es sich morgens immer sehr. Da kannst du schon mal gut und gerne 30 Minuten länger brauchen.“ Sie schaut mahnend, so wie Mütter eben schauen, wenn sie merken, dass Sohnemann trödelt.

„Alles klar, ich mach jetzt Tempo“, antworte ich und schlurfte daraufhin mit der Kaffeetasse in Richtung Badezimmer. Natürlich weiß ich aber auch, dass die Ringe niemals so verstopft sind, dass man 30 Minuten mehr Zeit einrechnen müsse. Aachen ist ja nicht LA.

Ich trödele aber tatsächlich, daher muss das letzte Zähneputzen und Frischmachen im Bad selbstredend verkürzt werden, damit ich pünktlich losdüsen kann.

Während des Zähneputzens stelle ich die Theorie auf, dass es wohl in den Genen von Lehrerinnen und Lehrern so angelegt sein müsse, unter Zeitdruck zu geraten. Durch ausgiebiges Frühstücken inklusive Zeitungslesen, wodurch dann am Ende immer die Zahnhygiene nach dem Morgenkaffee leiden müsse. So ist es natürlich nicht verwunderlich, dass der typische Lehreratem, der fiese nach altem Kaffee stinkende Mundgeruch, Einzug in fast jede Schule hält. Mir kommt es fast hoch, wenn ich daran denke, wie mein alter Geschichtslehrer hinter mir stehend meine Aufgaben nachsieht und von oben sein abartiger Atem in meine Nasenlöcher strömt.

Ich würge fast und nehme mir vor, ab morgen mehr Zeit für die Zahnhygiene einzuplanen.

Meine Mutter steht schon leicht hibbelig im Flur und wartet nur darauf, dass ich endlich das Haus verlasse und mich auf den Weg mache.

Sie hat mal wieder ihre Verbindungen spielen lassen und mir einen traumhaften Praktikumsplatz besorgt. Für mein Studium muss ich ein vierwöchiges Praktikum in einer Grundschule machen. Um wieder mehr Zeit in der Heimat zu verbringen und bei Klara sein zu können, entschieden wir, dass ich die vier Wochen in Aachen sein werde. Und Tag eins beginnt heute.

Wenn ich an meine eigene Zeit in der Grundschule zurückdenke, habe ich nicht mehr viele Erinnerungen. Große Feste und Veranstaltungen sind natürlich weiter präsent, die vergisst man nicht so schnell. Gemeinsame Übernachtung in der Schule oder die erste Klassenfahrt in die 30 Minuten Busfahrt entfernte Jugendherberge in der Eifel, die sich für den jungen Riko so anfühlte wie eine Weltreise, brennen sich ins Gedächtnis ein.

Ich könnte aber nicht mehr genau sagen, wie so eine Unterrichtsstunde damals genau ausgesehen hat oder wie die Abläufe waren. Vom Grundschulalltag kann ich mich aber ganz genau an eines erinnern: Meine Grundschule wurde von Frauen beherrscht. Der einzige Mann war der Hausmeister. So war es schon damals. Wenn eine Schule damals einen männlichen Lehrer hatte, so war dieser meist nur noch in der Verwaltung tätig, nämlich als Direktor der Schule.

In der vierten Klasse änderte sich dieser Zustand: Unsere Klasse bekam einen Referendar in Mathe und Sport: Herr Lank. Herr Lank wollte lange Profifußballer werden, spielte u.a. bei Roda JC Kerkrade in den Niederlanden und der zweiten Mannschaft von Borussia Mönchengladbach. Doch der Sprung hin zum großen Vertrag bei einer Top-Mannschaft in der Bundesliga war ihm nicht vergönnt.

So entschied er sich im Alter von 25 Jahren dazu, einen anderen Weg einzuschlagen, und studierte Grundschullehramt. Mit 30 Jahren hieß es dann für ihn ab ins Referendariat. Das durfte er an meiner Grundschule machen.

Für mich und viele Jungs aus meiner damaligen Klasse ein echter Glücksgriff. Nichts gegen meine damalige Grundschullehrerin Frau Krickels-Meier, aber Herr Lank war schon nach nur wenigen Schultagen die Nummer eins in der Lehrerwelt. Dabei war er zu diesem Zeitpunkt offiziell noch gar kein Lehrer, sondern „nur" Lehramtsanwärter.

Für einen Referendar war unsere Klasse, die 4c, die perfekte Unterrichtsklasse. Frau Krickels-Meier hatte uns wunderbar im Griff, hatte uns sowohl selbstständiges Arbeiten als auch viele Elemente von kooperativen Lernmöglichkeiten gelehrt. Herr Lank konnte es sich folglich im gemachten Nest didaktisch und pädagogisch gemütlich machen.

Wir waren keine Chaotenklasse, wir wussten, wann es sich zu benehmen galt und wo die Grenzen jedes Lehrers lagen. Nur selten überschritten wir sie. Bei Herrn Lank überschritten wir sie nie. Wir waren so froh, dass wir mal einen Mann als Lehrer hatten, dass wir es uns nicht mit ihm verscherzen wollten. Dann wäre er gegebenenfalls in einer anderen Klasse für seine Unterrichtsvorhaben eingesetzt worden.

Auch die Mädchen freuten sich sehr über Herrn Lank. Mit beginnender Pubertät und wechselhaften Launen war er oft der richtige Ansprechpartner für sie. Er machte sich nichts aus Zickereien und Streitereien und konnte schnell auch mal Fünfe gerade sein lassen. Viele weibliche Lehrpersonen reagierten oftmals schnippisch auf die sich langsam entwickelnden kleinen weiblichen Persönlichkeiten.

Wenn mich damals jemand fragte, was ich denn mal beruflich machen wollen würde, kamen ab dem vierten Schuljahr nicht mehr die typischen Antworten wie Polizist, Tierarzt oder Feuerwehrmann, sondern ganz klar: Grundschullehrer. Ich wollte das machen, was Herr Lank machte. Auf jeden Fall Sportlehrer werden. Ich wollte auch in meinem Beruf Spaß haben, Kindern den Spaß am Sport und der Bewegung vermitteln. Ja und nebenbei natürlich auch noch Mathe unterrichten. Das machte Herr Lank ja auch nicht so schlecht.

Meine Mutter erzählte Herrn Lank damals beim Elternsprechtag davon, dass ich zu Hause regelrecht von ihm als Lehrer schwärmen würde und nun auch gerne mal Grundschullehrer werden würde. Ein unglaublich peinlicher Moment für den damals knapp zehnjährigen Riko, bei dem so langsam das Coolsein-Bestreben begann. Nach dem Gespräch hing kurz der Haussegen schief. Ich war sehr sauer auf meine Mutter, fühlte mich verraten und bloßgestellt. Doch das legte sich wieder. Spätestens, als auch meine Oma von der Story erfuhr und sagte: „Stell dich nicht so an. Ist doch gut, kannst nur dadurch gewinnen. Jetzt haste einen Stein im Brett beim Pauker. Stehste mal zwischen zwei Noten, kriegste bestimmt die Bessere."

Das wirkte und beruhigte mich. Ob sie aber wohl Recht hatte? Heute kann ich sagen: Nein.

Meine Mutter war es nun, die mir half, einen Praktikumsplatz an der Schule bei Herrn Lank zu bekommen. Marta hatte noch seine

Telefonnummer und gab sie meiner Mutter mit. Sie war damals die Ausbildungslehrerin von Herrn Lank im Fach Mathematik. Nach seinem Referendariat hatte er keine direkte feste Anstellung an einer Schule erhalten, weil es damals kaum freie Lehrerstellen auf dem von Frauen dominierten Markt gab. Und diese wurden bei zu besetzenden Stellen meist auch noch bevorzugt, aus Gleichstellungsgründen, wie es damals hieß.

Herr Lank fand dann aber nach einer fast einjährigen Wartezeit eine feste Stelle knapp 30 Kilometer außerhalb von Aachen, in Monschau. Einem kleinen Eifeldorf. Sehr idyllisch. Hier gefiel es ihm, hier blieb er und wurde mittlerweile sogar Konrektor an der Schule.

Als ich ihm am Telefon davon erzählte, dass ich gerne ein Praktikum an seiner Schule machen würde, staunte er nicht schlecht. Mein Einsatzwillen begeisterte ihn. Er kam fast ins Schwärmen, dass ein weiterer Mann den Weg raus in die Eifel finden würde, um dort an einer Grundschule Unterrichtserfahrung sammeln zu können.

Persönlich an mich erinnern konnte er sich sogar auch noch, das sagte er zumindest am Telefon. Wir vereinbarten den Zeitraum für das Praktikum in meinen Semesterferien.

„Wenn du da bist, läufst du in Sport bei mir mit. Kannst mir danach ja sagen, ob du noch etwas von meinen alten Stunden wiedererkennst“, sagte er zur Verabschiedung.

Ich legte auf und freute mich auf ein Wiedersehen mit meinem beruflichen Idol.

7.00 Uhr. Ich muss dringend los. 50 Minuten Fahrtzeit muss ich einplanen.

Unterricht beginnt um 8.15 Uhr. In der Eifel ticken die Uhren halt ein bisschen anders. Für mich aber gut. Ich setze mich ins Auto meiner Mutter, welches ich mir freundlicherweise für die vier Wochen borgen darf. Gurt umgelegt, MP3-CD eingelegt und mit dem Sound von Casper geht es ab Richtung erste Stufe des Lehrerlebens: Dem Praktikum.

9

„Echte, berufene, geborene Lehrer sind fast so selten wie Helden und Heilige."

Dieses Zitat von Erich Kästner bringt meine Oma wieder auf den Tisch, wenn es darum geht, dass ihr bislang einziger Enkelsohn auf den Spuren von Turnvater Jahn und Lehrer Hempel wandeln möchte. Die Absage an die Übernahme Ihrer Firma steckt ihr weiter in den Knochen.

Zu meinem Glück führt sie das Zitat aber nicht weiter aus. Der Subtext – „Ob du ein solcher Lehrer sein kannst, lieber Riko? *I doubt it!*" – bleibt aus.

Alle wissen, dass sie so denkt. Vielleicht nicht wortwörtlich, inhaltlich aber zu 100 Prozent. Direkt ausgesprochen wird es von ihr aber nicht.

Ob ich der geborene Lehrer bin? Ich weiß es auch nicht. Gibt es diese? Sind sie so selten wie der kluge Erich meinte? Wenn ich an meine Lehrer zurückdenke, fallen mir einige ein. Auch sicher einige, bei denen ich mich immer gefragt habe, wie sie jemals eine Prüfung vor Schülern bestehen konnten.

In der Summe komme ich aber auf weit mehr gute Lehrer als auf Nietenlehrer. Und wie viele Helden und Heilige kenne ich? Michael Jordan, Franz Beckenbauer, Stefan Lämmermann, Mutter Theresa und einige Lebensretter, deren Namen ich nicht kenne, die Stories aus der Zeitung und den Nachrichten aber noch vor Augen. Ich einige mich mit Erich vorerst auf ein Unentschieden.

Autofahrt zur Schule beendet, mein Gedankengespinst kann wieder getrost weggepackt werden.

Auf dem Lehrerparkplatz der Schule herrscht reges Treiben. Es ist 20 Minuten vor Unterrichtsbeginn. Die Volvos und Volkswagen quetschen sich in die Parklücken und frisch gestylte Lehrerinnen unterschiedlichen Alters suchen bepackt mit mindestens vier verschiedenen Taschen und Rucksäcken den Weg zum Schulgebäude auf. Eines vereint dabei fast alle: Ein Schal oder Tuch als Accessoire um den Hals. Scheint das It-Piece in der Lehrerinnenwelt zu sein.

Ich hole meinen Rucksack, folge den Frauen zum Eingang und laufe zielgerichtet zum Lehrerzimmer.

Vor der Tür steht eine Dame, Mitte 30. Könnte Cordula heißen. Oder Ingrid. Ihr Mann wird in einer IT-Abteilung arbeiten. Typ Macher. Sie ist Hausfrau und zu 98 Prozent für die Erziehung des Kindes zuständig. Oder der Kinder.

Ich erwische mich wieder dabei, dass ich mich in meinen Gedanken verliere. „Riko, Contenance."

Ich grüße die Dame freundlich.

„Arbeiten Sie hier?", fragt sie aufgebracht.

Ich schaue verdutzt. „Ne, ich fange heute mein Praktikum hier an. Kann Ihnen also leider nicht weiterhelfen. Haben Sie schon geklopft?"

„Nein, ich habe aber Frau Kneitel gestern Abend noch eine E-Mail geschrieben, dass ich direkt morgen auf der Matte stehe."

„Alles klar, ich klopfe mal", antworte ich, „vielleicht ist ja schon jemand da."

Auf mein Klopfen wird reagiert. Herr Lank steht in der Tür. „Moin Riko, da bist du ja. Komm rein."

„Herr Lank, schön, dass ich Sie sehe", platzt Ingrid-Cordula dazwischen. „Ist Frau Kneitel da?"

Herr Lank überlegt kurz. „Nein, noch nicht. Kann ich Ihnen weiterhelfen?"

„Na toll, ich habe ihr gestern Abend extra geschrieben, dass ich sofort morgen früh hier bin und mit ihr sprechen muss. So geht das nicht. Ich habe gleich Hot Stones-Massage, den Termin kann ich nicht mehr absagen. Wann kommt sie denn? Müssen die Lehrer denn nicht früher in der Schule sein? Oder reicht es, wenn sie mit dem Gong in die Klasse fallen?"

Kurz herrscht Stille im sonst so belebten Gebäude.

„Frau Uppstein-Harpenbrock, ich spüre bei Ihnen eine leichte Aufregung. Ich nehme mich gerne ihrem Problem an, erwarte dann aber von Ihnen auch einen respektvollen Umgang im Gespräch und vor allem meinen Kollegen gegenüber." Der Gesichtsausdruck von Herrn Lank wird ernster.

In meinem Kopf wettert Cordula schon weiter:

Wie frech kann Frau Kneipel eigentlich sein? Die gute Cordula hat doch schon lange hier zu stehen! Sie hat doch nur diesen Zeitslot. Die Steine sind schließlich schon heiß. Nicht, dass die kalt werden. Dann kann das ja alles nichts mehr werden. Ich bremse meine Gedanken schnell aus, als ich mir vorstelle, wie Cordula vor lauter Wut in einen der Hot-Stones beißt. Ich drifte ab. Schnell zurück ins Hier und Jetzt.

„Erzählen Sie mir doch kurz, welches Problem Sie mit Frau Kneipel besprechen möchten? Vielleicht kann ich Ihnen ja direkt weiterhelfen. Wenn nicht, könnten Sie andernfalls auch einen Gesprächstermin mit Frau Kneipel zu ihren bekannten Sprechzeiten vereinbaren. Das wäre kein Problem." Herr Lank unterbricht meine Tagträumerei, vor Augen hatte ich die aufgetakelte Cordula-Ingrid in Designerbademantel,den heißen Stein zwischen den Zähnen. Dahinter den sehr behaarten Masseur Gunther. Gut, dass ich unterbrochen werde.

„Am Freitag in der fünften Stunde durfte meine Aline nicht auf Toilette gehen. Frau Kneipel hat es ihr untersagt. Daraufhin ist Aline trotzdem gegangen, sie musste so dringend. Und als sie wieder zurückgekommen ist, hat Frau Kneipel ihr eine Strafarbeit über das Wochenende aufgegeben. Das ist unerhört. Ich habe recherchiert und herausgefunden, dass Frau Kneipel meiner Tochter nicht untersagen darf, auf Toilette zu gehen. Das ist ein Verstoß gegen die Menschenrechte. Daher war es vollkommen richtig, dass meine Tochter selbstständig den Raum verlassen hat, um ihre Notdurft zu verrichten. Die Strafarbeit wird sie nicht erledigen. Sollte Frau Kneipel weiter daran festhalten wollen, sehe ich mich gezwungen, rechtliche

Schritte einzuleiten." Während Frau Uppstein-Harpenbrock redet, plustert sie sich immer weiter auf, wie ein kleiner bissiger Terrier. Wo ist die Dogge, die den Terrier in die Schranken weist?

„Alles klar, Frau Uppstein-Harpenbrock. Ich bin soweit im Bilde. Ich kann Ihren Ärger verstehen. Dass einem Kind der Gang zur Toilette verwehrt wird, ist sehr unangenehm. Für beide Seiten. Haben Sie schon mit Aline über eine mögliche Vorgeschichte gesprochen?" Herr Lank bleibt weiter ruhig. Er scheint die Dogge zu sein, die den Terrier langsam und gemächlich runterfahren lässt. Und yeah, ich erkenne etwas aus meinem Uni-Seminar wieder: *Aktives Zuhören in Elterngesprächen*. Verständnis zeigen und kurz die Stimmung und den Inhalt des Vorredners als Einleitung wiederholen, bevor man zu seinem Beitrag kommt. Klappt.

Ingrid-Cordula wirkt zunehmend zurückhaltender. Sie hatte nach ihrem aufbrausenden Gekläffe wohl auf einen Entschuldigungsmarathon mit Pauken und Trompeten gehofft. Dass Frau Kneipel leicht winselnd zugibt, dass sie überreagiert hat und ihre Tochter natürlich keinerlei Schuld trifft.

Das Gegenteil tritt ein. Herr Lank lenkt das Gespräch geschickt um: Die Schuld soll nicht direkt bei der Lehrperson gesucht werden, sondern zuerst soll das Gespräch mit der eigenen Tochter geführt werden.

„Ja, klar habe ich mit ihr gesprochen. Alina hat Frau Kneipel während des Unterrichts gefragt, ob sie auf Toilette gehen könne. Frau Kneipel hat ihr gesagt, dass sie nicht gehen dürfe."

„Alles klar, Frau Uppstein-Harpenbrock. Ich würde vorschlagen, dass Sie noch einmal das Gespräch mit ihrer Tochter suchen. Frau Kneipel hat mich am Freitag über den Vorfall informiert, da Alina sehr aufbrausend und wütend war. Ihre Schilderungen finden sich in denen meiner Kollegin nur in kleinen Teilen wieder. Wenn Sie nach dem Gespräch mit ihrer Tochter weiter das Gespräch mit Frau Kneipel suchen möchten, vereinbaren Sie gerne einen direkten

Gesprächstermin. Wenn Sie möchten, könnte Aline daran ja auch teilnehmen", schlägt Herr Lank vor. „Rechtliche Schritte dürfen Sie natürlich jederzeit einleiten. Ich weise allerdings darauf hin, dass Schülerinnen und Schülern der Gang zur Toilette während der Unterrichtszeit nicht gewährt werden muss. Es sei denn, Ihre Tochter kann ärztlich vorweisen, dass sie die Toilette außerplanmäßig aufsuchen muss und wir als Schule wurden darüber von Ihnen als Eltern informiert. Können wir das Gespräch so zu einem für beide Seiten akzeptablen Ende bringen?"

Herr Lank schaut den jetzt zusammengekauerten Terrier fragend an.

Verdutzt schaut Alines Mutter den Flur entlang, dabei den Blick von Herrn Lank ausweichend. Man kann förmlich zusehen, wie es weiter in ihr brodelt, sie aber nicht weiß, gegen was oder wen sie nun lospoltern soll. Sie ringt ein gequältes „Gerne, Herr Lank. Danke für Ihre Zeit. Ich rede mit meiner Tochter und melde mich", heraus. Frau Uppstein-Harpenbrock dreht auf dem Absatz um und schleicht sich wieder aus dem Schulgebäude.

„Kam rein wie ein stolzer und aufgeblasener Gockel und geht raus wie ein gerupftes Huhn", denke ich mir grinsend.

„Sorry, das musste ich noch kurz klären. Meine Kollegin wusste Freitag schon, dass die heute hier antanzen wird. Die geht der schon seit Beginn des Schuljahrs auf den Keks. Nun denn, solche Eltern wirst du immer haben. Die schützen ihr Kind wie kleine Bulldoggen, suchen die Schuld immer bei anderen. Mal sind es die anderen Kinder, mal die Lehrer. Und jedes Mal kommt der Beisatz: sonst muss ich rechtliche Schritte einleiten. Da kommt mir das Kotzen. Wegen solchen Pappnasen muss heutzutage jeder Lehrer eine berufliche Rechtschutzversicherung abschließen, weil man nicht dagegen gewappnet ist, dass irgendein dahergelaufener Heiopei eine Klage gegen die Kleidung der Lehrperson oder irgendwas anderes einreicht. Das soll nicht heißen, dass alle Klagen, die gegen Lehrer eingereicht werden, Bullshit sind. Da sind sicherlich auch sinnvolle

Dinge dabei. Aber aus meiner Erfahrung kann ich sagen, dass fast alle Klagen, von denen ich weiß, direkt fallen gelassen wurden, weil sie hanebüchen waren. Und für die Lehrer bedeuten solche Klagen immer einen Haufen an Papierarbeit mit Schreiben, Stellungsnahmen und Co. Steck diese Zeit mal in zusätzlichen Unterricht oder noch intensivere Unterrichtsvorbereitung.“ Herr Lank schüttelt den Kopf. „Egal, abgehakt. Schön, dass du da bist, Riko. Jetzt bist du ja direkt mal rein ins echte Lehrerleben gerutscht. Die nächsten vier Wochen zeigen wir dir dann noch mehr davon. Und da wird einiges Schöneres dabei sein. Brauchst übrigens nicht mehr Herr Lank zu sagen. Du hast jetzt die Seiten gewechselt, Riko. Ich bin Tobias.“

10

Und zack, jetzt noch ein bisschen Petersilie drüber geträufelt und fertig ist das Essen vom Kein-Sterne Koch. Klara sitzt schon am Esstisch. In ihren Augen kann man die Vorfreude auf meine Kochkunst erahnen.

In der Pfanne brutzeln Gnocchi mit Gemüse und einem feinen Glas Pesto Rosso zusammengewürfelt. Ein kulinarischer Gaumenschmaus. Neben dem wochenendlichen Rührei die einzige Mahlzeit, die ich Klara kredenzen darf.

„Mmh, das duftet lecker: Ist bald fertig oder?“, fragt sie mich. Ich kann den aus ihrem Mund fließenden Speichel fast schon mit dem Tuch aufwischen.

„Klaro, et voilà. Für die Dame die *Ballen mit Allem* aus der Studentenkochkunst des Riko. Lassen Sie es sich schmecken!“

Ich stelle ihr den Teller auf ihren Platz und drapiere noch fein grinsend ein frisches Ästchen Petersilie am Rand der Gnocchi.

„Lieben Dank, ein Kuss an den Koch!“

Den nehme ich gerne an. „Küsst du den Koch immer vor dem Essen?“, füge ich schelmisch hinzu und proste ihr mit meinem Bierchen zu.

„Klar, du Depp, wenn es geschmeckt hat, danach auch mit Zunge!“

Wir lachen.

„Wie war es heute in der Schule?“

Mampfend sehe ich in Klaras interessiertes Gesicht. „War ein vielversprechender Start. Hatte direkt das Gefühl, ein Teil des Kollegiums zu sein. War ein schönes Gefühl. Auch mega, dass ich Tobias zugeordnet bin. Ich glaube, das könnte richtig toll werden.“

„Wie schön! Ich erinnere mich noch an meinen ersten Tag der Ausbildung, Mann, was war ich da aufgeregt. Ich konnte die Nacht vorher kaum schlafen, habe mich von links nach rechts gewälzt. In meinem Kopf spielten sich die unterschiedlichsten Szenarien ab, von absolutem Horror und miesgelauntem Team bis hin zu einem offenen, fast schon euphorischen Empfang. Im Nachhinein war es ein ziemlich unspektakulärer Tag. Ich wurde kurz willkommen geheißen, dann dem Team vorgestellt und meiner Ausbildungsbeauftragten zugeordnet. Die Aufregung hätte ich mir sparen können. War aber trotzdem irgendwie ein besonderer Tag, halt weil es der erste war“, erzählt Klara. „Bei dir war es jetzt zwar nicht der erste Tag der Ausbildung, aber auch ein erster Tag. Wie lief der denn so ab?“

„Also zuerst einmal gab es eine kleine Auseinandersetzung mit einem leicht aufgedrehten Mutterhuhn direkt vor dem Lehrerzimmer bei meiner Ankunft.“ Ich rekapituliere ihr die Geschichte. „Danach hat Tobias mich dann dem Kollegium vorgestellt. Die haben sich sehr gefreut, dass ein weiterer Mann für die nächste Zeit im Haus ist. Ich bin für die nächsten vier Wochen im Matheunterricht von Tobias in der vierten Klasse und im Sportunterricht in Klasse drei und eins dabei. In den restlichen Stunden bin ich in der 3b eingesetzt. Tobias ist ja kein Klassenlehrer. So kann ich auch mal in eine integrative Klasse hineinschauen.“

„Klingt cool, was ist denn da anders?“

„Neben den ‚normalen‘ Kindern sind dort auch drei Kinder mit Behinderung Teil der Klassengemeinschaft.

„Wow, das klingt ja spannend“, sagt Klara und spießt sich mehrere Gnocchi auf ihre Gabel.

„Voll! An der Schule gibt es in jedem Jahrgang eine solche Klasse. Dafür ist die Schule auch in der Region sehr bekannt und anerkannt. Die 3b hat eine Klassenlehrerin, wie auch sonst, und zusätzlich eine zugeordnete Sonderschullehrerin zu zwei Dritteln der Stunden dabei. Im Team wird dann unterrichtet. Da bin ich sehr gespannt drauf. Ein wenig Respekt habe ich aber davor.“

„Wieso?“ fragt Klara. Sie ist gerade dabei, sich einen weiteren Löffel Gnocchi als Nachschlag zu nehmen.

„Ich habe die Klasse heute kennengelernt. Total nett. Aber bislang habe ich keine direkten Erfahrungen mit Kindern mit Behinderung gemacht. Klar, ich habe pflegerische Eindrücke gesammelt, wenn ich deinen Vater manchmal mitpflege. Dein Vater ist aber fit im Kopf. Der kann Anweisungen klar formulieren und mithelfen. Die Kinder bleiben aber Kinder und sind komplett auf meine Hilfe angewiesen, wenn die Sonderpädagogin nicht dabei ist."

Klara nickt verständnisvoll. „Was für Behinderungen haben die Kinder denn?"

„Zwei Kinder mit Down-Syndrom und ein blindes Kind sind in der Klasse."

„Das schaffst du", ermutigt mich Klara. „Kann mir dich dabei voll gut vorstellen. Ich bin gespannt auf deine Berichte."

Die Gnocchipfanne ist mittlerweile ratzeputz leergefuttert. Ich räume den Tisch ab und gebe Klara einen dicken Schmatzer.

„Ich bin so froh, dich zu haben", flüstere ich ihr ins Ohr. Ich könnte es ihr gar nicht oft genug sagen.

Am Wochenende ist Durchatmen und Ausspannen angesagt. Die ersten fünf Tage des Praktikums sind geschafft. Tobias schont mich keineswegs, wirklich Zeit zum Durchatmen bleibt mir selbst als Praktikant nicht. Ich will mir gar nicht vorstellen, wie es für die Lehrkräfte sein muss.

„Wir machen das an der Schule immer so, dass wir den Praktikanten einen möglichst realitätsnahen Einblick in das Arbeiten an einer Grundschule zeigen wollen", rief mir Tobias hin und wieder zu. Immer dann, wenn ich den Anschein des „Ich kann nicht mehr"-Praktikanten abgab.

Ich kann seine Intention dahinter verstehen: möglichst schnell in den vier Wochen merken, ob der Beruf etwas für einen ist oder nicht. Habe schon oft von Referendaren gehört, die plötzlich hinschmeißen, weil sie bemerken, dass das tägliche kräftezehrende und oft auch nervenaufreißende Unterrichten keinesfalls mit ihrer Vorstellung und des in der Uni vorher Gelehrten und Gelernten verglichen werden kann. Da sind dann schon mal gut und gerne fünf Jahre vergeblich an der Uni verschenkt worden. Das möchte ich nicht riskieren.

Daher bin ich sehr zufrieden, mich für ein Praktikum bei Tobias entscheiden zu haben. Auch wenn ich mich natürlich oft dabei erwische, wie ich in Gedanken an meine Kommilitonen denke, die zeitgleich irgendwo an einer mindermotivierten Schule irgendwo hinten im Klassenraum sitzen, hin und wieder die Störenfriede Mike und Mandy Eins zu Eins betreuen dürfen und sich den Rest des Tages mit dem Ausnüchtern des vergangenen Partyabends beschäftigen.

Für langes Abschweifen bleibt mir nur wenig Zeit. Im Kopf denke ich schon an Samstag: Oma feiert Geburtstag. 85 Jahre Kontrolle jähren sich wieder.

Nach einem entspannten Frühstück und einem herrlichen Freitagabend mit Klara bei Flammkuchen und Pilsetten im Biergarten erreicht mich die Hiobsbotschaft: Klaras Mutter muss für eine Kollegin einspringen.

Klingt erstmal nicht dramatisch. Bedeutet aber auf zweiter Ebene, dass Klara zu Hause bei Ihrem Vater bleiben muss. Pflegedienst ist erst wieder für die Nacht einbestellt.

„Mach dir keinen Kopf", lüge ich Klara notgedrungen vor, als sie mir schweren Herzens die schlechte Botschaft überbringt. Sie hat wirklich ein schlechtes Gewissen, weil sie weiß, wie gut sie mir bei solchen Treffen tut. Spießrutenlauf vor den Freundinnen meiner Oma ist angesagt.

„Moritz kommt ja auch später noch dazu. Er hat vorher noch ein Spiel, stößt dann aber zur Party-Crowd." Ich versuche, ihr das schlechte Gewissen auszureden.

„Na dann kann ja nichts schief gehen", sagt Klara erleichtert und atmet tief durch.

Das mache ich auch, aber aus anderen Gründen: Kräfte sammeln.

Keine drei Stunden später sitze ich auf der Terrasse von „Harrys Salon", der Lieblingsgaststätte meiner Oma.

Die Stimmung ist famos. Knapp 60 Gäste sind der Einladung meiner Oma gefolgt. Auf der einen Seite hat sich schon die Familienseite zusammengekauert: Onkeln und Tanten, die ich schon lange nicht mehr gesehen habe, meine Eltern, ein jetzt leider freibleibender Platz von Klara und auf dem Sitz daneben soll nachher Moritz seinen Platz finden. Er gehört quasi zur Familie.

Auf der anderen Seite sitzt die wilde Horde bereit, ein bunter Mix aus Freunden und Bekannten meiner Oma aus Heimatvereinsarbeit und Seniorentreffs. Die Gruppe sorgt nicht nur schon nachmittags um vier für ordentlich Stimmung, sondern hebt auch den Altersschnitt der Gäste exorbitant in die Höhe.

Nach Beendigung der Feierei warten wahrscheinlich 30 Pflegedienste vor der Tür, um den Nachhauseweg zu begleiten, denke ich mir schelmisch. Die genießen ihr Leben, vergessen ihre Sorgen für einen kurzen Augenblick, hauen sich ohne Rücksicht auf Verluste schon zum Kaffee den Korn und Eierlikör rein, als gäb' es kein Morgen mehr.

Beneidenswert, zumindest teilweise. Ich ermahne mich zur Vernunft, als ich mich in den Gedanken verliere und bemerke, dass der nächste Morgen für manche auch unerreicht bleiben kann.

Meine Oma hebt das Glas und startet ihre jährliche Geburtstagsrede. Für mich das Zeichen, auf Toilette zu gehen.

Vom Pissoir aus höre ich durch die auf Kipp stehenden Fenster die Rede meiner Oma. Selbstredend mit Mikro über die Anlage.

„Ich danke meinem Sohn, der nach dem Tod meines Mannes Heiner den Laden in unserem Sinne übernahm und weiterhin erfolgreich führt. Meine Schwiegertochter hält ihm dabei immer den Rücken frei, auch dir einen großen Dank."

Ich höre den fast einstudierten Beifall der Gäste. Ich schüttle ab und gehe zum Waschbecken. Während ich mir die Hände mit Seife einreibe, schaue ich in den Spiegel.

„*Damn*, gut siehste aus", scherze ich mir selbst zu.

„Ein Dank auch an Riko, meinem Enkel. Oh, wo ist er denn?"

Ich höre den Zuruf meiner Mutter: „Ist mal kurz für kleine Kordels."

„Da hat sich der Lump mal wieder aus dem Staub gemacht. Macht

er gern. Warum einen erfolgreichen Betrieb weiterführen, wenn man auch Ringelpietz mit Anfassen studieren kann." Es folgt eine künstlerische Pause. „Nur ein Spaß", fügt meine Oma dann noch schnell an. Ein wildes Gelächter der Horde breitet sich aus. Ich könnte kotzen. Mein Spiegelbild schüttelt den Kopf, wirkt aber auch erleichtert.
Ich bemerke, dass mir diese Psychotricks meiner Oma nichts mehr ausmachen. Sollen sich die Gudruns und Heinze dieser Welt doch den Ast ablachen. Ich gehe lieber einer Arbeit nach, die mich erfüllt unddie mir Spaß macht. Die Kinder zu Bildungsgewinnern machen kann. Hätten einige von den Halunken auch besser machen sollen. Hätte ihnen sicher nicht geschadet.
Ich gehe wieder zurück zur Gruppe und winke meiner Oma zwinkernd zu.
Meine Tante, am Tisch gegenüber, lehnt sich in meine Richtung: „Finde ich super, dass du Grundschullehrer werden möchtest. Hätte ich mir für meinen Elias auch gewünscht. Der hatte nur Lehrerinnen. Der hat die teilweise am Nasenring durch die Manege geführt. Da hätte ein Mann vielleicht mal ein Zeichen setzen können."
Ich nicke ihr zu, und hebe den Daumen. Im Geheimen denke ich mir zwar, dass Schulen nicht unbedingt einen Mann nur zum Durchgreifen brauchen, sondern es manchen Kindern auch einfach guttun würde, einen Mann während ihrer Schulzeit als Lehrer zu haben, aber gut. Das können privat-soziale Gründe sein, wie dem Aufwachsen bei der alleinerziehenden Mutter und der fehlenden Vater-Kind-Beziehung. Es können aber auch tatsächlich sozial-autoritäre Gründe sein, weil den Kindern früh beigebracht wurde, dass der Vater, der Mann, das Oberhaupt der Familie ist und das Sagen hat. Bei Elias glaube ich eher an ersteres. Ich spare mir aber eine unnötige Diskussion. Möchte ja den nächsten Beitrag des Heimatvereins nicht stören: ein umgedichtetes Volkslied zum Ehrentag meiner Oma. Das wird ein humoristischer Knaller. Ich könnte schon wieder aufs Klo. Ungewollt muss ich in mich hinein grinsen.

Der Abend nimmt seinen gewohnten Lauf, die Stimmung wird im-

mer heiterer. Ich wundere mich immer wieder, wie viel Prosecco und Bier in die alten Herrschaften so hineinpasst. Meine Oma genießt ihren Abend in vollen Zügen, so soll es sein.
Kneipenbesitzer Harry macht ordentlich Umsatz an diesem Abend. Wenn die Generation meiner Oma das Zeitliche segnet, müsste Harry sein Konzept sicherlich anpassen. Ich kenne keinen U-60er, der sich freiwillig einen Abend in Harrys Lokal gönnt.
„Gong.“ Es läutet.

Das ist Harrys Moment. Wie jedes Jahr fährt er nun seine allseits bekannte Eierlikörtorte mit Wunderkerzen verziert auf einem Servierwagen zu feinster Traumschiffmusik herein. Die Menge jubelt frenetisch. Ich verfalle in eine verzweifelt anmutende Schockstarre und betrachte das lustige Treiben. Nach Vorspeise und ordentlich deftiger Hausmannskost hauen sich die Herr- und Damenschaften jetzt noch ein 500g Sahne-Eierlikörtortenstück hinein.

Ohne auch jemals nur die Hälfte eines Stücks gegessen zu haben, muss ich würgen. Das liegt aber weniger an Harrys Backkunst, als an der zu beobachtenden Raubtierfütterung. Dass sich manche nicht direkt die Torte mit beiden Händen in den Rachen stopfen, ist alles. Aus den Mundwinkeln quillt die Sahne heraus, was nicht mehr in den Mund hineinpasst, wird mit der Serviette weggewischt.

Legt diese Generation doch meist unglaublich viel Wert auf Manieren und strenge Erziehung, so verliert sie gerade zunehmend die Kontrolle. Bei dem Anblick wird mir etwas weniger bange vor der Arbeit mit behinderten Kindern in der Klasse. Ein paar Frühstückspausen habe ich schon miterlebt. Die Kinder mit Down-Syndrom stopften sich ihre Brötchen und Gurken aus der Frühstücksdose manierlicher hinein, als die Geburtstagsgesellschaft meiner Oma. „Das könnt’ ich ja jetzt mal laut übers Mikro sagen“, tagträume ich wieder vor mich hin.

Eine Stunde später, pünktlich um 22.00 Uhr, stehen unzählige Taxen vor Harrys Lokal bereit. Die Party ist beendet. Alles wie immer. Jährlich grüßt das Murmeltier. Meine Oma ist glücklich, ich bin müde. So soll es sein.

11

„In your face“, Moritz hebt jubelnd die Hände. Gerade hat er einen Wurf über meine Verteidigung hinweg im Korb versenkt.

Ich hole mir den Ball zurück. „Weiter geht's! 12:8 für dich.“ Es ist Samstagnachmittag, eine Woche nach der Geburtstagsfeierei meiner Oma. Mo und ich spielen auf unserem Basketballplatz der Jugend eins-gegen-eins. Wie früher. Regeln gleich, Basketballskills eher schlechter. Aber der Spaß bleibt bei 100 Prozent.

Eine Woche Praktikum ist ebenso ins Land gegangen. Ein Wust an Erfahrungen prasselte in diesen Tagen auf mich ein.

„Ich habe diese Woche auch in der Schule eine Stunde Basketball unterrichten dürfen, hat mega Spaß gemacht. War aber irgendwie auch völlig anders als Basketballtraining.“

„Ja Siggi Schnarchnase“, grinst Mo, „zum Training gehst du freiwillig. Schulsport musst du ja machen. Ist ja klar, dass die Motivation schon per se völlig anders ist.“ Mo zieht mit einem schnellen Schritt an mir vorbei und schließt seinen Angriff mit einem lockeren Korbleger ab. „14:8, Pause?“

„Jau, lass was trinken“, stimme ich ihm zu.

Wir sitzen neben dem Platz auf einer Bank im Schatten und versuchen dabei, möglichst so lässig und locker zu wirken wie vor fünf Jahren zu unseren besten Basketballerzeiten.

Ich schweife ab und denke an die Werbung von Sprite, die uns lange im Fernsehen vorgeführt wurde. Das Basketballfeld wurde zu Wasser, die Sprite erfrischte die durchtrainierten Sportler.

Ich wache wieder auf, sehe an mir herunter und stelle schnell fest, dass ich körperlich anders gebaut bin, als die Sportler der Sprite-Werbung.

„Mo, wie läuft es eigentlich bei dir und den Frauen? Habe ja kaum mehr Kontrolle über dich hier“, grinse ich.

„Anderes Thema“, grunzt Mo zurück. „Irgendwie ist der Wurm drin. Bin irgendwie erfolgloser geworden, mein Jagdtrieb ist schwach geworden. Weiß auch nicht, was mit mir los ist.“ Mo schaut ein wenig gedankenversunken auf den nahegelegenen Park. Ein paar sportliche Damen und Herren joggen dort entlang.

Normalerweise hätte Mo jetzt schon zwei, drei Bemerkungen zum Äußerlichen der vorbeilaufenden Damen herausgelassen. Aber heute kommt nix.

„Kann es vielleicht sein, dass dein Jagdverhalten eine Änderung verspürt?“, frage ich vorsichtig. „Eher so in Richtung Qualität als Quantität?“

Mo schaut mich verdutzt an. „Kein Plan, alles komisch im Moment. Du kennst es ja nicht, du bist ja schon gefühlt seit dem Kindergarten mit Klara verbandelt. Du hast es gut!“

Da ist es ihm rausgerutscht, wusst’ ich’s doch, denke ich für mich. Mo möchte auch gerne eine feste Beziehung, möchte einen Anker haben, sich fallen lassen können. Weg von One-Night-Stands nach durchzechten Partynächten mit Smalltalk beim Frühstück. Hin zu über Probleme mit einer Seelenverwandten reden, Dinge tun, die man nur in Beziehungen macht, gemeinsame Urlaube und Co.

„Junge, du bist reif für eine Beziehung“, presche ich forsch vor. „Ich spür das. Die Hörner sind abgestoßen, jetzt suchen wir dir was Vernünftiges. Aber zuerst nutze ich deine Schwächephase eiskalt aus und fordere dich zu Runde zwei auf dem Court heraus. Auf geht’s, Loverboy!“, zwinkere ich ihm zu und dribble mit dem Ball wieder zurück auf den Platz.

Völlig ausgepowert von dem Ausflug auf den Basketballplatz mit Moritz, sitze ich abends am Esstisch bei Klaras Eltern. Klaras Mutter hat Pizza gebacken. Ich habe Kohldampf und fühle mich wie ein hungriger Shaquille O’Neal in einer Kentucky Fried Chicken Filiale.

„Na, wie war die Woche in der Schule?“, fragt mich Klaras Vater plötzlich.

„Stimmt, habe ich euch ja noch gar nichts von erzählt“, gebe ich verlegen zu. „Die Woche war aufregend, aber auch anstrengend.

Tobias lässt mich ordentlich malochen. Ich durfte sogar schon eine eigene Stunde unterrichten."

„Wow, also kein Kaffeekochen und Kopieren-Praktikum?", fällt mir Klaras Vater Dadjoke-like ins Wort.

„Ne, auf jeden Fall nicht. Ich glaube, dass ich in den letzten drei Wochen ordentlich was gelernt habe. Bislang kann ich dem Praktikum nur die Note eins geben. Top. Ich kann viele pädagogische Dinge aus dem Studium wiedererkennen, kann mir schon viele Tipps und Tricks von den alten Lehrerhaudegen abschauen."

„Was durftest du denn für die eine Stunde zeigen?", fragt Klaras Mutter, die das Backblech mit einer dampfenden Pizza auf den Tisch stellt.

„Eine Stunde zum Thema Basketball im Sportunterricht, Einführung des Korbwurfs. Hab da heute auch schon mit Moritz drüber gesprochen. Man stellt sich das immer so einfach vor. Thematisch ist es ja auch nicht wirklich herausfordernd, aber die didaktische Aufbereitung die alle Kinder mit ihren völlig verschiedenen Fähigkeiten und Fertigkeiten abholen soll, ist mega anspruchsvoll."

Klara nickt. „Ich glaub, das unterschätzt man total. Das unterschätzen sicher alle, die meinen, dass Lehren in der Grundschule einfach sei."

„Eben, Pustekuchen. Das merk ich jetzt schon. Und ich habe nur eine Stunde vorbereitet, nimm das mal sechs Stunden am Tag."

Klara und ihre Mutter nicken zustimmend. Klaras Vater wirkt wieder ein wenig abwesend. Das passiert oft, wenn Gesprächsphasen ein wenig länger dauern.

„Noch ein Stück Pizza, Norbert?", fragt Klaras Mutter ihn deswegen. Sie scheint meine Blicke zu ihm herüber bemerkt zu haben.

Ich versuche möglichst souverän meine Ablenkung zu überspielen und erzähle weiter. „Das Kollegium ist auch total nett. Die haben mich voll im Rudel aufgenommen und akzeptiert. Viele verschiedene Typen, von der jungen, unglaublich motivierten, gerade aus dem Referendariat entlassenen seidenschaltragenden Lehrerin, bis hin zur Öko-Lehrerin, die schon seit Jahren in der Grundschule arbeitet, meist Sandalen oder braune Lederschuhe trägt, mit dem Fahrrad zur Schule fährt und daher Funktionskleidung bevorzugt, aber leider Deo nur aus der Werbung kennt."

Klara und ihre Mutter können sich das Grinsen nicht verkneifen.

„Auch wenn es sehr komisch ist, irgendwie deckt sich deine Erfahrung mit den Erzählungen von Marta", stimmt mir Klaras Mutter humorvoll zu. Marta, die Freundin meiner Mutter, von der ich immer noch eine Mikrowelle besitze und durch die ich vor Jahren von dem ‚Männer an Grundschulen'-Vortrag erfahren habe, hat sich über meine Mutter inzwischen auch mit Klaras Mutter angefreundet. „Bei Marta gibt es aber noch mehr ‚Lehrerkategorien', als deine Beiden".

Ich hebe noch kauend den Daumen in die Höhe, um ihr meine Zustimmung zu signalisieren.

„Du hast Recht. Ich habe noch mehr Typen fündig gemacht. Zum Beispiel den Mama-Typ. Der hechelt auch bei uns herum. Dieser Typ ist meist sehr gestresst, weil er neben der Arbeit in der Schule nebenbei noch eine Familie zu Hause managed."

„Und was ist mit deinem Typ, dem Typ Mann?", ruft Klara forsch. „Tobias läuft bei euch ja auch herum",

Lehrerlike lobe ich Klara für ihre Frage und muss dabei selber lachen. „Sehr gut Klara, gut aufgepasst. Der letzte zu beobachtende Typ in der Grundschule: Typ Mann. Da gibt es Tobias, den sportlichen neuen Lehrertyp, aber auch Heiner, dem noch drei Jahre bis zur Rente fehlen, ein pädagogisches Mammut, stets die Gitarre griffbereit, immer mit einem offenen Ohr für die Probleme der Kinder, der aber den Anschluss zur neuen Generation und den Herausforderungen der neuen Medien ein wenig verpasst hat. Diese bunte Mischung macht es irgendwie aus, das befruchtet sich gegenseitig, finde ich. Kann ich aber als Außenstehender jetzt einfach sagen, hab ja selbst noch keine Ahnung davon", grinse ich und nehme mir das letzte Stück Pizza.

„Mist, Hawaii. Ananas gehört wirklich nicht auf eine Pizza", denke ich mir, esse sie aber natürlich trotzdem.

12

„Na, alles vorbereitet?“, fragt mich Tobias im Lehrerzimmer. Heute darf ich meine Abschlussstunde halten, der Korbleger in Klasse vier. „Jau“, antworte ich selbstbewusst. „Wird für einige ein ordentliches Brett, ist ja nicht ganz so einfach.“

Tobias nickt zustimmend. „Mach dir keinen Stress, ich weiß, dass du aus dem Basketballsport kommst. Du wirst es heute in dieser Stunde nicht schaffen können, dass die Kinder am Ende locker einen flüssigen Korbleger von rechts mit der richtigen Schrittabfolge schaffen werden. Wichtig ist, dass sie die Übungen an den Stationen versuchen, richtig durchzuführen, jeder in seinem Tempo. Darauf achten wir.“

Kurz bin ich ein wenig enttäuscht, hatte ich mir doch das Ziel gesetzt, aus den Kindern schnell die nächsten Nowitzkis zu formen. Da habe ich mich wohl ein wenig überschätzt. Das geht schnell. Gut, dass Tobias mir den Wind aus den Segeln nimmt, der scheint einen Riecher für leicht abgehobene Praktikanten zu haben. Ich nehme die Herausforderung natürlich trotzdem an und speichere Tobias’ Worte ab. Ich nehme mir vor, auf die Entwicklung der einzelnen Kinder zu achten: Was konnten sie zu Beginn und was können sie am Ende der Stunde? Das motiviert mich wieder ungemein.

Aus den Stunden mit Tobias habe ich mir schon etwas abgucken können: Am Anfang versammeln sich die Kinder im Sitzkreis in der Turnhallenmitte. Ein Moderatorenkind wird dann ausgewählt, welches den restlichen Kindern nochmal das Thema der Unterrichtseinheit wiedergibt. Ich entscheide mich für Milan, eigentlich der Pausenclown in der Klasse, eher ein schwacher Lerner. Im Sportunterricht hat er aber seine Stärken und holt sich hier sein Selbstvertrauen.

Damit das Moderatorenkind für die Vorstellung auch visuelle Hilfsmittel benutzen kann, hat Tobias immer eine „Themenleine“ dabei, die er auslegt. Daran sind die einzelnen Stunden der Unterrichtsreihe auf Pappe in A4 Folientaschen notiert und bebildert. So haben die Kinder stets den Überblick über die Unterrichtsreihe. Sie können auch sehen, was am Ende der Reihe für ein Ziel erreicht werden soll: Das Absolvieren des Basketball-Spielabzeichens in Bronze des Deutschen Basketballbundes. Das motiviert Kinder immens.

Zum Glück darf ich für meine Stunde die Leine von Tobias nutzen und muss keine eigene gestalten. Wer noch an seine Sportstunden aus der Schulzeit zurückdenkt, wird oft an Sportstunden des Typs „Ball in die Mitte. Spielzeit" denken. Keine Vorbereitung für den Lehrer, kein Stress während der Stunde. Easy Job.

Pustekuchen, guter Unterricht ist davon weit entfernt. Selbstredend finden auch solche Stunden mal statt, besonders gerne als Abschlussstunden vor Ferien. Aber Alltag ist dies natürlich nicht.

Nachdem die Kinder noch einmal das Thema der Reihe verdeutlicht bekommen, fährt Milan fort und klappt am Schild der heutigen Unterrichtsreihe an der Leine ein weiteres Schild auf. Darauf habe ich mit Tobias' Hilfe den Ablauf der heutigen Stunde bebildert dargestellt. Den Kindern sind die Symbole bekannt, sodass Milan selbstständig erklären kann, dass gleich ein Stationslauf in vierer Gruppen stattfindet. Für jede Station, Fünf sind es an der Zahl, haben die Gruppen drei Minuten Bewegungszeit. Milan erklärt, dass dann ein akustisches Signal ertönt und die Kinder anschließend eine Kurzreflektion an der Station durchführen sollen.

An dieser Stelle unterstütze ich ihn und erläutere, dass die Kinder an jeder Station eine Bepunktungstabelle vorfinden. Nach jeder Übung an einer Station sollen die Kinder einen Punkt kleben und dabei reflektieren, wie gut die Durchführung bei Ihnen geklappt hat. Während die Kinder also die sportliche Aufgabe bewältigen, sollen sie auch kognitiv gefordert werden und einschätzen, wie sicher und gut sie die Übung bewältigen konnten. Diese Reflexionsaufgabe ist sicherlich noch keine reife Meisterleistung, für einen Praktikanten aber sicherlich ausreichend.

Milan ergreift erneut das Wort und teilt der Klasse mit, dass alle sich nach dem Stationslauf wieder im Sitzkreis treffen, damit eine Stationsbewertung exemplarisch besprochen werden kann. Er zeigt dabei gekonnt auf den bebilderten Ablaufplan, tippt auf die Glühbirne und berichtet stolz, dass dann Tipps bei eventuellen Problemen gesammelt werden können. Dabei wirkt er so sicher wie Jörg Schönenborn nach einem Wahlabend vor seiner Statistiktafel.

Die Stunde verläuft wunderbar, die Kinder sind motiviert und geben an jeder Station ihr Bestes. Fleißig wird überall versucht, einzelne Bewegungsabfolgen des Korblegers durchzuführen.

Ich beobachte die Kinder dabei. Es macht mich unglaublich zufrieden und stolz, zu sehen, dass die Kinder mit großer Freude lernen wollen. An manchen Stationen helfe ich, gebe den Kindern noch kleine Tipps. Ich fungiere während der Praxisphase als Lernbegleiter. Ein wohliges Gefühl macht sich in mir breit. Dabei versuche ich außer Acht zu lassen, dass die Kinder immer wieder den Blick auf Tobias richten, der derweil auf der Bank am Turnhallenrand Platz genommen hat. Diesen Schülerblick kenne ich noch allzu gut aus der eigenen Schulzeit, wenn man sich schnell vergewissern möchte, ob der Lehrer schaut, um nachfolgend Blödsinn machen zu können. Ob sie wohl ohne Tobias Abwesenheit auch so fleißig und konzentriert bei der Sache wären?

Nachdem alle Kinder die Stationen durchlaufen haben, setze ich mich in den Sitzkreis und erwarte die Schülerinnen und Schüler. Manche hocken noch über den Reflexionskarten an ihrer Station und setzen ihren Klebepunkt an die entsprechende Stelle. Nach einer Weile sind wir vollständig und wie eingeübt, werden alle Kinder schnell leise.

Für die anstehende Reflexionsphase darf Milan nun ein anderes Moderationskind auswählen. Da er sich nicht entscheiden kann, wen er drannehmen möchte, gibt er das Wort an mich zurück. Das kennen die Kinder aus dem Unterricht mit Tobias auch so. Ich entscheide mich für Nora, ein aufgewecktes Mädchen, äußerst lernstark, leider sozial-emotional schon stark negativ geprägt. Mit ihren jungen Jahren lebt sie seit einer kurzen Zeit wieder in einer Pflegefamilie. Der erneute Versuch des Jugendamts, sie zur Familie zurückzugeben, ist kläglich gescheitert.

Tobias hat mir im Rahmen seiner Schweigepflichtmöglichkeiten kurz von der Problematik erzählt. Ihm war es wichtig, dass ich weiß, dass Nora zwar lernwillig und fleißig ist, aber leider auch sehr schnell aggressiv werden kann, wenn etwas nicht so passt, wie sie es sich wünscht.

Nun denn, Noras Augen glänzen vor Stolz, als Moderatorenkind drangenommen worden zu sein. Sie beginnt und bittet Methap alle Reflexionskarten einzusammeln. Methap legt diese dann im Sitzkreis für alle sichtbar aus. Nach einer kurzen „Murmelphase", in der sich die Kinder über die Ergebnisse austauschen dürfen, setzt Nora wieder an und darf nun entscheiden, welche Stationskarte besonders auffällt und besprechungswürdig erscheint. Sie entscheidet sich für die Station „Schrittfolge des Korblegers rechts".

Viele Kinder haben ihren Punkt beim Mittelsmiley gemacht, nur wenige bei Tipptopp und vereinzelt sogar welche beim Ging-gar-nicht-Smiley. Nora fragt die Klasse, wo die Problemstellen waren. Viele Arme gehen blitzschnell in die Höhe und die verschiedenen Beiträge werden gesammelt. Von Problemen bei der Links-Rechts Zuordnung, Koordinationsproblemen beim gleichzeitigen Dribbeln, Schwierigkeiten beim Ballfesthalten bis hin zu „Ich habe immer den Ball verloren" ist alles dabei.

Nora sammelt die Probleme und gibt anschließend die Frage in die Runde: „Kann jemand Tipps geben, wie man die Übung besser machen kann?"

Jetzt werden nicht mehr so viele Finger in die Höhe gestreckt, aber ein sinnvoller Tipp wird doch noch gefunden: Die Übung in Zeitlupe beginnen und sich die Schrittabfolge dabei leise vorsagen. Ich nicke zufrieden, bedanke mich bei Nora und gebe den Kindern den Ausblick, in der nächsten Stunde mögliche weitere Probleme der anderen Stationen besprechen zu können.

Die Turnhallenglocke läutet und die Kinder flitzen los zur Umkleidekabine. Ich schaue den Kindern hinterher und suche dann den Blickkontakt mit Tobias. Wie fand er wohl meine Stunde? Erleichterung macht sich in mir breit, als Tobias mir locker nickend zuzwinkert.

Während ich die Reflexionskarten sortiere und die restlichen Materialien einsammle, höre ich auf einmal lautes Geschrei. Es kommt aus der Mädchenumkleidekabine. Grelles Schreien strapaziert meine Trommelfelle.

„Hör auf, Nora. Nora, stopp!“ Der Sound hallt durch die ganze Turnhalle. Ich mache mich direkt auf den Weg, versuche hilfesuchend Tobias ausfindig zu machen. Der ist aber gerade auf dem Weg in den Geräteraum ist.

Schnellen Schrittes laufe ich zur Mädchenumkleide und öffne die Tür. Der Anblick ist erschreckend, Mariella liegt auf dem Boden, zusammengekrümmt. Über ihr steht Nora triumphierend mit dem Turnbeutel als Keule in der Hand. Daneben die kreischende Meute.

„Was ist hier los?“, brülle ich dazwischen. Ich erkenne mich kurz selbst kaum wieder, eigentlich bin ich ein ruhiger Zeitgenosse. Wenn es brenzlig wird, kann ich aber auch mal laut werden.

„Ich mache die fertig, Herr Kordel!“, schreit Nora mir zu.

Ich gehe auf sie zu und reiche ihr die Hand, als Zeichen der Beruhigung.

„Als wir in die Umkleidekabine gelaufen sind, hat Mariella mir gesagt, dass Sie mich nur aus Mitleid drangenommen haben. Weil ich so sein Opfer sei, ohne richtige Eltern. Jetzt kriegt sie dafür richtig auf die Fresse, das hat sie sich verdient.“ Wieder schleudert sie den Turnbeutel, diesmal nah am Kopf von Mariella vorbei.

Ich schreite ein, schnappe mir den Turnbeutel. Dabei versuche ich Nora zu erklären, dass wir das in Ruhe regeln, sie sich erstmal beruhigen soll. Zeitgleich kommt Tobias in die Umkleidekabine, schnappt sich Nora und Mariella und verlässt den Raum wieder Richtung Turnhalle. Ich bleibe kurz, versuche der aufgewühlten

Meute ein bisschen Ruhe zu vermitteln und teile ihnen mit, dass sie sich in Ruhe umziehen sollen. Herr Lank regelt die Sache jetzt.

Ich atme tief durch. Was bin ich froh, dass ich nicht allein hier war. Das Tobias als Lehrer, als erfahrener Pädagoge das Zepter schnell übernehmen konnte. An dieser Stelle wird mir umso mehr bewusst, was mir alles an Know-How noch fehlt, an Alltagserfahrungen, pädagogisch-didaktischen Kniffen. Ein wenig verunsichert schlendere ich zurück zum Lehrerzimmer. In meinen Gedanken kreist die Frage: „Schaff ich das? Bin ich hier richtig?“

Im Lehrerzimmer herrscht munteres Treiben. Große Pause. Wenn man überhaupt von Pause sprechen kann. Nach dem Klingeln hat man 20 Minuten Zeit, bis der nächste Gong die kurze Verschnaufpause unangenehm beendet. Bis alle Kinder den Klassenraum verlassen haben und man den Weg von Klassenraum bis zum Lehrerzimmer hinter sich gebracht hat, vergehen schon mal drei bis fünf Minuten, je nach Tagesform. Schnelle Pipipause, Kaffee holen, von der Nettopausenzeit bleiben noch zehn Minuten übrig.

Schnell das Butterbrot aus der Dose geholt, Frühstückszeit. In den meisten Fällen beobachte ich aber kein Abschalten der Lehrkräfte während der Pausenzeit. Stattdessen werden Unterrichtsplanungen besprochen, Projekte geplant und ein Austausch über das Verhalten einiger Schülerinnen und Schüler durchgeführt.

Ich nehme mir selbst vor, als Lehrer in Zukunft in den Pausen möglichst außerschulische Themen anzusprechen, um kurz mal nicht an die Arbeit zu denken – „Na, gestern das Spiel gesehen?“, „Du sach mal, hast du ein paar Tipps, welcher Film gerade im Kino angesagt ist?“ – Das wären Themen, die würde ich der Kollegiumsmeute zuwerfen, die gerade ihre beschmierten Vollkornschnitten mit Frischkäse und Tomate in sich hineinstopfen. Vielleicht würden so Gespräche entstehen, die sich mal nicht um Schule drehen. Hilfreich für solche Diskussionen wäre vielleicht noch ein möglichst ausgeglichenes Mann/Frau Verhältnis im Kollegium.

Aber wer weiß das schon? Gibt es ja kaum.

Ob ich das wirklich schaffen werde? *Who knows*. Erstmal muss ich Lehrer werden. Dann kann ich weiter träumen.

Frau Kahlenberg setzt sich neben mich. Klassenlehrerin der 2b, geschätzt Mitte 30, sportlich gebaut. Die braunen Haare hat sie zu einem Pferdeschwanz zusammengebunden, sie trägt einen Naketano-Hoodie. Frau Kahlenberg ist seit einem halben Jahr wieder in der Schule, vorher war sie vier Jahre in Elternzeit. Jetzt arbeitet sie wieder als zweifache Mutter mit 18 Stunden in der Schule.

„Na, wie läuft's?" fragt sie mich, während sie eine Tupperdose aus ihrem Rucksack herauskramt.

„Kann nicht klagen, bin jetzt noch drei Tage hier, dann ist mein Praktikum auch schon vorbei."

„Ach, echt? So schnell? Wahnsinn, wie die Zeit vergeht. Und wie ist dein Eindruck? Ist der Lehrerjob was für dich?" Sie öffnet den Deckel ihrer Dose, zum Vorschein kommt eine Körner-Joghurt-Mische. Wie Menschen sowas gerne essen, ist mir rätselhaft. Ihr scheint es aber zu schmecken. Oder sie hat sich dran gewöhnt. In diesen Halb-Pausen geht es schließlich auch um möglichst effizientes Essen: In kurzer Zeit möglichst qualitativ und sättigend essen. Das scheint ihr zu gelingen.

„Jau, total!", antworte ich nach einer etwas zu langen Wartezeit, abgelenkt durch das Beäugen des Breis. „Hat mir echt Spaß gemacht bisher, ich habe wahnsinnig viel gelernt und auch gesehen, dass ich noch viel lernen muss, bis ich allein und selbstverantwortend auf die Kinder losgelassen werden kann."

„Ach wunderbar, ich freue mich immer wieder, wenn Männer den Weg in die Grundschule suchen. Das bereichert das Arbeiten in einer noch frauendominierten Szene ungemein. Für die Kinder ist das wahnsinnig wichtig, dass sie auch männliche Rollenbilder bekommen. Das tut denen wirklich gut. Und dem Kollegium sicher auch, das lockert auf," fügt sie lächelnd noch hinzu. „Wenn jetzt mal nur der Job ein bisschen mehr aufgewertet werden würde, also finanziell meine ich, würde man vielleicht auch noch ein paar mehr Männer finden. Aber so kann ich nur den Hut vor dir ziehen, dass du diesen Weg gehen möchtest."

Ich lächele. „Danke. Ich denke, ich will einfach einen Job, den ich richtig gern mache. Aber hat der geringe Verdienst dich denn anfangs vom Lehrerinsein abgehalten?“

Frau Kahlenberg zuckt mit dem Schultern. „Ich sage immer, Lehrerin zu sein, ist meine Passion, das Geldverdienen eher mein Problem. Ich arbeite jetzt wieder 18 Stunden, hau mir meine Steuerklasse drauf, zieh die Kindergartenbeiträge für meine Kinder ab, die Krankenversicherung für mich und die Kinder, dann bleiben netto noch 550 Euro übrig. Und dafür strapaziere ich täglich meine Nerven bis aufs Äußerste, opfere mich für den Lernerfolg der Kinder immer mehr auf, telefoniere nachmittags und abends noch den Eltern hinterher –“

„– und bereitest den Unterricht vor und schaust die Materialien der Kinder nach“, ergänze ich.

„Genau. Und nebenbei bin ich noch Mutter, ich habe zwei eigene kleine Nasen, die auch ein bisschen was von mir haben wollen. Ohne meinen Mann würde sich die Maloche hier gar nicht lohnen.“ Frau Kahlenberg rührt in ihrer Joghurtpampe um. „Naja, genug gemeckert. Habe ja anfangs gesagt, ist meine Passion. Und der gehe ich nach. Sogar mit Freude. Etwas mehr verdienen würde ich aber dennoch gerne so langsam mal.“

Ich nicke.

„Such dir also ’ne Frau, die gut verdient!“, führt sie süffisant an. „Dann kannst du deinen Job als Grundschullehrer sorgenfrei durchführen.“ Sie schaufelt sich einen weiteren Löffel der Körnerpampe hinein.

Die Schulglocke erklingt wieder und erklärt die Pausenzeit und damit auch unser Gespräch unsanft für beendet.

Da ich eine Freistunde habe, bleibe ich noch im Lehrerzimmer sitzen und lasse die Worte von Frau Kahlenberg auf mich wirken. Eine Frau habe ich gefunden, die will ich auch nicht mehr gehen lassen. Sie verdient okay, eine Großverdienerin ist sie nicht. Braucht sie auch nicht sein. Wir kriegen das schon hin.

Als ich so vor mich hingrüble und den Blick durch das Lehrerzimmer schweifen lasse, fällt mir ein kleines Plakat auf, das an eine Pinnwand geheftet ist. Darauf zu sehen: Der Poetry-Slammer und Autor von „Lehrerkind", Bastian Bielendorfer, mit einem in dicken Buchstaben gedruckten Zitat von ihm: *„Meine Mutter hatte auf jeden Fall den härteren Job, aber wurde schlechter bezahlt als mein Vater."*

Darunter die Erklärung: Seine Mutter ist Grundschullehrerin, sein Vater Lehrer an einem Gymnasium.

Und er als Lehrerkind wird sicher zu Hause am besten mitbekommen haben, welche Arbeitsbelastung auf welche Berufsgruppe zutrifft. Ich nicke ihm innerlich zu.

Die Tür des Lehrerzimmers öffnet sich langsam. Ich sehe einen Fuß, der sich zwischen die wieder zufallende Tür stellt. Jetzt wird sie wieder langsam geöffnet. Tobias schiebt die Tür mit seiner Schulter auf, in den Händen seine Sporttasche und eine Kiste mit den Gegenständen des Stationslaufs eben. Mich beschleicht ein mulmiges Gefühl.

Ich Depp habe völlig versäumt, zurück zur Halle zu gehen und Tobias beim Aufräumen zur Hand zu gehen. Ich stehe auf und gehe auf ihn zu.

„Warte, ich helfe dir." Entschlossen nehme ihm die Kiste ab. Ein schneller Blick in Tobias' Gesicht verrät mir, dass er durchaus gestresst ist.

„Brauch erstmal einen Kaffee", brummt er in sich hinein und geht mit seiner Tasche weiter in sein Büro, das direkt an das Lehrerzimmer angeschlossen ist. Ich stelle die Kiste in den Schrank mit den Sportmaterialien,setze mich wieder zurück auf meinen Platz und nehme mein Handy aus der Tasche.

Stunde war super, schreibe ich Klara schnell per SMS. *Zwischenfall gab es trotzdem wieder, erzähl ich später. Kuss.* Zügig packe ich das Handy wieder zurück in meine Tasche. Nicht, dass Tobias jetzt wieder hereinkommt und sieht, wie ich gemütlich am Handy chille, während er die Faxen dicke hat.

Der Kaffee scheint gut getan zu haben. Keine zehn Minuten später schlurft Tobias wieder gut gelaunt ins Lehrerzimmer zurück und setzt sich mir gegenüber an den Tisch.

„Kurz zur Stunde, Riko. Das interessiert dich sicher. Aber erstmal: Bist *du* mit der Stunde zufrieden?“

Kurz bin ich überrumpelt, weil ich in seiner Frage nicht erkennen kann, ob er meine Stunde gut fand. Aber ich fange mich wieder: „Auf jeden Fall“, antworte ich selbstbewusst. Füge aber selbstkritisch hinzu, dass ich das Ende der Stunde jetzt nicht wirklich gebraucht hätte.

Tobias grinst ein wenig schelmisch und nickt. „Kann ich gut verstehen. Kann dich aber beruhigen, die Stunde war vollkommen in Ordnung. Natürlich wirst du während deines Studiums, deines Referendariates noch einiges lernen müssen. Aber der Grundstein, die Basis des Lehrer-Seins, die ist mehr als vorhanden: Du hast eine Lehrerpersönlichkeit. Und deine heutige Stunde reflektiere ich natürlich angemessen zu deinem bisherigen Ausbildungsstand. Alles andere wäre ja abwegig“, ergänzt Tobias. „Die Kinder waren von Anfang an topmotiviert dabei, wussten zu jeder Zeit, worum es geht und hatten einen großen Anteil an effektiver Lern- und Bewegungszeit. Das ist wichtig. In der abschließenden Reflektion habt ihr nochmal Probleme gesammelt und beispielhaft Tipps gesucht. Hier und da noch ein paar kleine Fein-tunings und du wärst gut gewappnet für einen Unterrichtsbesuch im Referendariat!“

„Wow!“ Mit einem solchen Feedback hätte ich nicht gerechnet. Mein Bauchgefühl war voll okay, aber nicht himmelhochjauchzend. Mir läuft ein Schauer den Rücken herunter. Aber vor Freude.

„Eine Sache muss ich dir aber trotz allem noch mit auf den Weg geben“, weckt mich Tobias rabiat aus meiner freudigen Traumfeierei auf. „Ein schwieriges Thema, was deinen Erfolg aber keinesfalls schmälern soll.“ Tobias atmet kurz tief ein, kippelt mit dem Stuhl leicht nach hinten und hält sich dabei mit seinen Händen am Tisch fest.

„Du musst wissen, dass Männer in der Grundschule in der krassen Unterzahl sind. Das wirst du sicher schon bemerkt haben. Entsprechend besonders bist du also hier. Schnell wirst du auch besonders beim weiblichen Geschlecht werden. Und ich meine dabei nicht die Mütter deiner zukünftigen Schüler oder deine Kolleginnen." Kurze Pause.

Tobias atmet noch einmal durch und kippelt weiter mit seinem Stuhl hin und her.

Worauf will er hinaus? Ich versuche mir keine schlechten Gedanken zu machen und denke kurz an Klara. Das lenkt ab.

Dann hebt er seine Arme plötzlich schnell in die Höhe, sodass er mit seinem Stuhl nach vorne schnellt. Kurz vor dem Tisch fängt er sich aber mit seinen Händen wieder ab.

„Genug Vorgeplänkel", witzelt er, „ich meine die Mädels. Deine Schülerinnen." Es klopft an der Tür des Lehrerzimmers.

„Herein", ruft Tobias in Richtung des Klopfens. In der Tür steht ein Junge, geschätzt vierte Klasse. Sein Gesicht kreideweiß.

„Herr Lank, können Sie meine Mutter anrufen? Mir ist übel." Tobias schaut zu mir herüber. „Wir machen morgen weiter. Ich kümmere mich hier kurz drum; Frau Shivkov, unsere Sekretärin, ist leider krank. Da müssen wir dann selbst einspringen. Flexibel sind wir ja", fügt Tobias ironisch hinzu und geht mit dem Jungen in Richtung des Sekretariats zur Krankenliege.

Konsterniert bleibe ich sitzen. Wirkliche Gedanken kann ich nicht fassen. Ich schaue einfach die Tür an, durch die Tobias gerade verschwunden ist, dabei mit im Gepäck seine noch wichtige Botschaft an mich. Jetzt fange ich doch an zu grübeln, spüre die Unruhe in mir keimen. Worum geht es nur? Habe ich etwas falsch gemacht? War es ein Fehler, in die Mädchenumkleide zu gehen?

Nervös stehe ich von meinem Platz auf und haste aufgescheucht durch das Lehrerzimmer. Eine wirklich beruhigende Wirkung hat dies aber leider auch nicht.

13

Mein gestellter Handywecker weckt mich sanft mit den Tönen von Alexander Marcus. Besser kann der Tag nicht starten.

„Mach den Mist aus“, werde ich von der Seite angeranzt. Klara boxt mir sanft gegen die Schulter und schiebt mich mit den Füßen aus dem Bett. Die Augen dabei auf Halbmast. Soll wohl heißen, dass ich möglichst schnell die Biege machen soll und sie dringend weiterschlafen möchte. Ihr Wort sei mein Befehl. Ich schleiche mich aus dem Schlafzimmer und schließe die Tür leise hinter mir.

Es ist Freitag, mein letzter Praktikumstag bricht an. Aus der Küche höre ich schon die Kaffeemaschine brummen. Ein wohltuendes Geräusch am Morgen. Ich biege ins Bad ein, schnell Katzenwäsche mit Gesicht waschen, Haare stylen und Deo drauf und keine fünf Minuten später stehe ich am Küchenfenster mit einer Tasse Kaffee in der Hand. Klaras Mutter ist schon wach, räumt die Spülmaschine aus und füllt die Medikamentenschachtel für ihren Mann in Ruhe auf.

Wahnsinn, woher diese Frau ihre Kräfte nimmt, staune ich wie schon oft.

„Und, heute letzter Tag. Schon aufgeregt?“, fragt sie mich währenddessen. Ich beiße in mein Milchbrötchen mit Nuss-Nougatcreme hinein und nicke ihr zu. Leicht schmatzend und kauend quetsche ich ein „Auf jeden Fall“ heraus.

Ich spüle den restlichen Teig-Schokoklumpen mit einem ordentlichen Schluck Kaffee herunter. „Hätt’ ich nicht von mir erwartet. Hab zwiespältige Gefühle. Auf der einen Seite freue ich mich sehr, dass das Praktikum zu Ende geht. Studentenleben hat ja auch so seine Vorteile. Andererseits habe ich schon ein mulmiges Gefühl, weil ich mich recht schnell sehr wohl dort gefühlt habe und mir die Zeit mit den Kids und den Kollegen einfach mega viel Spaß gemacht. Da fällt der Abschied nicht so leicht wie angenommen.“

„Das kann ich mir vorstellen, jeder Abschied tut irgendwie weh“, floskelt Klaras Mutter weiter. „Aber der Abschied muss ja nicht für immer sein.“ Sie grinst mir zu. „Kannst jeder Zeit wiederkommen. Das weißt du ja.“

„Klaro“, antworte ich schnell und erschrecke kurz beim Blick auf die Uhr. „Ich muss los, bin spät dran Seid ihr heute Abend da?“ rufe ich noch hastig beim Verlassen der Küche.

„Auf jeden Fall. Bin gleich mit Norbert auf großer Ärztetour, sind im Laufe des Nachmittags aber wieder da. Auf deinen letzten Tag an der Schule stoßen wir an.“

Die Straßen sind für einen Freitagmorgen schön leer Für meine vorerst letzte Fahrt zur Schule wird mir eine entspannte Fahrt bereitet. Ich drehe das Radio lauter und genieße das Vorbeirauschen der Landschaft. Hoffentlich ist die Bahn morgen früh auch so frei. Da geht es über meine geliebte A1 gen Norden wieder in Richtung Münster zurück. Wohnung wieder Klarschiff machen, einkaufen, abends auf die WG-Party eines Kommilitonen. Montag geht es dann weiter. Vom Kurzzeitlehrer wieder zurück auf die Schulbank der Uni.

Meine Klassen bereiten mir einen schönen letzten Arbeitstag. Die Kinder aus Tobias’ Klasse haben ein Heftchen erstellt, in dem jedes Kind eine Seite gestalten konnte. Alles zum Thema *Herr Kordel bei uns*. Manche haben ein Bild gemalt, andere haben einen Text geschrieben und verziert. Auch für mich neue Gestaltungsansätze kann ich auf Anhieb finden: Ein *Herr Kordel Suchsel* oder ein *Quiz über meine Zeit* in der Klasse. Echt witzig, ich freue mich sehr. Eine andere Klasse, in der ich viel hospitieren durfte, singt mir zum Abschied ein Lied. Nicht ganz so kreativ wie Tobias’ Klasse, aber was erwarte ich auch. Die Kinder sind ja auch mehr zum Lernen in der Schule, als jedem Praktikanten ein tolles Abschiedsgeschenk zu basteln. Auch über den Song freue ich mich riesig.

Ich habe den Kindern einen kleinen Abschiedsbeutel zusammengestellt: In einem kleinen Jutebeutel finden sie eine Packung Traubenzucker, einen Schokoriegel und eine kleine Karteikarte mit guten

Wünschen für jeden Schüler. Die Kinder machen sich auf Anhieb über die Schokolade her, sodass jeder aufkommende Abschiedsschmerz schnell verfliegt.

Für Tobias habe ich zwei Karten für die Volleyball-Damenmannschaft von Alemannia Aachen besorgt. An Karten zu kommen, war selbstredend kein Thema: Klaras Papa hat die besten Sitzplatzkarten direkt am Feld besorgen können.

Tobias freut sich als Sportbegeisterter über diese für ihn neue Sportwelt sehr. „Hab schon viel von der Stimmung in dem Hexenkessel da gehört“, erzählt er freudig. „Vielen Dank. Wäre aber nicht nötig gewesen.“

„Finde ich schon, war eine tolle Zeit hier!“, brabble ich und schäme mich fast schon selbst für meine doch eher emotionale Abschiedszeremonie.

„Jetzt aber genug der Lobhudelei!“ Als ob Tobias meine Gedanken gelesen hätte, regt er schnell einen Themenwechsel an. „Ich wollt’ dir doch noch was gesagt haben vor ein paar Tagen. Da wurden wir ja dann von Brechreiz-Tom aus der 4b unterbrochen.“

„Jau, du wolltest mir noch was zu den Mädels erzählen“, antworte ich und stehe direkt wieder unter Strom. Die gelassene Abschiedslaune ist wie verpufft.

„Ich mache es kurz. Wir wollen alle ins Wochenende“, gibt Tobias flapsig an. „Ich möchte dir den Tipp geben, als Mann in der Grundschule besonders aufzupassen, wie du mit deinen Schülerinnen und Schülern sprichst, und dich dringend dazu ermutigen, jegliche körperliche Nähe zu einem Kind zu vermeiden. Das klingt jetzt hart und unsensibel, aber so ist es.“

Ich bin leicht irritiert.

Tobias bemerkt meine Verwirrung. „Lass es mich so sagen: Als Mann in der Grundschule kannst du schneller am Pranger stehen als du glaubst. Du musst eines wissen: Wenn du dir vor Augen führst, dass wir es hier mit Kindern zu tun haben, bei denen viele schon sehr unschöne Erlebnisse durchlebt haben, und ich meine da Erfahrungen mit sexuellem Missbrauch in Freizeit oder Familie, dann wird dir schnell anders. Und davon hast du laut WHO in jeder Schulklasse mindestens zwei Kinder sitzen."

Ich schlucke.

„Diese Kinder deuten Worte und körperliche Gesten ganz anders, weil sie die mit ihren negativen Erfahrungen verbinden. Ich denke da immer an ein Mädchen, dass vor einigen Jahren hier bei uns in der Schule war. Die musste von ihrem Tennislehrer wohl während einiger Trainingseinheiten Berührungen erleiden, bei denen ich jetzt schon wieder Tränen in den Augen verspüre, vor Ekel und Wut. Mit diesen seelischen Narben ging sie dann wieder in die Schule, niemand bemerkte so schnell etwas. Naja, und diese Schülerin behauptete irgendwann, dass sie die ‚Prinzessin' unseres damaligen Referendars sei, weil sie so schön sei. Unser damaliger Referendar hatte sie aber nie so genannt, war noch nicht mal als Lehrperson in ihrem Unterricht eingesetzt. Trotzdem standen die Eltern aber natürlich direkt am nächsten Tag auf der Matte, völlig erbost, mit einem anwaltlichen Schreiben in der Hand. Für den Referendar ist damals die Welt zusammengebrochen, er wohnte hier in der Gegend. Diese Behauptung machte natürlich direkt die Runde und kam nicht gut an. Ein Pädophiler in der Grundschule hieß es da immer. Wände wurden besprayt, seine Familie beschimpft."

Ich ziehe die Ärmel meines Pullis runter, irgendwie ist mir trotz der warmen Temperaturen kalt geworden. Ich versuche, mich in die Situation zu versetzen, dass ich mit diesen Anschuldigungen konfrontiert wäre, und merke schnell: Es geht nicht. Ich weiß nur, ich würde zusammenbrechen.

„Und wie ging das weiter?", frage ich vorsichtig.

„Er hat hingeschmissen, ist weggezogen. Letztes Jahr habe ich ihn zufällig bei einem Treffen der Gewerkschaft in Düsseldorf getroffen. Er arbeitet da jetzt in der Verwaltung. Erst ein halbes Jahr nach dem Vorfall in der Schule kam zufällig heraus, dass der Tennislehrer die Seele des Kindes mit seinem Handeln schon schwer geschädigt hatte. Die ersten, die unseren Referendar damals durchs

Dorf gejagt hatten, wurden dann schnell kleinlaut und versuchten, sich reinzuwaschen. Aber für ihn waren jegliche Türen verschlossen. Er wollte nicht mehr zurück in den Job und hier wieder leben auch nicht mehr."

Kurz ist es still.

„Harte Kost", stammle ich.

„Ja, und ich möchte dich davor bewahren. Du sollst gar nicht erst in die Nähe einer solchen Anschuldigung kommen. Und das schaffst du zum Beispiel, indem du jegliche Verniedlichungsformen für deine Schülerinnen und Schüler vermeidest." Tobias bemerkt meinen geschockten Blick. „Keine Sorge Riko, du hast nichts Derartiges gesagt. Ich gebe dir jetzt alle Tipps mit auf den Weg, die dir helfen können, gar nicht erst in eine solche Situation zu kommen. Da kommt wieder der Lehrer in mir durch", fügt Riko jetzt mit wieder freundlicherem Gesichtsausdruck hinzu. „Auf Männer in der Grundschule wird besonders geschaut: Das soll nicht heißen, dass es nicht Männer gibt, die leider auch mit pädophilen Neigungen diesen Beruf ausüben. Aber mit ziemlicher Sicherheit nicht mehr als in allen anderen Berufsgruppen auch. Sie sind halt nur näher dran an ihren potenziellen Opfern. Dass wir uns hier in einer von Frauen dominierten Berufswelt aufhalten, siehst du daran, dass es völlig normal für alle zu sein scheint, wenn die Lehrerin ein Kind ‚Mäuschen' oder ‚Süße' oder ‚Süßer' nennt und sie auch auf ihrem Schoß sitzen lässt. Würde das andersrum geschehen, möchte ich gar nicht wissen, was für ein gewaltiges Chaos ausbrechen würde. Verrückte Welt!" Tobias atmet tief aus und schüttelt den Kopf.

Ich nicke. Bin ein wenig überrumpelt und überfordert.

„Und in eine Situation, die man dir negativ auslegen könnte, bist du vorgestern geraten", fährt Tobias fort. Mein Puls rast hoch, ein Anflug von Panik macht sich breit. Ich sehe mich schon, mich weinend im Wald verstecken, Zuflucht suchen vor der mich jagenden und schreienden Meute. „Sperrt ihn weg, der grabscht Kinder an."

Tobias weckt mich unsanft aus meinem Tag-Albtraum auf.

„Du bist in eine Mädchenumkleidekabine gegangen. Man könnte dir daraus jetzt einen Strick drehen, eine Beschwerde einreichen. Deine Erklärung zur Verteidigung des Vorwurfs, dass du zur Hilfe gerufen wurdest, kann dir als Inszenierung ausgelegt werden. Alles, um kostenfreie Blicke auf Kinderkörper erhaschen zu können. Wenn ich davon rede wird mir schon schlecht.“ Tobias atmet tief aus.

Was für eine kranke Welt. Schlimm genug, dass es Männer und Frauen gibt, die eine sexuelle Faszination für Kinder verspüren. Aber dass ich selber als eine solche Person gesehen werden könnte, macht mich sprachlos und nimmt mir die Luft. Ich, als Person, die Kinder in ihrer Entwicklung, ihrem Bildungsweg, ihrer Persönlichkeitsbildung begleitend zur Seite stehen möchte.

Ich spüre meine Verunsicherung. Kann und möchte ich mich dieser Gefahr stellen? Kann und möchte ich Gefahr laufen, unschuldig diesem abstoßenden Vorwurf gegenüberstehen zu können?

„Um solche Situationen zu vermeiden, empfehle ich dir daher, dringend folgende Sache zu berücksichtigen: Betrete niemals unangekündigt eine Umkleidekabine. Auch wenn die Situation brenzlich scheint, kannst du nicht darauf zählen, dass alle Kinder und Eltern verständnisvoll reagieren. Und zum Teil ja zurecht – ob Lehrer oder Lehrerin, weiß man nie, wie die Kinder vorgeprägt sind. lopfe vor Betreten der Kabine deshalb dreimal laut gegen die Tür und kündige laut an, dass du in fünf Sekunden reinkommst. So haben Kinder, die zu diesem Zeitpunkt unbekleidet sind, die Möglichkeit, Intimbereiche abzudecken. Dann bist du aus dem Schneider, wenn du nach Ablauf der angekündigten Frist die Kabine betreten musst“, beendet Tobias seine Vortrag.

Jetzt atme ich durch. Ein kleiner Hauch von Erleichterung macht sich in mir breit. Es scheint also eine Möglichkeit zu geben, sich selbst zu schützen. Ich merke, wie die Anspannung in mir ruckartig nachlässt.

„Danke dir, Tobias. Danke für die klaren Worte. Hätte ich nie gedacht. Erfährt man ja auch nirgendwo. War echt geschockt, als du anfingst zu reden. Habe meinen Traum, Lehrer zu werden, mit jedem deiner Worte immer mehr dahinschmelzen sehen."

Tobias klopft mir auf die Schulter. „Ist kein Zuckerschlecken. Wird es auch nicht. Probleme im Schulwesen werden immer mehr werden. Aber du bist wie gemacht für den Job. Du wirst gebraucht. Die Kinder brauchen uns. Und jetzt ab nach Hause mit dir, Feierabend. Dein Praktikumszeugnis senden wir dir im Laufe der Woche zu. Wird ein schönes Zeugnis", gibt Tobias noch feixend zu verstehen und grinst.

Wir verlassen das Schulgebäude und verabschieden uns.

Ich bleibe noch einen kurzen Augenblick stehen, schaue dem wegradelnden Tobias hinterher und werfe noch einen Blick auf die Schule.

„Schön war's. Vielleicht komm ich wieder", flüstere ich dem leeren, jetzt schweigenden Gebäude zu und mache mich auf den Weg zu Klara.

Beim Abendessen herrscht eine bedrückte Stimmung. Irgendwie wirken Klara und ihre Eltern angespannt. Ich erzähle ihnen von meinen Erlebnissen in der Schule, aber nur den positiven. Berichte davon, dass die vier Wochen wunderbar waren, gebe noch ein paar lustige Anekdoten preis und versuche, so die Stimmung ein wenig zu lockern. Es gelingt mir auch zunehmend.

Ich entscheide daher, die letzte Konversation mit Tobias nicht mehr zu erwähnen. Einen solchen Stimmungskiller braucht heute wirklich niemand mehr. Weder sie, noch ich. Meine morgige Rückkehr nach Münster reicht als Stimmungskiller und braucht keine weitere Unterstützung.

14

Die mir bekannte Melodie weckt mich. Meine Hand schnellt zum Handy und ich tippe hektisch und unkontrolliert auf dem Display herum. Mein Ziel: Alexander Marcus schnellstmöglich zum Schweigen zu bringen. Meine Uhr zeigt 05.50 Uhr an. Unglaublich früh. In drei Stunden sitzen Klara und ich im Flieger nach Ibiza.

Endlich haben wir es geschafft, wieder einmal einen gemeinsamen Urlaub zu planen und dann auch endgültig zu buchen. Klara döst seelenruhig weiter. Ich schlängle mich zum Bettende und klettere vorsichtig heraus. Ein paar Minuten möchte ich sie noch schlafen lassen. Die Zeit nutze ich und packe noch schnell die letzten Utensilien in meinen Koffer. Silas kommt um halb sieben und bringt uns schnell mit dem Auto zum FMO, dem kleinen Flughafen von Münster-Osnabrück. Ein schmuckes Teil, Ferienfliegerflughafen. Fast nie was los. Angst vor Schlangen beim Check-In muss man nicht haben.

Fast ein Jahr ist es jetzt her, dass ich meine Semesterferien in Aachen verbracht und das Praktikum bei Tobias gemeistert habe. Jetzt habe ich zwei weitere Semester auf dem Buckel, habe zwei weitere kleine Etappen auf dem Weg der *Tour de Lehrerwerden* bravourös hinter mich gebracht.

Während ich mein Handykabel noch in mein Seitenfach des Koffers quetsche, höre ich Klara langsam herbeischlurfen. „Guten Morgen, da geht ja die Sonne auf“, rufe ich ihr überzogen euphorisch zu und nehme sie in den Arm. Wirklich wach ist sie noch lange nicht. „Mach dir schnell einen Kaffee, in 20 Minuten ist Silas da. Dann müssen wir los.“ Dass ich mal der Stressmacher von uns beiden bin, hätte ich auch nicht gedacht.

Wenig später höre ich das Plätschern des fertigen Kaffees, der den Weg aus meiner alten, aber noch voll funktionstüchtigen Pad-Maschine in Klaras Kaffeetasse findet. Klara befindet sich weiter unverändert in Unterhose und Schlafshirt. Den Anschein von Zeitdruck findet man bei ihr nicht. Sie ruht weiter in sich selbst. Mit der Tasse in der Hand schlurft sie fast schlafwandlerisch an mir vorbei in Richtung Bad. Ich eile zurück in Schlafzimmer, mache flott das Bett und räume im Ruckzuck-Tempo die letzten Sachen weg. Denn was gibt es schöneres, als nach einem Urlaub in eine aufgeräumte Wohnung zu kommen.

Leicht gehetzt schiebe ich schon meinen Koffer in den Hausflur, bringe ihn mitsamt dem Müll anschließend ins Erdgeschoss. Die Müllsäcke fliegen gekonnt in die vor dem Haus stehenden Mülltonnen, den Koffer parke ich hinter der Eingangstür. Den wird ja jetzt wohl keiner mitnehmen. Ich flitze wieder die Treppenstufen hinauf in meine Wohnung.

48 Treppenstufen später staune ich nicht schlecht: Klara steht frisch wie eh und je vor mir. Fertig gestylt, ein breites Lächeln auf den Lippen.

„Wow", platzt es aus mir heraus. Nicht nur wegen ihrer unglaublichen Schönheit, sondern besonders wegen des unglaublichen Tempos, mit dem sie sich in knapp fünf Minuten völlig aus dem Ei gepellt hat. „Respekt, das ging ja schnell. Du siehst wundervoll aus", sage ich ehrlich. „Hast du im Bad ein bisschen was durch die Nase gezogen oder woher der unglaubliche Antrieb?", necke ich dann aber doch weiter.

Klara verdreht die Augen und piekst mich in die Seite. „Kaffee wirkt wunder, besonders so früh", erwidert sie grinsend. „Und ich bin halt naturschön, brauch also nicht so lange."

„Das bist du", bestätige ich ihr umgehend und gebe ihr einen dicken Schmatzer. „Aber jetzt flott, lass uns deinen Koffer runterbringen. Silas muss jeden Moment da sein."

Leise höre ich den immer wiederkehrenden Rhythmus der leisen Café del Mar Musik aus der Strandbar. Ich öffne die Augen. Verdammt ist das hell. Ich blinzle und erkenne das kristallblaue Meer direkt vor mir. Ich schaue mich um. Um mich herum die Bucht von Portinatx, einer kleinen Gemeinde im Norden Ibizas. Durchaus touristisch. Aber für Klara und mich perfekt. Haben einen echten Schnapper gemacht und sieben Tage Halbpension und Deluxe-Doppelzimmer mit Meerblick für 500€ pro Nase geschossen. Traumhaft. Neben mir liegt Klara auf ihrer Strandliege, ein Buch in der Hand. Sie hat Wache geschoben, als ich mir nach unserer Ankunft ein kleines Nickerchen am Strand erlaubt habe.

„Da bin ich wieder“, melde ich mich bei ihr zurück.

„Wie schön ist das eigentlich hier?“, fragt mich Klara direkt und grinst mich dabei an wie das schönste Honigkuchenpferd.

„Lass uns in Wasser gehen.“ Ich reiche ihr meine Hand.

Klara legt ihrer Sonnenbrille beiseite und wir genießen fortan jeden Schritt, den unsere Füße durch den feinkörnigen, heißen Sand machen, bis wir die Erfrischung des Wassers spüren können. Wahnsinn. Das Wasser ist völlig klar, herrlich angewärmt. Wir umarmen uns und lassen uns in Wasser fallen. Der Moment gehört uns. Jeglicher Stress des letzten Jahres ist vergessen.

Die Uni hat mich doch zeitlich mehr gebunden als mir lieb war. Klara war natürlich die Person, die am meisten darunter leiden musste. Nur vielleicht einmal im Monat habe ich es geschafft, über ein Wochenende nach Aachen zu fahren. In Mathe musste ich mich durch Vorlesungen zu Arithmetik und Stochastik quälen. Ich war immer froh, wenn die Professorin mal Zahlen in ihrer Vorlesung verwendete, fast immer ging es nur um Beweise und Buchstaben flogen mir nur so um die Ohren. Zum Glück gab es begleitend zu der für das spätere Berufsfeld fachlich viel zu anspruchsvollen Vorlesung noch eine Übungsgruppe. In der verbrachte ich viel Zeit und stieß hier und da an meine kognitiven Grenzen. Immer wieder fragte ich mich, was mir das bringen soll.

Wofür muss ich mich mit dem Beweis von Primfaktorzerlegungen beschäftigen? Wenn ich doch später froh sein kann, wenn ich den Kindern überhaupt vermitteln kann, was Primzahlen sind. Immer wieder redete ich mir als Grund ein, dass die Studentenzahl durch schwere Vorlesungen minimiert werden müsse, getreu dem Motto, nur die Harten kommen in den Garten.

So kennt man es aus Studiengängen wie Jura oder BWL. Da starten immer unzählige Studis und von Semester zu Semester wird ordentlich ausgesiebt. Natürliche Auslese durch fachlich anspruchsvolle Vorlesungen, die Paukerei erfordern.

Die natürliche Auslese im Bereich der Grundschulpädagogik macht für mich keinen Sinn, fand aber statt. Reihenweise bekam ich mit, wie Mitstudenten das Handtuch warfen. Vielleicht waren sie fachlich-mathematisch nicht die Crème de la Crème, aber vielleicht steckten in ihnen Top-Pädagogen. Was ist wichtiger in der frühen Bildung, Fachidioten oder Pädagogen mit Herz?

Im besten Fall natürlich Beides. Würde man das fachliche ein wenig anpassen und die Didaktik stärken, würden alle Kinder unglaublich profitieren. Da bin ich mir sicher. Aber wer bin ich schon? Ein kleiner Student, noch grün hinter den Ohren, der sich gerade von seiner Freundin durchs Mittelmeer ziehen lässt. Mir würde ich vertrauen.

Klara zeigte sich fast immer verständnisvoll für meine Lernerei am Wochenende. Ich merkte ihr an, dass sie sehr darunter litt, dass ich nur selten bei ihr sein konnte. Hin und wieder kam es auch am Telefon dazu, dass wir uns stritten, wenn ich sie mal wieder für einen Wochenendbesuch versetzen musste. Mo ärgerte mich dann immer mit „Dunkle Wolken ziehen auf über Romeo und Julia", wenn ich meinen Kummer bei ihm loswerden musste.

Umso erleichterter bin ich nun. Wir haben das schwierige Jahr geschafft und haben uns den Urlaub zu zweit redlich verdient.

Nach dem Abendessen schlendern wir noch eine Runde über die kleine Promenade entlang der Bucht. Wir spüren, dass unsere Haut Sonne abbekommen hat. Ein schönes Gefühl.

Morgen sollte ich besser mehr Sonnencreme verwenden, sonst seh ich rasch aus wie eine reife Tomate. Hier und da bleiben wir an den kleinen Shops und Bars stehen, genießen den Ausblick auf das jetzt dunkle Meer und die Beleuchtung der Bucht, die sich glänzend auf dem jetzt etwas welligeren Wasser spiegelt.

„Lass uns einen Cocktail to go hier an der Beachbar nehmen. Dann setzen wir uns an den Strand“, schlägt Klara vor.

Ich nicke ab und kurzerhand steuern wir auf die kleine Holzhütte zu, die mit Lampion-Girlanden verziert und spanischer Salsa Musik an einer ruhigen Ecke der Promenade, nahezu auf uns wartet. Ich entscheide mich für einen Mojito, den probiere ich immer. Egal in welcher Lokalität ich bin. Schon ordentliche Plörre serviert bekommen. Aber auch schon richtig feine „Leckerschlückchen“ in der Hand gehabt.

Klara ist da flexibler als ich, sie nimmt das, was ihr gerade in den Sinn kommt. Ihre Wahl: Pina Colada. Würde ich niemals wählen. Wenn ich auf eine Obstsorte verzichten müsste, dann auf jeden Fall mein Favorit: Die Kokosnuß. Und schon gar nicht käme ich auf die Idee, sie in ein leckeres Getränk zu machen. Aber Geschmäcker sind verschieden. Jetzt habe ich gleich die ganze Zeit Kokos-Sahne Küsse zu ertragen, phantasier ich schon vor mir, in der Hoffnung, dass wir ein bisschen Strandzärtlichkeiten austauschen.

„Lass uns hier hin setzen, hier ist ein mega Blick auf die ganze Bucht“, reißt mich Klara aus meiner schönen Gedankenreise. Sie zeigt auf einen alten Baumstamm, der in einer Ecke des Strandbereichs kurz vor den Klippen liegt. Er ragt ein wenig ins Wasser hinein.

Wir setzen uns auf den Baumstamm und lassen unsere Füße ins Wasser baumeln. Klara hat Recht, der Blick ist wahnsinnig schön, wir haben die ganze sichelförmige Bucht mitsamt der beleuchteten Promenade vor Augen. Ein Panorama zum Verlieben. Ein perfekter Moment für einen Heiratsantrag. Wer hier vor seiner Freundin auf die Knie geht, hat geringe Chancen auf eine Absage. Ich schweife wieder ab und überlege, wie viele Paare wohl schon vor uns hier gesessen haben.

Klara hält mir ihren Drink vor die Nase. „Prost, auf uns!“

Ich werfe meine Überlegungen über den Haufen und stoße mit ihr an.

„Auf uns!“ Ich erwische mich wieder dabei, wie ich davon träume, Klara jetzt einen Antrag zu machen. Was wär wohl dabei? Ich bin mir sicher, dass sie die Frau meines Lebens ist. Aber jetzt schon heiraten? In unserem Alter? Mit Anfang, Mitte 20? Und das im Studium?

Klara kuschelt sich an mich. Ein wohliges Gefühl macht sich in meinem ganzen Körper breit. Ich kann es nicht vermeiden und gebe Klara einen Kuss. Einen Kuss, der alle meine Gefühle vereint.

Immer lauter werdendes Gegröle schallt über den Strand.

Klara schreckt zurück. „Na, toll. Moment vorbei.“

Ich schaue nach rechts und sehe eine kleine Gruppe aus Jungs und Mädels auf den Strand laufen. Scheinen englisch zu sprechen. Zwei Jungs laufen in Richtung Wasser und springen leichtfüßig einen Salto bevor sie anschließend die Abkühlung im Meer finden. Wow, das war gekonnt.

„*Not very british*“, äffe ich den englischen Akzent nach.

„Mal britisch den Moment versaut“, raunzt Klara und legt ihren verärgerten Gesichtsausdruck auf. Wirklich angsteinflößend sieht er nicht aus. Aber wenn man sie kennt, weiß man, dass sie *not amused* ist.

„Aber eins muss man den Jungs lassen, den Salto können sie“, gebe ich beneidend zu und nicke anerkennend in ihre Richtung. „Bin ja jetzt vom Fach.“

„Ach stimmt ja, du bist ja jetzt Fabian Hambüchen“, entgegnet Klara prompt. Ihre Miene verändert sich wieder schlagartig in Richtung Freude.

Im letzten Semester hatte ich neben zwei Vorlesungen in Sportgeschichte und Trainingswissenschaften auch zwei praktische Seminare zu meistern: „Psychomotorik“ und „Turnen“. Während jegliche Themenbereiche der „Psychomotorik“ keine Probleme für mich darstellten, stand ich zu Beginn des Turnseminars vor einer schier unüberwindbaren Herausforderung. Meine bislang einzigen Erfahrungen im Turnbereich stammten noch aus der Grundschule. Mein einziges Kunststück: Der Purzelbaum, die Rolle vorwärts. Ansonsten hatte ich während meiner gesamten eigenen Schullaufbahn nie Lehrer, die Turnen als Themenbereich in ihren Unterricht aufnahmen. Entgegen jeglicher Vorgaben versteht sich. Aber Freunde machten sie sich mit ihrer Entscheidung natürlich schnell: Viel lieber sahen die meisten Schüler Ballsportarten oder Leichtathletik im Sportunterricht, als sich mit den hölzernen Barren, der eisernen Reckstange oder den weichen Turnmatten zu beschäftigen. Und meine Lehrer sind wohl meist den Weg des geringsten Widerstandes gegangen. Eine Win-win-Situation für alle.

Nach dem letzten Semester kann ich nun behaupten: Turnen ist sowohl in der eigenen Durchführung und Ausführung, als auch in der Lehre, der Beachtung von Sicherheitsanforderungen und Hilfestellungen, unglaublich anspruchsvoll.

„Da komm, Turngott. Dann zeig mal einen Handstand mit Abrollen.“ Klara haut mir liebevoll den Ellenbogen in meine Seite.

„Nichts leichter als das“, zeige ich mich unbeeindruckt, springe vom Baumstamm auf und laufe durch das Wasser zurück in Richtung des trockenen Sandes.

In Blickrichtung zu Klara stelle ich mich kerzengerade auf und imitiere einen Profikunstturner. Ein, zwei gekonnte Armbewegungen als Beginn meiner Turnübung und es folgt ein Highlight meiner „Turnkarriere“: Ein Handstand mit abschließender Abrollbewegung in den Sand des Strands von Portinatx.

Der Sand bremst meine Abrollbewegung unsanft ab, sodass ich nicht flüssig aus der Bewegung in den Stand komme. Ich lasse mich aber nicht aus der Ruhe bringen, rappele mich auf und posiere zum Abschluss mit einer turnerischen Endpose.

Applaus brandet auf: Die englische Gruppe hat meine turnerische Darbietung beobachtet und spendet mir lachend Beifall. Klara kann sich kaum halten vor Lachen und läuft Gefahr, rücklings ins Wasser zu kippen.

„*Thank you*!“, rufe ich der Gruppe zu.

„*Well done!*“, ruft einer der Jungs zurück, den Daumen dabei in die Höhe gestreckt.

„Na, das war Körperkunst pur, oder?“

Klara hat sich wieder gefangen und ich sitze neben ihr auf unserem Baumstamm. „Unglaublich!“, grinst Klara. „Aber jetzt mal Spaß beiseite: Ich fand das wirklich gut. Hätte nicht gedacht, dass du das kannst.“

„Ich bis vor ein paar Monaten auch nicht“, stimme ich ihr zu. „Nach der ersten Seminarsitzung bin ich fast hinten über gefallen, als der Prof uns die erforderlichen Turnelemente vorgestellt hat, die wir im Laufe des Semesters erlernen und in der Prüfung zum Ende hin darbieten müssen: Barrenturnen, Bodenturnen, Reckturnen, Turnen an den Ringen und am Sprung.“

„Bodenturnen hätte ich noch hinbekommen, beim Rest wäre ich aber auch sowas von raus gewesen“, geht Klara auf mich ein.

Bodenturnen kann sie wirklich. So wie fast jedes Mädchen. Vielleicht ein bisschen klischeehaft, aber stimmt meist dann doch irgendwie. Wenn ich an meine Kommilitonen aus dem Jahrgang denke, hatten die Mädels wohl die wenigsten Probleme mit der Turnmatte. Muss denen irgendwie in den Genen liegen, philosophiere ich wieder in meinen Gedanken und stelle mir dabei vor, wie ein frischgeborenes Mädchen noch im Kreißsaal einen Radschlag über das Bett der Mutter macht und sich dabei in ihrer Nabelschnur verheddert. Ich muss bei der Vorstellung ein wenig grinsen.

„Riko, glaubst du mir nicht? Bodenturnen hätte ich wirklich geschafft!“ sagt Klara jetzt mit etwas ernster wirkender Stimme.

Mist. Durch meinen zugegeben etwas abstrusen Gedanken und mein Gegrinse hat sie gedacht, dass ich über ihre Aussage lachen würden. Verdammte Tagträume.

„Voll, hättest du auch. Weiß ich ja.“ Ich stimme ihr zu und streichle ihren Rücken.

Jetzt im Nachhinein muss ich sagen, dass das Turnen echt Spaß gemacht hat. Dadurch, dass nur wenige aus meinem Semester große turnerische Vorerfahrungen hatten, entstand eine mega Gruppendynamik. Fast jeden Nachmittag traf man sich in der Halle und trainierte, unterstützte sich gegenseitig und trat sich gegenseitig in den Hintern, wenn man aufgegeben wollte.

„Man hatte ein gemeinsames Ziel: Das Bestehen der Prüfung“, erzähle ich stolz.

„Das kann ich mir vorstellen, Trainieren in Lerngruppen ist echt effektiv“, stimmt mir Klara zu.

„Und zum Prüfungstag war die ganze Halle voll, die Besuchertribüne bis auf den letzten Platz belegt mit Sportstudenten aus niedrigeren oder höheren Semestern. Entweder weil sie sich anschauen wollten, was noch auf sie zukommen wird, oder weil sie den Leidensweg der Turnprüfung schon gemeistert hatten und nun als Supporter Applaus spenden wollten. Ein toller Sportsgeist.“

„Und schaffen die meisten die Prüfung?“, fragt Klara interessiert.

„Ja! Klar, hin und wieder gibt es einige, die gar nicht erst zur Prüfung antreten, um einen Fehlversuch zu vermeiden, weil sie sich noch nicht trainiert genug fühlen. Die meisten, die zur Prüfung aber antreten, schaffen es dann auch, getragen von der Stimmung in der Halle. Da mobilisiert man nochmal die letzten Kräfte. Nur mussten einige verletzungsbedingt die Prüfung verloren geben.“

„Boah, das ist mies. Ein halbes Jahr Training umsonst.“ Klara schüttelt leicht den Kopf und presst die Lippen zusammen.

Mir läuft ein Schauer den Rücken herunter. Vor meinem inneren Auge habe ich den Trainingsunfall eines Kommilitonen vor Augen. Beim Turnen an den Ringen hat er sich während des Felgschleuderns aber mal sowas von die Schultern ausgekugelt und ist dann mit voller Wucht von den schwingenden Ringen auf die Matte geklatscht. Das Geräusch kriege ich nicht mehr so schnell aus den Ohren. Und das war es danach mit dem Sportstudium für ihn. Schultereckgelenkssprengung mit komplizierter OP steht für ihn ab jetzt auf seiner Agenda.

Das habe ich Klara nie erzählt. Sie soll sich keine Sorgen machen, dass mir das auch jederzeit passieren könnte.

„Komm wir schlendern noch ein bisschen weiter“, schlage ich vor und nehme ihre Hand.

Ein kleines Stück spazieren wir noch am Ufer entlang, als Klara plötzlich meint, „So! Einen Radschlag zeig ich dir jetzt aber doch noch“, sich von meiner Hand löst und ein Rad im Wasser schlägt. Das knöcheltiefe Wasser wird durch die Rotation dabei ein wenig durch die Luft gewirbelt.

Klara meistert den Radschlag souverän. Ein doppelt schöner Anblick. Sie läuft auch mich zu, und springt mir losgelöst in die Arme.

15

Die sieben Tage Ibiza vergehen wie im Flug, erbringen aber trotzdem die sehr ersehnte *Quality time*, nach der Klara und ich uns sehnten. Ich entschied, noch eine Woche in Aachen zu bleiben. So konnte ich sowohl ein wenig mehr Zeit mit Klara verbringen, als auch meiner Familie und Moritz einen Besuch abstatten.

Meine Oma staunt nicht schlecht, als ich plötzlich das Ladenlokal vom „Reinigungshandel Kordel" betrete. Sie sitzt wie immer hinter ihrem eigens eingerichteten Schreibtisch in der Ecke des großen Verkaufsraums. Von hier aus hat sie die beste Sicht und kann jedes Verkaufsgespräch der Mitarbeiterinnen und Mitarbeiter meines Vaters kontrollieren: „*Big Granny is watching you.*"

Während meiner Praktikumszeit war es schon teilweise belastend, ständig unter Beobachtung des Lehrers zu stehen. Aber hier zu arbeiten, wäre die Hölle für mich, ständig würde ich die Adleraugen meiner Oma im Nacken spüren. Die weiteren Büros, auch das meines Vaters, liegen hinter der großen Verkaufshalle, abgetrennt vom Regierungsbereich meiner Oma.

„Da sieh einer an. Was machst du denn hier?", posaunt meine Oma mit erstauntem Gesichtsausdruck durch den ganzen Laden. Sie erhebt sich langsam aus ihrem alten, aber laut ihrer Meinung nach immer noch voll funktionstüchtigen Schreibtischstuhl – man könne ja nicht immer alles neu kaufen – und kommt auf mich zu. Mit offenen Armen drückt sie mich fest.

Was ist denn heute los? Noch kein blöder Spruch, stattdessen eine freudige Umarmung. Entwickelt sie auf ihre alten Tage doch noch die Fähigkeit, kleine Emotionen zuzulassen?

„Na komm, setz dich. Willst du was trinken?", fragt sie mich und ruft eine Mitarbeiterin mit einer zackigen Handbewegung herbei.

„Jau, kann ich doch selbst. Aber danke, Oma. Ich weiß ja, wo alle Getränke stehen. Brauche keine Bedienung." Leicht pikiert grinse ich der leicht verunsichert wirkenden Verkäuferin zu und schlendere in Richtung Mitarbeiterküche.

„Wazzuppp", tönt es von der Seite, als ich die Küchentür langsam öffne. „Was geht Riko?" Moritz steht vor der Kaffeemaschine, angelehnt an das Küchenregal und strahlt mich an. „Wusste gar nicht, dass du hier bist", stammelt er in mein Ohr als er mir um die Arme fällt.

„Jop, war eine spontane Idee. Häng nach dem Urlaub noch zwei Wochen Aachen dran, bevor es dann wieder ans Eingemachte geht." Während ich rede, fällt mein Blick auf eine Frau, Ende 20, lange dunkelblonde, gelockte Haare, sportliche Figur. Sie sitzt auf dem Barhocker, nicht weit von der Kaffeemaschine entfernt.

Eigentlich kenne ich die meisten Mitarbeiter meines Vaters entweder persönlich oder aus den Erzählungen meiner Oma. Aber die Frau ist mir noch fremd. Sie lächelt in unsere Richtung.

„Hallo, Riko", stelle ich mich vor und reiche ihr die Hand zur Begrüßung.

„Lina Schneider, freut mich", stellt sich die mir noch unbekannte Frau vor.

„Lina, Majestätsbesuch. Sohn vom Cheffe steht vor dir", sagt Moritz grinsend in ihre Richtung. Ich spüre daraufhin tatsächlich, dass sich ihr Verhalten ein wenig verändert. Sie wirkt angespannter.

Moritz erkennt die Situation. „Keine Sorge, das ist Riko. Mein Buddy, auch gleichzeitig der Sohn vom Chef. Aber vom Betrieb hier hat er ungefähr so wenig Ahnung wie seine Oma von gutem Mitarbeiterumgang."

Lina atmet aus. „Da bin ich ja beruhigt. Habe heute meinen ersten Tag. Bin die neue Sales Managerin hier und habe deine Oma schon kennengelernt. War besonders", merkt sie an und rutscht gekonnt von ihrem Barhocker herunter. „Muss wieder zurück. Schön, dich kennengelernt zu haben", sagt sie noch und verlässt die Küche.

Zufällig sehe ich noch einen letzten Blickwechsel zwischen Moritz und ihr. Ich bin nicht immer die hellste Kerze auf der Torte, aber in mir macht sich das Gefühl breit, dass ich soeben in einen kleinen Flirt zwischen Moritz und Lina geplatzt bin.

Moritz kommt wieder auf mich zu. Klopft mir kräftig auf den Rücken, fast schon überschwänglich.

Mit leicht säuselnder Stimme frage ich: „Na, wer war denn das?"

Moritz' Grinsen zieht sich bis über beide Ohren, in seinen Augen erkenne ich ein kleines Funkeln. Das Funkeln, was ich bestimmt in meinen Augen hatte, als ich Klara das erste Mal am Küchentisch von Mos Mutter sitzen sah. Aber Worte kommen nicht aus seinem Mund heraus. Der Gentleman schweigt lieber.

„Nett", sage ich cool und zwinkere Moritz zu.

„Du glaubst nicht, was heute hier schon los war: Brisante Stimmung. Dein Vater hat deiner Oma eine ordentliche Ansage gemacht, als er mitbekommen hat, wie sie Lina direkt zurechtgewiesen hat. Und das an ihrem ersten Tag. So kenne ich deinen Vater gar nicht, muss sich aufgestaut haben. Seitdem ist deine Oma heute schon den ganzen Tag sehr zurückhaltend. Der Löwin wurden die Krallen gestutzt", erzählt Moritz.

„Ach, daher wurde ich eben auch so herzlich begrüßt, hatte mich schon gewundert", lache ich. „Ich gehe mal wieder zurück zu ihr. Mal schauen, was sie so erzählt. Ist mein Vater im Büro?", frage ich Moritz noch.

„Ne, der ist für Kundengespräche in der Stadt unterwegs. Kommt erst heute Nachmittag wieder", erhalte ich prompt als Antwort.

„Kein Thema, den müsste ich ja zu Hause noch sehen." Ich schnappe mir einen Kaffee und schlendre zurück zu meiner Oma, die wartend an ihrem Stammplatz sitzt. Sie sortiert ein paar Rechnungen in einen Ordner, legt ihn aber schnell beiseite, als sie mich zurückkommen sieht.

„Na, wie läuft's bei dir?", fragt sie interessiert. Sogar ohne jeglichen ironischen Unterton. Ich genieße den Moment, setze mich gemütlich auf einen kleinen Hocker neben ihren Schreibtisch, lasse meinen Kaffeelöffel dabei seelenruhig seine Runden in meiner Tasse drehen. Ein bisschen muss ich sie zappen lassen.

„Riko, was macht das Studium?“, setzt meine Oma nach. Ich spiele den verdutzten Enkelsohn, der ihre erste Frage nicht mitbekommen hat. Ich trinke genüsslich einen Schluck, nicke dabei in ihre Richtung, um ihr zu signalisieren, dass ich die Frage gleich beantworten werde.

„Geht auf die Zielgerade zu“, antworte ich kurz. Ich spüre die aufkeimende Ungeduld auf der Gegenseite. Sie mag es überhaupt nicht, wenn sie als Bittstellerin, als Fragende agieren muss.

„Und was heißt das? Noch ein Jahr, noch zwei Jahre?“

„Kommt drauf an, im besten Fall noch zwei Jahre, könnten aber auch noch mehr werden, man weiß ja nie“, antworte ich und grinse schelmisch. „Warum so interessiert an meinem Studium, Oma? Wolltest du dich als Lese-Oma in einer meiner zukünftigen Klasse bewerben?“

Jetzt fällt es selbst meiner eiserenen Großmutter schwer, sich ein Grinsen zu verkneifen. „Das wär's ja noch. Ob das für die Kinder gut wär?“, fragt sie rhetorisch.

„Dann kommt mal wieder ordentlich Anstand und Ordnung in den Laden“, albere ich mit verstellter, autoritär wirkender Stimme weiter.

Lina kommt aus ihrem Büro zurück in den Verkaufsbereich und gibt einer Mitarbeiterin einen Stapel voller Unterlagen in die Hand. Ich bemerke wie meine Oma heimlich versucht, diesen Vorgang zu beobachten und zu belauschen.

„Nette Frau, die Frau Schneider“, nicke ich meiner Oma zu, mit der Absicht sie ein wenig aus der Reserve zu locken. Keine Chance, meine Oma schaut ungeachtet meiner Aussage weiter an mir vorbei. Ich leite die zweite Stufe meiner Störungsmission ein: Mit einem schnellen Satz hüpfe ich von meinem Stuhl auf und schaue sehr offensichtlich in die Blickrichtung meiner Oma. „Was ist denn da?“, frage ich direkt. Blitzschnell reagiert meine Oma, nimmt sich wieder einen Stapel Rechnungen und legt ihn an eine andere Stelle ihres Schreibtischs. Eine unnötige Aktion, ein Ablenkungsmanöver.

„Alles gut, war kurz in Gedanken versunken“, lügt meine Oma mir notgedrungen ins Gesicht. Ich setze mich wieder hin.

Innerlich würde ich gerne auf den Tisch hauen und sie direkt fragen, ob sie ein Problem mit Lina hat. Äußerlich lasse ich mir aber nichts anmerken und lasse meine Oma im Glauben, nichts bemerkt zu haben.

„Ach, was ich noch sagen wollte. Am Wochenende würde ich gern einen kleinen Grilltreff bei Mama und Papa machen. Hast du Lust, auch zu kommen?“, frage ich. Meine Oma schaut wieder von ihren Rechnungen auf, verzieht erst keine Miene. Doch dann huscht ein kleines Lächeln über ihr Gesicht.

„Gern, am Wochenende habe ich noch nichts vor“, antwortet sie.

Ich hätte mich auch gewundert, wenn sie was vorgehabt hätte, denke ich mir. Aber ich freue mich über die Zusage. Dass ich auch Moritz und als kleine Überraschung vielleicht auch Lina zum Treffen einladen möchte, verschweige ich meiner Oma lieber.

16

Mir laufen die Schweißperlen den Rücken herunter. Ein unangenehm klebriges, schwitziges Gefühl rund um die Boxershorts trägt nicht sonderlich gut dazu bei, dass ich mich wohlfühle. 32 Grad, trockene deutsche Wärme, eine Terrasse zur Sonnenseite. Alle drei Komponenten stellen das Grundgerüst für meinen Grilltreff dar.

Der Garten meiner Eltern ist nicht sonderlich groß, meinem Vater war der Garten nie wichtig, da er sowieso meist in seinem Betrieb unterwegs ist. Und meiner Mutter reicht die Fläche völlig aus. Hier kann sie sich gärtnerisch austoben, mal hier ein bisschen Unkraut jäten, mal da eine neue Pflanze einbuddeln. Gartenarbeit entspanne sie, meint sie immer. Ich habe ihren grünen Daumen nicht geerbt. Ich bin froh, wenn es mir gelingt, auf Anhieb zehn Pflanzenarten richtig zuzuordnen.

Die Terrasse meiner Eltern hingegen ist geräumig und schön eingerichtet. Meine Eltern haben dabei viel Wert auf komfortable und hochwertige Sitzmöbel gelegt, weil sie im Sommer oft draußen essen. Ich kann gut verstehen, dass mein Vater diesen Sitzluxus nach der Arbeit genießt.

„Sollen wir mal den Platz tauschen? Du bist ja rot wie ’ne Tomate und die Suppe läuft dir die Stirn herunter.“ Moritz schaut mich fragend an und signalisiert mir, dass ich auf seinem Stuhl Platz nehmen kann.

Ich nehme das Angebot dankend an.

„Ich muss ja noch braun werden“, zwinkert er meiner Oma zu.

Diese Art von Humor mag sie weiterhin. Sie grinst verschmitzt.

Moritz setzt sich auf meinen Platz und hebt sein Glas. „Auf uns, schön, dass wir hier sind!“

Wir prosten uns zu. Moritz scheint der Platz in der Sonne wirklich nichts auszumachen. Alle anderen Sitzplätze rund um den Gartentisch sind durch den Schatten des Sonnenschirms wunderbar angenehm temperiert.

Da meine Eltern sich damals für eine Sitzgarnitur im Set mit Tisch entschieden haben, gehören nur sechs „Luxuskorbsessel" zum Interieur. Meine Eltern, Klara, Moritz, Lina und unser Oberhaupt Großmutter nahmen schnell darauf Platz. Als Gastgeber holte ich schnell einen Klappstuhl aus dem Gartenhaus. Meine Sitzgelegenheit. In der prallen Sonne.

Der Schatten wirkt Wunder, gefühlt schütte ich sieben Liter Wasser in mich hinein, die ich vorher scheinbar verdunstet haben muss. Ich versuche, die letzte Stunde vor meinem inneren Auge Revue passieren zu lassen. Jegliche Gespräche führten an mir vorbei. Ich bekam nichts mit. War ständig damit beschäftig, die meinen Rücken runterlaufenden Schweißperlen in Richtung Poritze umzulenken.

Mein Vater steht auf und zelebriert seinen Gang mit dem Fleischteller zum Grill. Das Grillen blieb Chefsache. Vor einiger Zeit hatte er sich einen Gasgrill zugelegt. Damit beschäftigt er sich neben der Arbeit tatsächlich gerne. Grillen als Hobby.

Klara und Lina sitzen nebeneinander und quatschen. So als ob sie sich schon lange kennen würden.

„Und als ich dann die Uni schmiss und mich für eine Ausbildung als Groß- und Einzelhandelskauffrau bewarb, war das für meine Eltern natürlich ein Schock", erzählt Lina.

Klara hört interessiert zu und nickt empathisch.

„Kann ich verstehen", grätscht meine Oma dazwischen. „Hast ja bestimmt Abitur gemacht, danach die Uni angefangen, um danach wieder einen Job anzustreben, den du auch nach der zehnten Klasse hättest machen können. Mindestens drei Jahre verschenkt!" Boom, da war er wieder. Der Moment, wenn meine Oma beweist, dass sie keinen Anstand hat, und andere öffentlich angeht.

Lina schaut ein wenig verlegen und zuckt mit den Schultern. Wie soll sie jetzt auch anders reagieren.

„Rosie, du weißt doch: Am Ende kackt die Ente." Moritz schaltet sich ein. Die ersten Schweißperlen kann ich nun doch auch auf seiner Stirn erkennen. Entweder weil ihm jetzt auch mal warm wird oder weil er in die brenzlige Situation kommt, dass er sich gegen meine Oma stellen muss. Ihr gefühlter zweiter Enkel widerspricht ihr. Vielleicht, um Lina zu verteidigen? Süß, denke ich mir und entscheide mich dazu, dem Schauspiel einfach weiter als Zuschauer beizuwohnen.

„Am Ende zählt doch, dass man einen Job findet, der einem Spaß macht und mit dem man Geld verdient“, fährt Moritz fort. „Und da ist es doch völlig egal, was für einen Titel der Beruf dann hat oder welchen Ausbildungsweg man eingeschlagen hat. Das ist heutzutage nicht mehr wichtig.“

Meine Oma schaut ein wenig verdutzt zu Moritz, der sich wieder zurücklegt und einen tiefen Zug aus seinem Strohhalm nimmt. Sie scheint bedient und mehr als ein „wenn dem so ist, ist ja alles gut“ kommt ihr erstmal eine Zeit lang nicht über die Lippen.

Klara lehnt sich ein bisschen näher zu Lina herüber und flüstert ihr mit leiser Stimme zu: „Hör nicht auf ihr Gerede. Sie ist besonders. Oft besonders unangenehm.“

„Was hast du denn studiert?“ Meine Mutter klinkt sich ins Gespräch ein.

Währenddessen dreht mein Vater am dampfenden Grill das Fleisch.

„Ein ganz anderes Themengebiet. Ich habe ein EW-Studium angefangen. In der Schule hatte ich großen Lernspaß am Fach Pädagogik. Hab das auch als Leistungskurs gemacht. Und nach dem Abitur sucht man sich ja meist den Berufszweig aus, der seine bisherigen Interessen am besten abdeckt“, erzählt Lina unbeeindruckt von der weiter grimmig daherschauenden Oma.

„Also Erziehungswissenschaften?“, fragt Klara nach, der die EW-Abkürzung nicht ganz geläufig scheint. Lina nickt zustimmend und schüttet sich Wasser nach.

„Du hast doch auch einen großen Teil Erziehungswissenschaften im Studium, oder Riko?“, fragt meine Mutter.

„Jau, ziemlich viel sogar. In jedem Semester meist eine Vorlesung und zwei Seminare so im Schnitt. In vielen Veranstaltungen sitze ich mit den reinen EW-Fach-Studenten zusammen. Da kann ich gut verstehen, dass dich dieser Anblick abgeschreckt haben könnte?", antworte ich süffisant in Linas Richtung.

„Ne, das war es nicht. Klar, man trifft in diesem Studiengang vielleicht eher auf etwas speziellere Charaktere und einige Langzeitstudenten. EW scheint das Sammelbecken zu sein, wenn man mit seinem Studium nie fertig werden möchte. Das hat mich aber nie wirklich gestört. Mich hat der schwammige und unstrukturierte Aufbau des Studiengangs davon abgehalten, weiter zu machen. Vielleicht lag es auch an meiner Persönlichkeit, dass ich eher klare Abfolgen und aufeinander aufbauende Seminare und Vorlesungen gebraucht hätte. Aber der Wust an Wahlmöglichkeiten in jedem Semester für Vorlesungen und Seminare hat mich eher verwirrt. Da habe ich mich dann für eine Ausbildung entschieden."

Meine Oma beteiligt sich weiterhin nicht am Gespräch und grollt vor sich hin.

„Versteh ich. Klar, ich habe EW nur quasi als Nebenfach. Aber neben wenigen Pflicht-Vorlesungen habe ich in jedem Semester auch viele Wahlmöglichkeiten." Wenn ich an das zurückliegende Semester zurückdenke habe ich eine Vorlesung zu „Jugendkriminalität in modernen Gesellschaften" und ein Seminar zu „Jugendliche im Übergang von der Schule in den Beruf" zugewiesen bekommen. Da wurden durchaus interessante Themen behandelt. Allerdings kann ich mit den dort gelernten Inhalten nun wahrlich wenig in meinem zukünftigen Berufsfeld anfangen.

Vor meinem inneren Auge stelle ich mir den kleinen Benni, drittes Schuljahr vor, feinstes Koks im Turnbeutel. In der Bewegungspause schneller Treff mit seiner Gang. Es werden Absprachen getroffen, wer tickt die Ware wo. Danach wieder schnell zurück in die Klasse und im Sachunterricht den Regenwurm erforschen. Gut, dass ich die beiden Veranstaltungen besucht habe. Jetzt bin ich auch für diese Ereignisse bestens vorbereitet.

Klatsch. In meinem Nacken spüre ich einen kalten Lappen. Moritz hat mir eine nasse Serviette auf den Nacken gedrückt.

„Sorry, hab dich kurz aus deinem Tagtraum geweckt“, lacht Moritz mich an.

Die anderen können sich kaum halten vor Gelächter.

„Oh, sorry“, fahre ich ein wenig peinlich berührt fort. „Bei uns haben wir auch viele Wahlmöglichkeiten, allerdings zu wenige Plätze für zu viele Studenten, weil viele Veranstaltungen von unterschiedlichsten Studiengängen belegt werden. Wenn ich mich doll anstrengen würde und viel Losglück hätte, würde ich es vielleicht schaffen, immer Seminare und Vorlesungen zu erhalten, die wirklich was mit Grundschule zu tun haben. Es gibt aber genauso auch einige Lehrernasen, die nur wenige schulische Inhalte gewählt oder zugeteilt bekommen haben. Die laufen dann auch bald in schulischen Einrichtungen herum. Schon kurios. Und erschreckend zugleich.“

Die anderen nicken zustimmend und schütteln anschließend leicht verwundert den Kopf.

„Wie wählt ihr denn die Seminare?“, fragt Klara.

„Ach, das findet alles online statt. Da kannst du mit deinem Account die verschiedensten Seminare und Vorlesungen der Fachrichtungen auswählen und musst nachlesen, ob diese kompatibel mit deinem Studiengang sind, also ob die anerkannt werden als Prüfungsleistung. Da verbringt man schon gut Zeit, sich durch die ganzen Angebote zu klicken. Und dann erhältst du irgendwann eine Nachricht, in welchen Veranstaltungen du einen Platz zugewiesen bekommen hast. Da habe ich bislang noch keinen Algorithmus erkannt. Manchmal habe ich mehr Zusagen als nötig, meistens aber zu wenige oder keine.“

Meine Mutter unterbricht mich. „Häh, und was macht man dann? Du musst doch studieren können, also auch einen Platz zugesichert bekommen. Du zahlst doch Geld dafür.“

Ich zwinkere ihr zu: „Ich nicht. Ihr zahlt.“ Tatsächlich dürfen meine Eltern für jedes Semester Studiengebühren bezahlen, neben der finanziellen Unterstützung die sonst für mich anfällt für Miete und Co. „Ne, also dann heißt es Klinken putzen. Man geht zum ersten Veranstaltungstermin und hofft auf einen freien Platz, weil jemand abgesprungen ist, oder hofft auf einen verständnisvollen Dozenten, der seine zugelassene Gruppengröße ein wenig ausdehnt, nachdem man ihm das Problemmöglichst dramatisch geschildert hat. Betteln for Bildung." Innerlich applaudiere ich mir für diesen coolen Spruch. Die anderen übergehen ihn gekonnt.

„Da ist das Ding!" Mein Vater kehrt von seinem Platz am Grill zurück zu uns. In seiner Hand ein großer Teller mit fertig, leicht qualmendem aber gut duftendem Grillgut. Diesen Vorgang zelebriert er immer mit dem schönen Zitat von Oliver Kahn, der damals diesen Satz schrie, als er die Meisterschale in die Höhe reckte. Gekonnt verteilt mein Vater die Fleischspezialtäten.

„Ach Lina, ich hab dir zwei Gemüsegriller auf den Grill gelegt", ruft mein Vater Lina zu, die bislang dankend eine Wurst auf dem Teller abgelehnt hat. Scheint Vegetarierin zu sein, schlussfolgere ich wie ein Meisterdetektiv.

Leicht brummelnd höre ich „Vegetarierin, auch das noch" aus der Richtung meiner Oma, die sich anschließend wortlos ein großes Stück Kotelett in den Mund steckt. Zum Glück haben die anderen die nächste Provokation meiner Großmutter nicht gehört oder überhört. Welches Problem meine Oma mit Lina hat, verstehe ich aber weiterhin nicht.

„Guten Hunger", sagt mein Vater und setzt sich an seinen Platz. „Lasst es euch schmecken." Jegliche berufliche Themen weichen nun dem Genuss von Grillgut, Dips, Salaten und Baguette.

„Lass uns noch 'ne Runde die Beine vertreten", schlägt Moritz vor. Wir sitzen im Fress-Koma auf der Terrasse meiner Eltern. Meine Oma ist nach dem Essen mit dem Taxi wieder nach Hause gefahren. Kurze Zeit später hat sich auch Lina verabschiedet. Meine Eltern sind noch mit der „Nachspielzeit" eines Grilltreffs beschäftigt, dem Wegräumen und Wegspülen.

Klara, Moritz und ich genießen den angenehmen Sommerabend, soeben ist die Sonne untergegangen. Die Gartenleuchten meiner Eltern springen an und bieten uns nun einen herrlichen Anblick. In solchen Moment macht sich in mir immer wieder ein Hauch von Heimweh breit. Ich fühle mich so wohl und heimelig, dass mich der Gedanke stört, wieder zurück nach Münster zu müssen.

„Oh ja, ich muss mich auch noch bewegen. Bin pappsatt, bis oben hin vollgefressen", stimmt Klara Moritz' Vorschlag ungewohnt burschikos zu. „Krieg heute sonst bestimmt kein Auge mehr zu."

„Alles klar, bin auch dabei. Ich trink noch kurz mein Glas leer", schließe ich mich den beiden anderen an.

Zehn Minuten später schlendern wir durch die jetzt menschenleeren, in Nachtruhe verfallenen Straßen der Nachbarschaft meiner Eltern. Schöne Häuser stehen hier, wunderbar beleuchtet. Ich lass mich ein bisschen zurückfallen und lasse die Eindrücke auf mich wirken. Es tut gut, kurz durchzuatmen. Einmal kurz an nichts denken. Das Schöne an einem stinkeinfachen Wohngebiet sehen und das genießen. In Gedanken stelle ich mir vor, wie wir gerade von oben so aussehen. Zwei sich unterhaltende Personen auf dem Bürgersteig, fünf Meter dahinter ein verträumter Esoterik-Horst, der wie ein Kind am Schaufenster von Toys"R"Us mit großen Augen hin und her schaut. Nach diesem gedanklichen Perspektivwechsel muss ich schmunzeln und über meinen kleinen Ausflug in die Welt der Klangschalen und Räucherstäbchen ungläubig den Kopf schütteln. Mit ein paar schnellen Schritten schließe ich wieder zu Klara und Moritz auf.

„Mega, wie süüüß. So kenn ich dich ja gar nicht", höre ich Klara sagen, die Moritz anschließend neckend mit ihrer Schulter anstupst. Moritz grinst verlegen, zuckt ein wenig unbeholfen mit den Schultern und schlendert weiter neben Klara her.

Es muss um Lina gehen, kombiniere ich wieder messerscharf. Wäre ich jetzt ein Schüler in der Detektivschule würde ich sicherlich einen Fleiß-Belohnungssticker in mein Ausbildungs-Sticker-Sammelalbum bekommen.

„Lass uns am Kiosk noch einen Abschlussabsacker holen, dann

setzen wir uns noch ’ne Runde an den Weiher“, schlage ich vor. Unweit der Nachbarschaft meiner Eltern befindet sich der Hangeweiher, ein kleiner See mit Sitzmöglichkeiten am Wasser.

„Das machen wir. Ich hol was, muss eh mal für kleine Königstigerinnen. Nehmen wir die Bank?“ Klara zeigt auf eine Bank in Sichtweite mit direktem Blick auf den See.

Wir nicken ihr zu und schlendern weiter in Richtung der Parkbank.

„Dann komm ich dahin. Was wollt ihr?“

Moritz und ich entscheiden uns für einen kleinen Kräuterlikör, in der Hoffnung, dass er das Völlegefühl in unseren Mägen lindert. Mein Vater schwört immer auf einen Likör, einen Absacker nach deftigem Essen. Meine Mutter berichtigt ihn dann immer wieder, dass sie gelesen hätte, dass Alkohol nach dem Essen die Verdauung eher erschwert. Eine Tasse Kaffee ist ihr Favorit. Wahrscheinlich hat sie recht, aber Kaffee um 23.00 Uhr? Da bin ich raus. Ein Likörchen nach dem Essen ist gemütlich, da bin ich ganz bei meinem Vater. Ich bilde mir einfach ein, dass es wirkt.

Von der Bank aus haben wir einen herrlichen Blick auf den ruhigen See. Die Laternen am kleinen Rundweg spiegeln sich auf der Wasseroberfläche, ein paar Enten schwimmen noch vereinzelt herum. „Wahrscheinlich auch ein Verdauungsschwimmen“, denk ich mir.

Nach einem kurzen Ruhemoment, lehnt sich Moritz nach vorn und lässt seinen Blick über den Boden schweifen. Er greift einen kleinen Stein und schleudert ihn ins Wasser hinein. Das Platschen des Aufpralls im Wasser ist nur leise zu hören.

„Und du haust jetzt erstmal wieder ab“, meint er dann in meine Richtung.

„Ja, das Semester geht wieder los. Zwei fehlen mir noch, bin gut im Kurs. Wenn alles klappt, kann ich im nächsten Semester die Bachelorarbeit angehen“, erzähle ich stolz.

„Yeah, dann kannst du offiziell Rosen verteilen“, ulkt Moritz.

„*Damn*, der Witz wird einfach nicht besser“, raune ich ihn an.

Jedes Mal wenn wir im Gespräch auf meinen Bachelorstudiengang zu sprechen kommen, haut er diesen Kalauer à la Fips Asmussen heraus. Er spielt damit auf die Datingshow im Fernsehen an, in der sich mehrere Frauen um einen Mann, den Bachelor, bemühen. Erreicht eine Frau eine weitere Runde und kommt dem Ziel näher, die Partnerin des Vollhorsts zu werden, erhält sie von ihm eine Rose. Völlig für'n Arsch, die Sendung. Aber scheint Leute zu geben, die das schauen.

Ich lasse mich von Moritz' Gag nicht aus der Ruhe bringen und erzähle weiter, dass ich dieses Jahr relativ viel in EW reißen muss und viel Losglück dafür brauche. Nach dem Gespräch heute am Grillabend ist Moritz ja jetzt voll im Bilde.

„Ach, was mir da noch einfällt." Ich unterbreche meine eigene Erzählung, weil mir tatsächlich ein ungewöhnliches Ereignis aus dem letzten Semester einfällt. „Erinnerst du dich noch an die Infoveranstaltung vor knapp drei Jahren, die wir zusammen in Münster besucht haben? Dieses ‚Männer für die Grundschule BlaBla'?", frage ich Moritz.

Moritz zieht die Augenbrauen hoch. „Leider ja."

Ich muss grinsen. Moritz nickt übertrieben zustimmend mit seinem Kopf.

„Da kam doch am Ende dieser junge Typ noch rein. In Sportklamotten. Der dem Anzugshorst und der einen Frau während der Präsentation einen Tipp zurief, als die sich technisch verhedderten. Weisste wen ich meine?"

Moritz verkneift das Gesicht, versucht sich zu erinnern. „Ich habe da jemanden vor Augen, vor Gericht beschreiben könnte ich den jetzt aber nicht mehr. Was ist denn mit dem?", fragt Moritz neugierig. Ein Pärchen mittleren Rentenalters spaziert an uns vorbei und grüßt freundlich. So will ich in dem Alter auch noch sein, schön in Ruhe mit Klara noch 'ne Runde um den See drehen, sich nicht stressen lassen. Ich ermahne mich innerlich selbst wieder für meinen gedanklichen Ausflug und erzähle weiter.

„Ich hatte letztes Semester diese Vorlesung. „Unterrichtsqualität und Lehrerhandeln“, ist aber auch egal. In den Vorlesungen haben wir Anwesenheitspflicht, da werden Listen rumgegeben, auf denen man sein Da-Sein quittieren muss.“

Moritz schüttelt den Kopf. „Technisch auf einem Super-Stand, deine Uni“, merkt er ironisch an. „Da könnte doch jeder Hans seinen Otto für jeden Horst da hinsetzen.“

Bei den ganzen Namen komme ich nicht hinterher, ich übergehe seine Entdeckung.

„Genau.“ Ich sammele meine Gedanken wieder. „Ich hab also während der Vorlesung von meinem Sitznachbarn drei Plätze weiter die Liste zum Unterschreiben rübergereicht bekommen. Hab den Nachbarn nur flüchtig angeschaut und mich bedankt und dann sofort bemerkt, dass ich diesen Typen kenne. Die ganze Vorlesung über hab ich also überlegt, wo ich ihn schon einmal gesehen haben könnte. Bei der letzten Folie des Profs, wie immer ein ‚Danke für Ihre Aufmerksamkeit‘ mit einem unlustigen Cartoon darunter, traf mich der Erinnerungsblitz, dass das der Typ aus der Infoveranstaltung war. Ich hatte mich damals kurz gefreut, dass nicht nur so Riesenhonks Grundschullehrer werden wollten, sondern auch so Normalos wie er. Deshalb konnte ich mich an ihn noch gut erinnern.“

Klara kommt zurück, setzt sich zu uns und gibt uns unsere kleinen Fläschchen mit Magenbitter. „Worüber redet ihr?“, fragt sie während sie sich ihren kleinen Prosecco aufdreht.

„Ich erzähl grad von einem Typen, den hat Moritz auch schon mal gesehen, als er mit mir in Münster war.“

Klara gibt sich damit zufrieden, streckt ihre Beine aus und genießt ihren Schaumperlenwein.

„Beim Rausgehen habe ich den Typen dann angesprochen. Er war erstmal völlig perplex. An die Veranstaltung konnte er sich noch gut erinnern. Und Mo, du wirst dich wundern, aber am Tag der Veranstaltung war ich wohl doch der einzige Normalo-Interessent am Lehrerberuf.“

„Häh, check ich nicht. Was meinst du damit?“, fragt Moritz.

„Andreas, so heißt der Gute, war nicht als Gast auf der Veranstaltung, sondern als Vertreter der regionalen Tageszeitung. Hat da ein Praktikum nach der Schule gemacht und sollte über die Veranstaltung einen kleinen Bericht schreiben."

Moritz prostet mir mit seiner Flasche zu und nimmt den ganzen Inhalt in einem Schluck. Er schüttelt sich und verzieht das Gesicht. Die obligatorische Reaktion nachdem man hochprozentigen Alkohol getrunken hat. Genuss ist das weniger. Fast schon körperliche Arbeit.

„Wie kommt er denn dann in die Vorlesung? Muss er darüber auch berichten?", erkundigt er sich, nachdem er den Alkoholschock verarbeitet hat.

„Er hat nach einem halben Jahr Praktikum bei der Zeitung deutlich zu verstehen bekommen, dass er sich lieber einem anderen Bereich widmen solle. Nicht weil er schlechte Arbeit gemacht habe, sondern weil die Printmedien auf dem eher ‚herabfallenden' Ast seien. Aus finanziellen Gründen haben sie dort zum Beispiel schon ihre Ausbildungskapazitäten und Jobs gekürzt. Da hat er sich dann überlegt, dass ihm erstmal ein sicherer, zukunftsfähiger Job wichtig sei. Germanistik liege ihm ja, daher der Schritt zum krisensicheren Job als Lehrer. Noch hält er sich offen, ob er Grundschul- oder Sek-eins-Lehrer werden möchte. Ich habe natürlich für das Grundschulwesen geworben. Mal sehen."

„Crazy, schon ein ziemlich anderes Berufsfeld, was er dann für sich geöffnet hat. Und irre, aber auch verständlich, dass berufliche Sicherheit auch ein Anreiz sein kann, Lehrer zu werden."

Unabgesprochen stimmen wir alle zu. Mir entfährt ein brummiges „Jo, voll". Dabei muss ich ein wenig aufstoßen. Dem Grill sei Dank. Ich weiß, dass das Ausatmen gleich unangenehm riechen wird, hoffe aber, dass es keiner mitkriegt.

„Baah, du Ekel", raunzt mich Klara von der Seite an und haut mir in die Rippen. Hoffnung gestorben. Die letzte Ente zieht sich vom See zurück und verschwindet im Schilf.

„Das geht aber jetzt nicht auf meine Kappe", lache ich und zeige auf die verschwindende Ente.

17

Sinusknoten, Atrioventrikularknoten, His-Bündel, Kammerschenkel und Purkinje-Fasern sind die beteiligten Bereiche der Herz-Erregungsleitstrukturen. Mit einer Karteikarte in der Hand laufe ich die nächste Runde durch meine Wohnung. Da sie ja nur aus einem Wohnraum und einer Küche besteht, sind die Möglichkeiten, neue Routen zu finden, arg eingeschränkt. Immer wieder sage ich mir diesen Satz laut vor, bis ich ihn auswendig beherrsche.

So mache ich es jetzt seit zwei Wochen jeden Tag. Immer wieder mit einer neuen Karteikarte, mit neuen Inhalten. Wenn ich alle durchhabe, alles wieder von vorne.

Klausurenphase steht ab nächster Woche ins Haus. Das heißt für mich Lern- und Paukzeit.

Das fünfte Semester neigt sich dem Ende zu und vor gar nicht allzu langer Zeit habe ich noch geprahlt, dass dieses Semester in EW ordentlich Leistung abgeliefert werden muss. Jetzt, vier Monate später, weiß ich, dass ich meine Aussage noch ein wenig ergänzen muss. Mit den Seminarleistungen in EW und der Vorlesung habe ich wirklich Glück gehabt. Mir wurden zwei Seminare zugelost, beide sogar mit direktem Grundschulbezug. „Kommunikation in Elterngesprächen" habe ich gerne besucht. Die Dozentin baute als gelernte Kommunikationsforscherin immer wieder Rollenspiele ein. Das lockerte die Atmosphäre ungemein auf, zeigte aber auch an Beispielen aus der Realität einer Lehrperson mit welchen besonderen Gesprächsanlässen viele Eltern zu einem kommen können. Dafür die geeigneten Gesprächswerkzeuge mit auf den Weg geschickt zu bekommen, empfand ich als sehr hilfreich. Bestimmt hat Tobias, mein alter Betreuer, auch ein solches Seminar belegt.

Kurz schwelge ich in Erinnerung und denke zurück an meinen ersten Tag im Praktikum.

Im anderen Seminar durfte ich mich mit „Classroom Managment" beschäftigen. Aus diesem Seminar konnte ich nur wenig Gewinnbringendes für mich mitnehmen, mir hätten praktische Tipps zur lernförderlichen Gestaltung mehr geholfen als die völlig auf Empirie gestützte Herangehensweise, Klassenräume und Lernumgebungen zu untersuchen.

Aber egal, in beiden Seminaren souverän ein Referat gehalten, Prüfungsleistung absolviert, Haken dran.

Die Vorlesung zu „Leistung und Leistungsbeurteilung in der Schule“ hätte sicherlich ein wenig ansprechender gestaltet werden können, die vermittelten Inhalte wurden aber klar und verständlich vermittelt. Vor der abschließenden Klausur zur Vorlesung ist mir nicht bange. Vielmehr bringt mich tatsächlich meine Wahl im Sportstudium an die Grenzen meiner Lernkapazität. Neben meiner praktischen Seminarwahl „Schwimmen“ entschied ich mich für das zwei Vorlesungen, damit ich im nächsten Semester keine weitere mehr besuchen muss und mich dann voll auf das Schreiben meiner Bachelorarbeit konzentrieren kann.

Jetzt, während ich die nächste Runde im Kreis vor mich hinbrabbele, bereue ich meine Wahl.

„Anatomie“ und „Physionomie“ im Doppelpack bringen mich an den Rand der Verzweiflung. Die medizinischen Vorlesungen verlangen mir den letzten noch verbliebenen Gehirnschmalz ab. Pure Paukerei, Auswendiglernen in Perfektion wird verlangt. Ich kann nur den Hut vor den Studenten der Medizin ziehen, die sich in jedem Semester mit solchen Themen beschäftigen dürfen. Mein Glück, dass mir die Theorie und Praxis des Schwimmkurses keine Probleme bereiten. Andernfalls wüsste ich nicht, wie ich diese Anforderungen meistern sollte.

„Brrr, Brrr, Brrr.“ Die Vibration meines Handys schallt von meinem Schreibtisch aus durch den ganzen Wohnbereich. Die Ablenkung vom Lernen nehme ich gerne an und kürze meine Runde ab.

Silas schreibt: „Bin durch für heute. Nachher ’ne Runde joggen? Dann fragen wir uns ein bisschen ab.“

Tatsächlich verspüre ich große Lust, eine Runde zu laufen. Den

Kopf freikriegen. Aber sich gegenseitig abfragen, das ist mal so gar nicht mein Ding.

Silas kämpft sich mit mir durch die beiden Vorlesungen und steckt gerade auch bis zum Hals in der Klausurvorbereitung. Ich lege mein Handy nochmal weg, schnappe mir die nächste Karteikarte und starte eine neue Lernrunde. Keine zehn Schritte später breche ich wieder ab. Keine Konzentration mehr da, ich merke wie ich den Text der Karteikarte zwar laut sage, aber nichts davon auch nur ansatzweise im Gedächtnis bleibt.

„Ach, drauf geschissen. Ich lauf jetzt einfach mit Silas. Vielleicht hilft das Quatschen ja."

Zwei Runden über die Promenade sind unser Ziel. Das sind gut neun Kilometer , entspanntes Tempo, bei feinstem Wetter. Halb Münster scheint unterwegs zu sein. Typisch Klausurenphase: ab Spätnachmittag scheinen noch mehr Studis die Idee zu haben, den Lernfrust abzulaufen. Und was gibt es da geileres als eine stadteigene Laufstrecke.

Die Promenade führt einmal um die Münsteraner Innenstadt herum, ein geschlossener Grüngürtel mit Platz für Fahrräder und Gehende oder Laufende, umsäumt mit herrlich blühenden Bäumen. Immer wieder ist es traumhaft die verschiedenen Jahreszeiten in der Veränderung der Promenade zu sehen. Silas scheint tatsächlich hochmotiviert und überhört jeden meiner Versuche, einen Themenwechsel weg vom Lernstoff zu schaffen.

„Nenne mir Fachbegriffe zum Unterschenkel", fragt er mich leicht schnaufend. Vor meinen Augen sehe ich die Karteikarte mit dem Bild des knöchrigen Unterschenkels. Aber jegliche Beschriftung verschwimmt.

„Das stand auf der letzten Karteikarte, die habe ich heute nicht mehr geschafft", antworte ich ihm und erhöhe das Lauftempo in der Hoffnung, dass sein anfängliches Schnaufen mehr wird und er vor lauter Anstrengung keine Fragen mehr stellen kann. „Du kannst sie mir aber ruhig noch sagen. Du kennst sie doch, oder?"

Silas kennt sie tatsächlich, er nennt zumindest thematisch passende Begriffe. Ich kann sie ja nicht kontrollieren. Er hätte also auch tolle Wortneuschöpfungen kreieren können. Ich hätte es ihm glauben müssen.

Nach knapp neun Kilometern Strecke in den Beinen, entscheiden wir uns für eine kleine Relax- und Dehnpause vor dem Schloss. Dem Wahrzeichen der Uni, auch wenn Studenten während des Studiums kaum in Berührung mit dem prachtvollen Gebäude kommen. Das Schloss ist mehr der Bundespräsident unter den Uni-Orten, hat mehr repräsentative Aufgaben.

Aber schön ist es, direkt an der Promenade gelegen, mit großem Schlossgarten und großer Grünfläche als Vorgarten. Hier tummeln sich bei gutem Wetter viele Sonnenanbeter auf Picknickdecken oder kleine Gruppen, die auf selbst abgesteckten Bereichen Fußball spielen, die Torpfosten mit Pullovern gelegt. Wie früher in der Schule.

Heute ist nicht so viel los, ein paar Deckenlieger und eine Gruppe mit Wikingerschach sorgen für eine entspannte Kulisse. Auf einer Bank beginnen wir mit den ersten Stretchingübungen, dabei versuchen wir natürlich so professionell wie möglich auszusehen. Das gehört sich als Student der Sportwissenschaft so.

„Was bin ich froh, wenn wir diesen Medizinmist hinter uns haben", sagt Silas mit angespannter Stimme und zieht dabei seine Fersen hinter dem Rücken an sein Gesäß, um seinen Oberschenkel in eine komplette Dehnung zu bringen. Ich kann nur zustimmen und lasse mich rücklings neben der Bank auf den Rasen fallen. Ich atme tief ein aus. Ein Gedankenblitz durchfährt mich: „Kleiner Motivationsschub: Wie wär's, bei Bestehen beider Prüfungen darf man sich für den anderen eine Pflichtaufgabe für das kommende Semester aussuchen? Besteht man die Prüfung nicht, ist man schon *pissed* genug und kriegt zusätzlich seinen Wunsch nicht erfüllt."

Silas guckt mich entgeistert an. „Wie kommste denn jetzt auf so einen Mist? Bin schon motiviert genug, nicht zu den 40 Prozent zu gehören, die die Klausuren auf dem ersten Anlauf nicht bestehen. Aber, hey. Will ja kein Spaßverderber sein. Bin dabei!" Silas reckt den Daumen in die Höhe und macht anschließend grinsend die Becker-Faust. „Dann lass ich mir mal was Feines für dich einfallen“, prahlt er siegessicher.

Noch eine Weile schauen wir der Gruppe zu, die unerfolgreich versucht, ihre Skills im Wikingerschach zu verbessern.

„Oh, falsche Wurftechnik“, kritisieren wir scherzhaft aus der Ferne.

Die Sonne geht langsam hinter dem imposanten Gestein des Schlosses unter. Ich schaue auf mein Handy, um einen Blick auf die Uhrzeit zu erhaschen. Vier unbeantwortete Anrufe von Klara. Ich mache mir Gedanken. So oft ruft sie eigentlich nie an. Das ist untypisch.

Eigentlich bin ich kein panischer Typ, aber jetzt spüre ich ein leichtes Kribbeln im Bauch. Ich springe auf. „Muss los. Muss was mit Klara besprechen.“ Keine Minute später sitze ich auf dem Rad und trete in die Pedalen in Richtung eigener Wohnung.

Ich spüre das Vibrieren des Handys in meiner Hosentasche. Da man in Münster niemals mit Handy in der Hand Fahrrad fahren sollte, bremse ich schnell ab und schiebe weiter. Hinter jeder Ecke könnte ein Fahrradpolizist lauern. Und dann wird's schnell teuer.

Klara ruft an, zeigt mir mein Display vehement weiter an. Das fragt sich wahrscheinlich selbst schon die ganze Zeit, was da los ist. Was geht der Horst nicht ans Telefon?

„Hi, du.“ Ich merke, dass ich angespannt klinge. „War noch ’ne Runde mit Silas joggen. Was ist denn los? Alles gut bei dir?“, frage ich besorgt. Natürlich merke ich schnell, dass mein aktueller Aufenthaltsort nicht der Grund für Klaras Anruf ist. Vielmehr wird mir direkt nach ihren ersten Worten klar: Sie braucht mich als Freund, als starke Schulter, als Gesprächspartner. Als seelische Stütze.

„Mein Vater hatte heute die nächste Untersuchung. Die Ärzte sind gar nicht zufrieden mit seinem Gesundheitszustand. Er baut immer mehr ab.“ Klaras Stimme wird zunehmend brüchiger. Gerne würde ich sie jetzt in den Arm nehmen, aber zwischen uns sind gerade knapp 220 Kilometer und in meinem Arm mein Fahrrad, das ich neben mir herschiebe.

Ich versuche, Klara positiv zuzureden, dass ihr Vater vielleicht gerade nur eine schlechte Phase habe, die jeder ja mal durchlebe. Und bei ihm falle es nur auf, weil er immer so oft zum Arzt gehen muss. Bei uns Gehenden würde sowas vielleicht gar nicht auffallen. Ich weiß, dass ich ihr da ordentlich was vormache. Die Ärzte haben sicherlich Recht. Aber die Sorge zu relativieren erscheint mir im Moment die einzige Möglichkeit, Klara zu helfen.

„Die Ärzte wollen jetzt veranlassen, dass die Krankenkasse die Pflegestufe nochmal überprüft. Sie hoffen, dass er eine höhere Pflegestufe zugeteilt bekommt, damit er zusätzliche individuelle Zuwendung erhält. Zum Beispiel durch tägliche Physiotherapie oder Massagen“, erzählt Klara weiter. Ihre Stimme ist nicht mehr so brüchig wie zu Beginn und ich höre direkt heraus, dass schon einige Tränen vergossen worden sind. Ein schwer zu ertragender Zustand, vor allem aus der Ferne.

„Ja, das wäre ja was Gutes“, stimme ich zu. Ein Krankenwagen mit Blaulicht und Martinshorn rast an mir vorbei.

„Was hast du gesagt? Hab nichts verstanden!“, sagt Klara.

„Dass das doch gut wäre. Also dieses Überprüfen, mein ich!“, wiederhole ich meine Aussage.

„Ach, ist doch alles Scheiße“, entfährt es Klara.

Kurz redet keiner von uns. Ungewohnte Situation.

„Ich wollt' dich aber nicht vom Lernen abhalten“, sagt Klara dann fast schon entschuldigend.

„Tust du nicht. Wirklich nicht. Lernen für heute beendet. Morgen geht es weiter. Da lege ich dann noch eine Lernschippe oben drauf, damit ich alle Prüfungen bestehe. Wird Zeit, dass ich wieder lange bei dir sein kann.“

Das waren die Worte, die Klara hören wollte. Auch über 220 Kilometer Entfernung merke ich, dass sie tun ihr guttun.

18

„Die Fibonacci-Folge kann mit Hilfe des folgenden rekursiven Bildungsgesetzes und den Anfangswerten f0 und f1 berechnet werden.“ Nachdem ich den Satz ausgesprochen habe, schaue ich ins weite Rund des kleinen Seminarraums in der Mathe-Uni.

Es ist Mittwoch, 16.40 Uhr. Seit 15 Minuten habe ich nun schon das Wort und halte meine Präsentation zu den Fibonacci-Zahlen im Seminar „Zahlbereiche“. Der Dozent ist super. Eigentlich Lehrer an einer Schule in Recklinghausen, aber mit Lehrauftrag an der Uni. Das macht das Seminar sehr lebendig, weil man ihm anmerkt, dass er direkten Bezug zur Schule hat. Methodisch ist er *up-to-date*.

Der Bezug richtet sich zwar eher an Lehrer der Sekundarstufe eins, aber ich bin schon zufrieden, dass das Seminar überhaupt schulische Inhalte behandelt. Ich klicke souverän auf meinen Pointer, die nächste Folie meiner Power Point Präsentation erscheint.

Doch ich merke, dass nur wenige Blicke in Richtung Leinwand gehen. Alle Augen sind auf mich gerichtet.

Liegt wahrscheinlich daran, dass ich in Frauenkleidung vor der Gruppe stehe. Ich trage ein schwarzes Spaghettiträger-Top mit Paillettendesign. Dazu einen roten Faltenrock in Karomuster und feine Ledersandalen. Ein echter Hingucker.

In der letzten Reihe sitzt Silas und strahlt über beide Lippen. Er kann sich sein Grinsen nicht verkneifen.

Dem Dozenten ist mein Auftreten völlig egal, zur Begrüßung reichte ihm ein „schick“ mit einem Augenzwinkern. Er ordnete mein Referat dem Seminarverlauf zu, gab der Gruppe einen Ausblick auf den Verlauf der Seminareinheit und übergab mir dann das Wort.

Das Seminar besteht aus 15 Seminarteilnehmern und dem Dozenten. Heute sind zehn Studenten da. Einer davon Silas. Sein Wunsch war es, dass ich eine Prüfungsleistung in Frauenkleidern absolviere. Wettschulden sind Ehrenschulden.

Natürlich musste ich seinem Wunsch nachgehen. Silas hatte beide medizinischen Vorlesungen aus dem vorangegangen Semester mit Bravour gemeistert. Beide mit 2,0. Respekt für ihn.

„Jede weitere Zahl ist die Summe ihrer beiden Vorgänger: $fn=fn-1+fn-2$ für $n\geq 2$“, fahre ich fort und versuche, mich von den immer noch irritierten Blicken nicht aus der Ruhe bringen zu lassen. Innerlich ersehne ich die nächste Folie, denn sie gibt den Arbeitsauftrag an die Gruppe weiter: In Kleingruppen sollen die Kommilitonen die Fibonacci-Zahlen von $n < 30$ notieren und einen didaktischen Text dazu lesen. Für mich bedeutet das 15 Minuten durchatmen und als Ansprechpartner zur Verfügung stehen.

Während die Gruppen augenscheinlich in die Arbeitsphase starten, nähert sich mir mein Dozent.

„Hast Glück, dass ich Spaß verstehe. Bei anderen Dozenten wärst du sicher schon hochkant rausgeflogen, weil die sich verkackeiert fühlen würden.“ Er hat Recht. Tatsächlich habe ich mir dieses Seminar für meine Wetteinlösung ausgesucht, in der Hoffnung, dass er genauso reagiert, wie er es jetzt tut.

„Jau, danke. Ist eine Wetteinlösung. Hat aber was mit Uni zu tun“, beginne ich und berichte ihm von unserem Wettverlauf.

„Lustige Idee. Auch wenn man ordentlich aufpassen muss, keine Männer zu beleidigen, die vielleicht wirklich gerne Frauenkleider in der Öffentlichkeit tragen. Das können Sie ja gleich zum Ende des Vortrags kurz noch klarstellen. Dann sind Sie raus aus dem möglichen Shit-Storm-Schneider“, rät der Dozent mir augenzwinkernd. Ich nicke zustimmend.

„Ach da wär noch was“, erwähne ich mit leiser Stimme in seine Richtung. „Also in der Hoffnung, dass ich immer noch nicht hier rausgeschmissen werde… Ich habe auch beide Klausuren bestanden und habe mir gewünscht, dass Silas gleich auf Toilette geht. Silas, das ist er da.“ Ich zeige auf Silas, der gerade mit seiner Kleingruppe den Text liest. Der Dozent schaut mich verdutzt an.

„Mhm, okay. Ist erstmal nicht dramatisch“, brummt er.

„Ne das nicht.“ Ich werde ein bisschen unruhig. Nicht, dass

ich das ganze hier völlig auf die Spitze treibe und seine Humorgrenze gleich überschritten ist. Ich nehme meinen Mut zusammen und berichte weiter. „Auf Toilette zieht er sich dann um. Weil Silas so ungerne schwimmt, muss er als Wetteinlösung in Badehose, Schwimmflossen und Taucherbrille nebst Schnorchel zurück in den Raum kommen. Dabei muss er so tun, als ob das das normalste auf der Welt sei.“

Der Dozent schaut weiter irritiert. Gleich platzt er, denke ich. Meine Beine werden immer wackliger.

„Sie sind doch verrückt. Aber hey, ich will Ihnen nicht den Spaß verderben. Aber tuen Sie mir einen Gefallen, ziehen Sie das bitte erst zum Ende Ihres Vortrags durch, damit wir das Fachliche noch in Ruhe durchgearbeitet bekommen. Sonst habe ich morgen die Beschwerde der Uni auf dem Tisch, dass ich meinen Lehrauftrag nicht gewissenhaft ausführen würde.“

„Auf jeden Fall. Gerne. Machen wir. Wir beenden dann den Vortrag mit einem lustigen Moment. Und wir stellen auch noch alles klar zum Ende hin“, verspreche ich und drehe eine Runde durch den Raum, um zu sehen, wie weit die Gruppen in ihrer Arbeitsphase gekommen sind.

Eine Stunde später sitzen Silas und ich auf den Treppenstufen des Eingangs der Uni. Wir sind wieder umgezogen. Keine Badekleidung, keine Frauenkleider mehr. Silas hat seine Wettschulden auch beglichen und ist zum Ende meines Vortrags auf mein Zeichen hin zur Toilette gegangen und hat sich schnell umgezogen. Seine Rückkehr war grandios. Er klopfte extra an die Tür, um auch alle Aufmerksamkeit auf sich zu ziehen.

Als er dann in kompletter Tauchermontur zielgerichtet seinen Sitzplatz zusteuerte, konnte sich die Gruppe kaum mehr halten vor Lachen. Ein Moment, den wir nie mehr vergessen werden. Der Dozent hielt sich auch den Bauch vor Lachen und schüttelte immer wieder ungläubig den Kopf.

Nachdem sich die Lage wieder beruhigt hatte, erzählten wir der

Gruppe von unserer Wette und den Wettschulden. Volles Verständnis strahlte uns entgegen. Manche bedankten sich sogar für dieses „besondere“ Seminar. Das war es tatsächlich.

„Lass und darauf anstoßen“, schlage ich vor. „Heute Abend ’ne Runde im Schaf feiern?“

Silas nickt.

„Hol dich um halb zehn ab“, gebe ich Silas vor und erhebe mich von den Treppenstufen. Das kräftige High-Five zur Verabschiedung darf dabei natürlich nicht fehlen.

Als ich Klara am nächsten Tag von unserem „besonderen Seminarerlebnis“ berichte, fällt sie fast aus allen Wolken.

„Riko, ihr habt doch echt den Schuss nicht gehört.“ Ihr fällt es aber doch schwer, ernst zu bleiben. Zu witzig war die Aktion im Nachhinein.

Klara würde eine solche Aktion nicht durchziehen, dafür ist sie zu gewissenhaft. Ich selbst hätte mich auch nicht in jedem Seminar getraut, eine solche Comedy-Aktion durchzuziehen. Mich freut es, dass ich Klara einen kurzen Moment ablenken kann. Einen kurzen Moment muss sie nicht an ihren Vater denken, die gesundheitlichen Probleme, die Überprüfung des Pflegestatus. Ich merke ihr an, wie gut ihr das tut. Die Ablenkung hält aber nicht lange an. Ihr Tonfall wird zunehmend ernster.

„Meine Mutter hat heute jemanden von der Versicherung erreicht. Sieht wohl so aus, dass mein Vater eine höhere Pflegestufe erhalten wird. Alles natürlich noch unter Vorbehalt.“

Mein Versuch, ihr zu sagen, dass dies doch gut sei für ihn, er jetzt die Förderung und Zuwendung erhält, die er braucht, wird übergangen.

„Also scheint es ihm echt nicht gut zu gehen“, seufzt Klara ins Telefon. Ihre Stimme wird wieder brüchiger. „Ich habe ja immer versucht, das zu verdrängen. Aber jetzt holt es mich ein.“ Ein leises Schluchzen.

Mir wummert das Herz, eigentlich bin ich jetzt nicht so der emotionale Mensch. Bei Filmen mit Heulpotential muss ich selten ein Taschentuch zur Hand nehmen. Aber das Schluchzen von Klara, ihre Verwundbarkeit, trifft mich dann doch. Ich atme tief ein, um die aufkommenden Tränen wegzuatmen. Es gelingt ein wenig.

Ich versuche, stark zu bleiben. Vollkommen albern eigentlich, warum sollte ich nicht meine Gefühle zeigen. Ein Mann darf weinen. Ist doch klar. Und ein Mann im anstehenden Frauenberuf sowieso. Ich muss grinsen. Manchmal helfen meine absurden Tagträumereien über solche Probleme hinweg. Widererstarkt versuche ihr Klara gut zuzureden.

„Ach Maus, Kopf hoch. Dein Vater hat ein Kämpferherz, der wühlt sich da wieder raus. Die zusätzlichen Pflegemaßnahmen werden ihm guttun. Ihr werdet vielleicht so auch wieder ein bisschen mehr entlastet und habt wieder mehr Zeit, um schöne Sachen zu planen oder zu machen. Davon wird auch dein Vater profitieren. Da bin ich mir sicher."

Klara gibt sich alle Mühe, meine aufmunternden Worte zu verarbeiten und zu glauben. „Ja das hoffe ich auch. Wir kämpfen uns da durch. Hm. Lass über was Anderes reden. Wie läuft es denn auf deiner Suche nach einem Prüfer oder einer Prüferin für deine Bachelorarbeit?" Geschickt wechselt Klara den Gesprächsstoff.

Bachelorarbeit, ein leidiges Thema. Da ich mich nun im sechsten Semester befinde und anstrebe, in der Klausurenphase meine letzten beiden Prüfungsleistungen zu erbringen, fehlt mir nur noch die Bachelorarbeit. Dann hätte ich den Bachelor of Arts geschafft, und das auch noch in Regelstudienzeit. Hätte ich selbst nicht von mir erwartet. Bei einem weiteren Semester im Bachelor würde sich meine Oma wahrscheinlich persönlich aufs Rad setzen, nach Münster radeln und mir eine liebevoll gemeinte Nackenklatsche verpassen.

Um die Bachelorarbeit schreiben zu können, muss man sich eine Prüferin oder einen Prüfer in einem seiner drei Hauptfächer suchen.

Sprich bei mir, in Mathe, Sport oder Erziehungswissenschaften. Schnell habe ich aber gemerkt, dass ich ein wenig spät dran bin. Ich hätte zwar keinen Pfifferling drauf verwettet, aber es scheint wohl schon Voranmeldungen bei beliebten Dozenten zu geben. Quasi das Handtuch schon auf die Badeliege des Dozenten gelegt. Und ich schaue erstmal in die Röhre.

„Leider nichts Neues. In EW habe ich mir noch zwei Absagen abgeholt. Im nächsten Semester hätte Frau Spiekerhof, eine nette Dozentin, noch einen Prüfungsplatz frei. Ob ich auf die Liste wolle? Lassen Sie mich kurz überlegen… Nope."

„Und was machst du jetzt, wenn du keinen Platz mehr finden solltest?", fragt Klara besorgt.

„Ich find schon einen. Und wenn ich den letzten Dozentenhorst anfrage, zu dem sonst keiner geht. Eine Bachelorarbeit korrigieren kriegt der auch hin", versuche ich ruhig und lässig zu beschwichtigen. Innerlich weiß ich aber natürlich, dass dieser Fall nur der äußerste Notfall sein sollte, denn der Dozent gibt dir das Thema der Bachelorarbeit vor. Und da wird es Gründe geben, warum bestimmte Hochschullehrer eher selten ausgewählt werden.

„Habe heute aber noch einen Termin mit einer Sport-Dozentin, Frau Dr. Kohl. Bei ihr hatte ich im ersten Semester ein Seminar zum Sportförderunterricht. War ganz gut eigentlich. Vielleicht hat sie ja noch Platz. Sie hat heute Sprechstunde, da hab ich mir einen Termin besorgt."

„Ich drück dir die Daumen. Du, ich habe Lina und Moritz schon wieder zufällig gemeinsam in der Stadt gesehen. Geht bei denen was?" Klara wechselt die Themen in Hochgeschwindigkeit.

„Mmh, ne, nicht, dass ich wüsste. Mo hat mir noch nichts erzählt."

„Die wirken so vertraut, das *matcht* doch zu 100 Prozent. Merken die das selbst nicht?"

„Wundert mich auch. Ich frag Mo die Tage mal nach dem Stand der Dinge. Wenn ich was weiß, sag ich Bescheid, du Klara Ludewig", necke ich Klara in Anspielung auf die Boulevardkönigin Frauke Ludewig von RTL.

Natürlich verrate ich ihr noch nicht, dass ich weiß, dass Moritz sich unsterblich in Lina verknallt hat, sich aber nicht traut, den ersten Schritt zu machen.

Da zeigt sich dann die andere Seite von Moritz, der Poserboy möchte nicht verwundet werden bei einer möglichen Abfuhr Linas. Das geht jetzt schon seit über einem halben Jahr so. Dem muss ein Ende gesetzt werden. Ich nehme mir vor, die nächsten Tage nochmal mit Moritz zu telefonieren und mich zu erkundigen.

Das Büro von Frau Kohl liegt im ersten Stock des Uni-Gebäudes der Bewegungswissenschaften auf dem Sport-Campus. Wie beim Arzt setze ich mich auf die Wartebank vor ihrer Tür und warte darauf, aufgerufen zu werden.

Von meinem Platz aus kann ich durchs bodentiefe Fenster den Sportplatz in direkter Nachbarschaftslage beobachten. Ein Leichtathletikkurs übt fleißig das Speerwerfen. Die Technik des Speerwerfens ist gar nicht so leicht, wie es vielleicht ausschauen mag.

„Herr Kordel, hereinspaziert", ruft es durch die jetzt leicht geöffnete Tür. Ich stehe auf und trete langsam ein. Das Büro ist nicht sonderlich groß, neben dem Schreibtisch ziert in einer Ecke ein großes Regal voller Literatur den Arbeitsbereich. Frau Kohl trägt Trainingsklamotten. Ihre Leggings passen dabei farblich nicht zu ihrer Trainingsjacke, aber das scheint ihr völlig egal zu sein.

Einen weiteren Stuhl für mich kann ich nicht finden. Ich bleibe also stehen und stelle mich kurz vor.

„Hallo, wie Sie schon sagten, Riko Kordel mein Name, ich habe einen Termin zur Beratung für eine mögliche Bachelorarbeit ausgemacht."

Frau Kohl lächelt freundlich, erhebt sich von ihrem Schreibtischstuhl und bittet mich höflich, Platz zu nehmen. Dabei zeigt sie in die andere Ecke des Raumes, in der sich eine leicht esoterisch angehauchte Sitzecke befindet. Ich kann mir richtig gut vorstellen, wie Frau Kohl in jeder freien Minute in dieser Ecke Entspannungs- oder Sportübungen à la *Pilates* oder *QiGong* durchführt. Dazu noch ein paar Klänge der Panflöte über den danebenstehenden CD-Player abspielen und ab geht es in die Welt der Sport-Hippies.

Frau Kohl schwebt den Weg zu ihrem Platz in der Sitzecke nahezu, grazil stolziert sie im Zehnspitzengang herüber. Ich setze mich in meine Ecke, schiebe ein paar Kissen zur Seite und lasse mich auf der Gymnastikmatte nieder. Bequem ist sie, denke ich mir. Ist keine 08/15 Matte aus den normalen Hallen.

„Bachelorarbeit, du suchst bestimmt noch eine Prüferin." Viele Dozenten der Sport-Uni duzen uns Studenten sehr schnell, lassen sich aber auch selbst gerne duzen. Das lockert die Atmosphäre schnell auf, finde ich. Da sie mir ihren Vornamen aber nicht gesagt hat, bleibe ich erstmal beim Siezen.

„Ja, so ist es. Ich studiere Grundschullehramt im jetzt letzten Bachelorsemester und würde mich sehr freuen, wenn Sie noch einen Platz in Ihrem Korrekturkontingent für mich freihätten."

„Ach, Entschuldigung. Christel. Wir Sportler duzen uns doch", schiebt Frau Kohl schnell ein.

Ich nicke ihr zu. Meinen Namen habe ich ja schon gesagt.

„Du hast Glück, in diesem Semester habe ich noch nicht so viele Arbeiten angenommen, da ich eigentlich noch eine Forschungsarbeit hätte annehmen wollen. Die hat sich aber jetzt verschlagen." Frau Kohl würde sicherlich noch gerne weitererzählen. Ich frage aber gar nicht nach und tanze innerlich zu *Coco Jambo*, weil ich endlich eine Prüferin gefunden haben könnte.

„Hast du thematisch schon eine Idee, in welcher Richtung du arbeiten möchtest?", fragt Frau Kohl mich und unterbricht meine innerlichen Freudentänze.

Ich hatte mir tatsächlich im Vorhinein schon Gedanken gemacht. Seit dem Praktikum bei Tobias war ich schwer davon begeistert, wie ein gut gestalteter Schulhof die Bewegungsfreude bei Kindern in Pausensituationen steigern kann. So kommt es nun häufig vor, dass ich kurz stehen bleibe, wenn ich zufällig an dem Schulhof einer

Grundschule vorbeikomme, und einen analysierenden Blick über die Bewegungsangebote und Spielgeräte schweifen lasse.

„Ja, eine bewegungsfreundliche Schulhofgestaltung zur Förderung der außerunterrichtlichen sportlichen Förderung interessiert mich sehr“, erzähle ich motiviert.

Frau Kohl scheint nicht sonderlich begeistert. Sie hätte sich wahrscheinlich ein eher „sportgymnastisches“ oder „sportförderorientierteres“ Themengebiet gewünscht.

„Hm“, beginnt sie nach einer kurzen Denkpause. „Ein spannendes Thema. Da ist sicherlich viel Forschungspotential.“ Sie steht auf und tänzelt wieder leichtfüßig durch den Raum. Nach ein, zwei Runden Bewegungspause setzt sie sich wieder hin. In eine Art Schneidersitz, bei dem ich mir alle Gliedmaßen derart verrenken würde, dass ich nie wieder entknotet werden könnte.

„Riko, dieses Thema ist überhaupt nicht mein Fachgebiet. Aber das Thema interessiert mich auch sehr. Wir machen das.“ Sie nickt mir gönnerhaft zu.

In meinem Kopf werden *Mr. President* von der Bühne geschubst und die *Venga Boys* starten *We like to Party*. Ungewollt nicke ich zum Beat und muss grinsen. Endlich eine Prüferin gefunden. Ein kleiner Schritt für die Menschheit, ein großer Schritt für mich.

19

„Schmeckt so mittel.“ Klara legt den Löffel zur Seite, mit dem sie gerade meine Suppe probiert hat. Wir sitzen in der Mensa am Aasee.

Ich bin fertig mit meinem Bachelor, kann mich aber noch nicht offiziell Masterstudent schimpfen, da ich noch auf die Aus- und Bewertung meiner Bachelorarbeit warte. Das zuständige Prüfungsamt wartet noch auf die Rückmeldung von Frau Kohl als Erstprüferin und der Zweitbewertung von Herrn Hagna. Er ist leitender Professor der Abteilung von Frau Kohl und mir als Zweitprüfer zugeordnet worden. Da kann man sich keinen aussuchen. Das Prüfungsamt hat mir aber auf Nachfrage mitgeteilt, dass die Korrekturfrist für die Dozenten abgelaufen sei. Ich solle täglich mein Portal checken, riet mir die zuständige Sachbearbeiterin. Zum Glück darf ich schon Kurse für mein erstes Mastersemester wählen, sonst würde ich jetzt erstmal in die Röhre gucken müssen.

Klara hat sich für ein vegetarisches Menü entschieden, einen Wrap mit Hummus und Gemüse nebst Salat und einem kleinen Schokopudding. Ich bleibe bei Altbewährtem und gönne mir den Mensaburger mit ordentlich Pommes. Für mein Gewissen habe ich mir als Beilage eine Gemüsesuppe mitgenommen.

„Schmeckt tatsächlich eher mittel“, stimme ich Klara zu. „Hätte ich auch weglassen können. Aber der Rest schmeckt. Bei dir auch?“

Klara nickt mampfend. „Wann kommen denn Moritz und Lina an?“, fragt sie nachdem sie den letzten Bissen ihres Wraps heruntergeschluckt hat.

„Moritz meinte, dass sie sich so gegen drei auf den Weg machen würden, zwei Stunden Fahrt mindestens, also vor fünf Uhr sind die nicht bei mir.“

Es ist Herbstsend in Münster, eine Kirmes direkt auf dem Schlossplatz. Eine tolle Kulisse. Ich war schon sehr lange nicht mehr auf einem Jahrmarkt und freue mich daher sehr darauf. Noch mehr freue ich mich auf Moritz und Lina.

Klara und ich haben uns auf die Fahne geschrieben, Lina und Moritz endlich zu ihrem letzten Schritt, der Verkupplung, zu verhelfen. Als ich ihr vor einiger Zeit von der anstehenden Kirmes in Münster erzählte, begann bei ihr die Reifung der Geheimoperation „MoLi", stehend für „Moritz plus Lina".

Der Kirmesbesuch als Ausgangspunkt der Einladung sollte die beiden nach Münster locken. Da ich in meiner Wohnung keine zwei Zimmer anbieten konnte und wir Lina nicht in Bedrängnis bringen wollten, mit Moritz direkt geplant und offensichtlich in ein Zimmer gesteckt zu werden, erzählten wir, dass Klara und Lina in mein Zimmer könnten. Moritz und ich würden ein kleines Matratzenlager in der Küche eröffnen. Für eine Nacht ist das okay, da überhört man dann gerne mal das laute Surren des Kühlschranks.

Teil zwei des Plans findet nach Besuch der Kirmes bei mir zu Hause statt. Klara wird einen Magen-Darm-Anfall inszenieren. Um Lina zu schützen, wird sie bei mir in der Küche schlafen, Moritz und Lina können dann im gesicherten Wohnbereich nächtigen. So sind die beiden unverhofft für sich. Und im besten Fall bemerken sie nicht, dass alles von langer Hand geplant ist. Und im noch besseren Fall bemerken sie, dass sie auch kuschelnd zusammen schlafen können. Bis hier geht der Plan. Damit wäre „Operation MoLi" *completed.*

„Ich check nochmal schnell mein Portal. Vielleicht gibt es ja was Neues." Um nicht unhöflich während des Gesprächs mein Laptop aus dem Rucksack zu nehmen und es auf dem Tisch aufzubauen, informiere ich Klara schnell darüber.

„Beurteilung Bachelorarbeit mit dem Endergebnis 3,3", steht nun dick unter den Eintragungen aller Prüfungsergebnisse im Online-Portal des Prüfungsamtes. Völlig entgeistert schaue ich regungslos auf die schwarzen Buchstaben auf hellblauem Hintergrund.

„Alles klar?", fragt Klara.

„Hab 'ne 3,3", entfährt es mir. Ich merke wie die Enttäuschung jegliche Freude über den Besuch von Klara, den anstehenden Kirmesbesuch und die Durchführung von Plan „MoLi" wegfegt.

„Waaas?" Auch Klara ist geschockt. „Du hast doch letztens noch mit deiner Dozentin telefoniert und deine grobe Planung durchgesprochen und da war sie völlig begeistert?"

„Ja." Mehr fällt mir tatsächlich nicht ein. Die Bachelorarbeit ist bestanden. An sich ein großer Grund zur Freude. Eine 3,3 macht mich aber gar nicht glücklich. Zu viel Zeit habe ich für Recherche investiert und in enger Absprache mit meiner Dozentin einen Fahrplan zum Aufbau der Arbeit aufgestellt. Und wie ich finde, habe ich auch eine ordentliche Leistung erbracht. Einer 3,3 entspricht das meinem Empfinden nach überhaupt nicht.

Völlig perplex beginne ich zu sinnieren: „Irgendwas muss ich da verbockt haben." Ich merke, dass mich dieses Gefühl nicht zur Ruhe kommen lassen wird. Ich brauche Gewissheit, warum meine Leistung als 3,3 bewertet wurde. Kurzerhand schnappe ich mir mein Handy und wähle die Nummer meiner Dozentin. „Vielleicht ist sie ja noch im Büro", sage ich zu Klara und beginne zu wählen.

Frau Kohl wirkt überhaupt nicht mehr so freundlich wie zuvor in den Gesprächen. Eine für mich zufriedenstellende Erklärung für ihre Bewertung kann sie mir nicht geben. Leider. Sie verweist darauf, dass ich in meiner Arbeit mehr auf die „bewegungswissenschaftliche" Perspektive bei der Schulhofgestaltung hätte eingehen sollen, also die physikalischen Aspekte der Bewegungsmöglichkeiten der einzelnen Geräte hätte genauer durchleuchten und darstellen können. Ich hätte ja schließlich die Arbeit im Fachbereich Bewegungswissenschaften geschrieben, da könne ich mich jetzt nicht wundern, dass die Note nicht meinen Wünschen entsprechen würde, wenn ich diesen Bereich eher jungfräulich betrachtet hätte. Ich könne aber froh sein, Herr Hagna wäre gar nicht *amused* gewesen über die Arbeit, sie hätte sich aber für mich stark gemacht.

Ich brauche ein paar Minuten, um mich zu sammeln. Die Worte von Frau Kohl sitzen und treffen mich tief ins Mark.

Besonders irritiert bin ich von dem plötzlichen Sinneswandel meiner Dozentin. Weg von der freundlich beratenden Yogatante, die mich für meinen inhaltlichen Aufbau der Arbeit lobt, hin zur eiskalten Lady, die mir unvermittelt zeigt, wer der Babo ist.

Dass sie weder bei Durchsicht meiner Inhaltsangabe noch bei jeglichem anderen Vorgespräch angemerkt hat, dass die „bewegungswissenschaftliche“ Perspektive in meiner Auseinandersetzung mit dem Thema zu kurz komme, verärgert mich sehr. Am liebsten würde ich ihr jetzt das kollegial sportliche „Du“ um die Ohren pfeffern.

Klara versucht, mich aufzuheitern. „Die Bachelorarbeit zählt ja nicht so viel. Alle anderen Leistungen aus dem Bachelor sind doch viel besser. Und am Ende fragt dich bestimmt eh keiner mehr nach deiner Bachelorarbeit und derer Note. Wenn du zufrieden bist mit deiner Arbeit, soll es dir doch egal sein, was die Dozenten meinen. Du hast bestanden, bist deinem Ziel, hier fertig zu werden, wieder einen Schritt nähergekommen. Und in die Wissenschaft wirst du ja eh nicht mehr wechseln wollen, oder?“, lächelt mich Klara an.

„Mit *der* Bachelorarbeit jetzt nicht mehr“, gebe ich lachend zu. Ich kann wieder lachen. Das ist beruhigend. Der erste Schock scheint verdaut und Klara hat Recht. Ich habe die Bachelorarbeit gemeistert. Sie ist abgehakt. Die kommt jetzt in den Schrank und da kann sie verstauben. Dass die Note der Bachelorarbeit aber durchaus Gewicht für meinen Abschluss hat, verdränge ich. Besser so. Ich denke an einen hoffentlich schönen Abend mit Moritz, Lina und Klara.

Ich schaue auf die Uhr. „Oh, lass mal zurückradeln. In einer Stunde könnten die beiden eintrudeln. Dann machen wir noch die Wohnung soweit Klarschiff.“

Auf dem Send herrscht buntes Treiben. Das Wetter spielt mit und bereitet den Schaustellern einen lukrativen Tag. Die Stimmung ist hervorragend.

Moritz und Lina sind gemeinsam mit dem Auto vor einer Stunde angekommen. Mal kein Stau auf der Strecke. Wunderbar. Nach einem Ankommenskaffee und einer kleinen Führung durch meine Wohnung, machten wir uns auf den Weg zum Send. Auf dem kurzen Weg hin zur Kirmes erwähnte Lina immer wieder, wie froh sie sei, mal in Münster zu sein. Moritz und wir hätten ja schon viel von der tollen Atmosphäre erzählt.

Mein Vater hatte den beiden schon etwas früher Feierabend gegeben, als ich ihm erzählte, dass sie mich besuchen kommen wollen. In den Geheimplan weihten wir ihn aber nicht ein. Muss ja nicht direkt den Chef was angehen. Kann ja auch alles noch schiefgehen.

Während der zweiten Fahrt auf der Wasserbahn merke ich, wie jeglicher Ballast von meinen Schultern fällt. Bachelorballast. Mir wird bewusst, dass ich soeben einen großen Teil meiner Ausbildung zum Lehrer geschafft habe. Völlig untypisch für mich reiße ich bei der schnellen Abfahrt mit dem Holzfloß die Arme in die Höhe und schreie meine Freude jubelnd heraus. Unten angekommen schießt das Floß mit voller Wucht in ein Wasserbecken und eine große Welle schwappt über mich. Ich bin zwar nass wie ein begossener Pudel, fühle mich aber in diesem Moment wie Sebastian Vettel nach einem Saisonsieg bei der Champagnerdusche.

Völlig euphorisch nutzen wir noch ein paar andere Fahrgeschäfte, lassen dabei völlig außer Acht, wie teuer so ein Kirmesbesuch eigentlich ist. Aber das soll heute keine Rolle spielen.

„Gleich kommt noch das Feuerwerk, danach kehrt dann so langsam hier Ruhe ein", erzähle ich den Dreien während wir leicht erschöpft nach einigen Runden auf dem Breakdancer auf einer Bierbank Pause machen. Es ist 22.45 Uhr. In 15 Minuten wird die Kirmes geschlossen. Ich gehe zum Getränkestand und hole eine Runde Bier und Radler. Wir brauchen ja ein Glas zum Anstoßen, wenn nachher das Feuerwerk losgeht.

Die Raketen sind imposant. Die verschiedenen Feuerwerkskörper zeichnen wunderbare Bilder in den dunklen Nachthimmel hinter dem angeleuchteten Schloss. Bunte Fontänen sorgen für eine knapp fünfminütige Show mit feinsten Künsten der Pyrotechnik. Ich nehme Klara in den Arm. Wir schauen in den Himmel und genießen den Moment.

„Meinem Vater ist Silvester mal ein herunterfallendes Ascheteil einer Rakete ins Auge gefallen. Man guckt ja immer so hoch, um das Feuerwerk gut sehen zu können“, erzählt Lina. Moritz mimt einen nach oben guckenden Vater nach. Lina lächelt.

„Ohje. Da muss man echt aufpassen.“

„Hui, da muss sich Moritz aber noch anstrengen. Den schönen, eigentlich romantischen Moment hat er ja gerade ordentlich in die Tonne gehauen. Er braucht unsere Hilfe“, flüstere ich Klara ins Ohr und drücke ihr einen Kuss auf die Wange. „Zweite Stufe der Operation beginnt“, erwidert sie mit einem schelmischen Grinsen auf den Lippen.

Die letzten Raketen schießen in den Himmel. Der letzte Knall. Nach Erlischen des letzten Lichts sieht man erst, wieviel Rauch die einzelnen Feuerwerkskörper hinterlassen haben. Das Schloss ist umhüllt von einer grauen Rauchwolke.

„Puh, irgendwie tut mir die Luft gerade nicht gut“, stöhnt Klara leicht wehmütig.

Ich spiele das Spiel mit. „Geht es dir nicht gut? Kreislauf?“

„Mir ist irgendwie ein bisschen schummrig. Bauchgrummeln, Unwohlsein. So als ob ich was Falsches gegessen hätte.“

„Ohje, dann lass uns doch einfach zu Riko nach Hause fahren. Da kannst du dich ausruhen. War ja auch ein anstrengender Tag“, schlägt Lina vor. Ich erkenne bei Moritz die Enttäuschung in seinen Augen. Er würde sicher gerne noch weiter feiern gehen, ein bisschen mit Lina tanzen. Aber wenn unser Plan „MoLi“ aufgeht, hat er demnächst sehr viel Zeit, um mit Lina das Tanzbein zu schwingen.

„Wenn es für euch okay wäre, ist das glaube ich besser. Wir können ja sonst zu Hause noch gemütlich einen trinken. Aber für Klara ist es bestimmt angenehmer, gleich mal die Füße hochzulegen“, gehe ich auf Linas Vorschlag ein.

Zuhause angekommen zeigt Klara die hohe Kunst ihrer schauspielerischen Fähigkeiten. Sie setzt sich auf einen meiner Küchenstühle und hält sich mit schmerzverzerrtem Gesicht den Bauch. „Soll ich dir mal eine Wärmflasche machen?“, frage ich sie gespielt besorgt.

„Ohja gerne. Ich geh mal schnell auf Klo.“ Klara springt auf und verzieht sich in mein kleines Bad. Moritz und Lina gehen derweil in meinen Wohn/Schlafraum. Ich mache den Wasserkocher an und folge den beiden.

„Wollt ihr noch was trinken?“

Die Beiden entscheiden sich für ein durstlöschendes Mineralwasser. Als ich mich gerade umdrehe, um in Richtung Küche zu gehen, hören wir leise Würgegeräusche aus dem Badezimmer. Ich werfe einen Blick zurück. Linas Gesicht verzieht sich. Sie leidet mit Klara.

Kurz bekomme ich leichte Schuldgefühle, weil wir unsere Freunde gerade ordentlich an der Nase herumführen. Ich verwerfe die Zweifel aber schnell und sehe das gute Ziel, die Verkupplung, als angemessenen Grund für eine solche Irreführung.

„Ohje, die Arme“, entfährt es Lina seufzend. Moritz sitzt wie versteinert auf dem Bettrand. Wohl fühlt er sich gerade nicht. Das sieht man. Gibt Geileres, als Frauen beim Kotzen zuzuhören.

Ich gehe an der Küche vorbei und hole Gläser und eine Flasche Wasser. Auf dem Rückweg klopfe ich kurz an der Badezimmertür. „Alles gut? Kann ich dir helfen?“

Keine zehn Minuten später liegt Klara auf der Matratze in der Küche. Moritz und Lina sitzen im Wohn/Schlafzimmer und unterhalten sich leise. Ich gehe nochmal zu Ihnen.

„Ja, blöde Situation jetzt.“ Ich setze mich zu den Beiden und gieße mir auch ein wenig Wasser in mein Glas ein. „Klara geht es echt nicht gut. Sie ist gerade eingeschlafen. Blass wie ein Schneemann. Irgendwas hat ihr ordentlich den Magen verdorben heute“, fahre ich fort.

„Oder Magen-Darm?“, ergänzt Lina.

Moritz’ Augen werden groß. Ihm entfährt ein deutliches „Oh, ne. Das brauch ich jetzt echt nicht.“

Ich weiß um Moritz' Angst davor, sich übergeben zu müssen. Das Gefühl des Würgens ist für ihn eins seiner schlimmsten zu ertragenden Gefühle. Er hasst jeden Zahnarztbesuch, weil er dort oft einen Würgereflex bekommt, wenn er so lange den Mund aufmachen muss.

Ich nutze seine Sorge schamlos für unseren Plan aus. „Ja, dann lass es uns doch einfach so machen, dass wir die eigentliche Schlafaufteilung kurz ändern. Ich hau mich zu Klara. Dann kann ich ihr im Notfall zur Seite stehen. Und ihr könnt beide hier schlafen. Ist ja genug Platz und ihr steckt euch zumindest nicht so schnell bei Klara an. Müssen ja nichts riskieren. Wir hoffen mal, dass sie sich tatsächlich nur den Magen verdorben hat. Ist das okay für euch?", frage ich die beiden.

Ich schaue in dankbare Gesichter.

Moritz und Lina nicken vehement. „Ja, kein Problem. Ist glaub ich besser so!", stimmt Lina auch mit Worten zu.

Klara und ich liegen mucksmäuschenstill in meiner Küche auf der Luftmatratze und starren die Decke an. Der Kühlschrank surrt unbeeindruckt sein Lied der Kühlung, durch das Dachfenster können wir im Licht des Mondes ein paar vorbeirauschende Wolken sehen. Jedes Geräusch, das wir hören, wird sofort gedeutet.

Ein kleines Knacken. War das Moritz?

„Ob die beiden jetzt wohl zusammen im Bett liegen?", frage ich Klara leise.

„Bestimmt. Wo denn auch sonst? Ist doch jetzt auch egal. Bin tatsächlich müde geworden vom langen rumliegen. Lass uns pennen", flüstert sie mir mit geschlossenen Augen zu und drückt mir einen dicken Kuss auf die Lippen. „Morgen wissen wir mehr."

Ich brauche noch ein bisschen bis ich auch endlich in den Schlaf finde.

Am nächsten Morgen werde ich von der hereinscheinenden Sonne geweckt. Ich blinzle mit einem Auge, um einen schnellen Blick auf die Küchenuhr zu erhaschen. Viertel nach acht. Puh, ist das früh.

Klara hat Glück. Ihr Schlafplatz wird noch nicht angestrahlt, sie schläft seelenruhig weiter. Ich merke mein dringliches Bedürfnis, Wasser zu lassen und schleiche leise aus der Küche.

Leicht wankend tappe ich in Richtung Klo und schließe leise die Türen hinter mir. Kaum sitze ich auf der Klobrille und höre dem plätschernden Urinstrahl zu, bringt mich ein zartes Klopfen aus der Ruhe.

„Riko, bist du das?"

„Warte, bin noch am pissen. Ich mach gleich auf." Nach erfolgreichem Abschütteln und Händewaschen öffne ich vorsichtig die Tür. Vor der Tür wartet Moritz. Auf den ersten Blick würde ich nicht sagen, dass er gut geschlafen hat. Tiefe Augenringe zeichnen ein müdes Bild von ihm.

„Komm rein. Was ist los?"

Moritz setzt sich an die Wand vor der Dusche. Ich klappe den Klodeckel herunter und setze mich.

„Junge, ich habe kein Auge zugemacht. Ich bin fix und alle. Was eine Nacht." Moritz atmet tief durch und schüttelt ungläubig den Kopf.

Mich beschleicht das Gefühl, dass Operation „MoLi" schiefgelaufen ist.

„Schieß los. Was ist passiert?", frage ich besorgt. „Schläft Lina noch?"

„Jaja, die schläft wie ein Murmeltier. Als du gestern zu Klara gegangen bist, sind wir natürlich auch pennen gegangen. Gentlemanlike wie ich bin, habe ich mich mit meiner Decke auf deinen Teppich gelegt und habe Lina den Platz im Bett gelassen." Ich nicke gespannt.

„Wir haben uns noch eine gute Nacht gewünscht. Dann war Ruhe. Ich lag auf deinem Teppich und habe am eigenen Körper gespürt, wie toll die Erfindung einer Matratze ist. Dein Boden ist sackhart. „Ich hab kein Auge zugekriegt. Wusste ja nicht, ob Lina schon pennt. Und ich wollt' auf jeden Fall erst pennen, wenn sie eingeschlafen ist. Nicht dass ich eine meiner berühmt berüchtigten Mo-Stinkbomben zünde und sie dann noch wach ist."

Ich muss lachen. „Ja besser ist das“, stimme ich ihm zu, „wär ein komischer Fetisch, würde sie draufstehen.“

„Ich liege also auf dem Boden und starre die Decke an. Linas Atem wirkt ruhig und gleichmäßig. Beruhigend. Am liebsten wäre ich zu ihr gesprungen, hätte mich an Sie rangekuschelt.“

„Ja warum haste nicht?“, frage ich fordernd.

„Keine Ahnung. Unsicher irgendwie.“ Moritz schaut bedröppelt auf den Boden. Nach kurzer Zeit schaut er aber wieder auf und grinst mich über beide Ohren an.

„Häh, ich komm nicht mehr mit. Was lachst du so blöd?“ Ich schaue ihn verdutzt an.

„Ja warte ab. Nach einer Stunde Decke starren höre ich Lina auf einmal was sagen. Ich habe mich tierisch erschreckt.“

„Ja, jetzt lass dir nicht jedes Wort aus der Nase ziehen“, rüge ich Moritz für seine Erzählweise.

Moritz grinst weiter blöd und fährt fort: „Lina so: Mo du feige Nuss. Wenn du dich nicht traust, dann übernehme ich. Du kommst jetzt zu mir unter die Decke.“

Ich merke wie ich innerlich Luftsprünge mache. Operation „MoLi“ hat funktioniert. Das muss ich Klara erzählen. Ich springe von meinem Platz auf dem Klo auf.

„Warte!“, ruft Mo mir zu. „Ich war völlig perplex und wusste nicht, ob ich gerade träume. Aber sie hat es nochmal gesagt. Ich bin dann schnell zu ihr. Riko Junge, ich bin angekommen. Ich war glaube ich noch nie so unsicher beim ersten Kontakt mit einer Frau. Aber ich wollt’ nichts falsch machen.“

„Lief was?“, frage ich kumpelhaft.

„Jop, aber nicht das, was du denkst. Es war einfach schön. Ich hab kein Auge zubekommen, weil ich Lina noch in den Schlaf gestreichelt habe. Riko, ich glaub ich kann jetzt was sagen, was ich noch nie gesagt habe: Ich bin angekommen: Ich glaub ich hab die Frau gefunden, die eine Frau. Ich bin weg vom Markt.“

Ich grinse, gehe auf Moritz zu und umarme ihm. „Jawoll Junge. Jetzt drück ich dir die Daumen, dass Lina gleich nach dem Aufwachen auch noch so denkt“, necke ich ihn.

Moritz haut mir mit der Faust auf den Oberarm. „Schnauze, du Horst.“

Wir schleichen uns wieder zurück in unsere Schlafräume. Klara schläft immer noch tief und fest. Sie lässt sich keineswegs von der Helligkeit des frühen Morgens beeindrucken. Ich lege mich zu ihr und flüstere ihr „*Mission* MoLi *accomplished*“ ins Ohr.

20

Ich kann es kaum glauben. Wäre ich ein 400-Meter-Läufer, würde ich jetzt auf die Zielgerade, die letzten 100 Meter einbiegen. Jetzt nochmal Vollgas, Durchziehen und dann ab ins Ziel.

So sieht es bei mir derzeit in der Uni aus. Das erste Mastersemester habe ich mit Bravour gemeistert. Tatsächlich habe ich dabei in meinen drei Fächern echt Glück gehabt und viele direkt grundschulbezogene Seminare und Vorlesungen zugeteilt bekommen. Zumindest in EW. In meinen Hauptfächern gibt die Struktur des Studiums diesmal nur wenig Wahlfreiraum. Das stört mich aber weniger, denn die angebotenen Seminare sind didaktisch angelegt und gefallen mir sehr. Wieso nicht vorher schon sowas? Mehr davon, auch bereits im Bachelor! Aber wer bin ich schon?

Wenn alles gut läuft, darf ich bald meine Masterarbeit beginnen. Ein wenig Respekt habe ich schon vor dieser schweren Aufgabe, vor allem nach meinem eher durchwachsenen Versuch einer wissenschaftlich angelegten Prüfungsarbeit bei meiner Bachelorarbeit. Die Masterarbeit hat nämlich nochmal mehr Gewicht für die Endnote. Und die Masternote wird später in Bewerbungsgesprächen vorgezeigt werden müssen. Als Ergebnis der ersten Staatsprüfung.

Diesmal habe ich mich dafür entschieden, meine Masterarbeit in Erziehungswissenschaften zu schreiben.

Direkt in der ersten Seminarsitzung bei Herrn Lüggemann, angestellt als Junior Professor an der Uni, merke ich schon, dass ich bei ihm mehr Glück in der Betreuung meiner Arbeit haben könnte, als bei Frau Kohl in Sport.

Herr Lüggemann ist speziell, er fällt auf unter den vielen Hochschullehrern der Uni. Ende 30 kleidet er sich wie ein englischer Lord, trägt gerne Cord und Karomuster und englische Sackos mit Flicken an den Ellenbogen. Dazu seine mit Pomade zurückgegelten Haare und eine braune Hornbrille. Bei diesem Anblick hätte ich nie erwartet, dass er im Bereich der Pädagogik forscht. Die meisten Seminare von ihm behandeln die Übergänge, wie zum Beispiel den Wechsel von der Grundschule in die weiterführende Schule oder auch den Sprung von der schulischen Ausbildung zu einer Ausbildung durch gezielte Berufsberatung.

Durch seine lockere, oft humorvolle Art, ein Seminar zu gestalten, sind seine Seminare oft sehr gut besucht. Bei ihm verfliegen die Minuten, man hört gerne zu. Während meiner Unizeit kann ich nicht sagen, dass ich diese Fähigkeit allen meiner Dozenten zusprechen könnte. Sein Seminar hatte aber den inhaltlichen Bezug zu Erlebnispädagogik. Die Umsetzung und die Möglichkeiten von erlebnispädagogischen Aspekten und Methoden in der Grund-, Haupt- oder Realschule sollen wissenschaftlich analysiert werden.

Schnell ergattere ich mir ein Referatsthema, um eine Prüfungsleistung zum Seminar erbringen zu können. „Erlebnispädagogik in einer offenen Ganztagsgrundschule.“ Nach dem Seminar stelle ich mich direkt bei ihm in die Warteschlange. Ein paar meiner Kommilitonen haben wohl den gleichen Plan wie ich. Nur langsam wird die Schlange kürzer, meine Ungeduld zunehmend mehr.

„So, noch drei Korrekturen kann ich annehmen. Alle anderen muss ich leider an meine Kollegen verweisen“, ruft Herr Lüggemann nach einem Gespräch mit einer Kommilitonin, die danach freudig lächelnd den Seminarraum verlässt.

Hektisch zähle ich die vor mir stehenden Personen durch. Eins, zwei, drei. Shit, ich stehe an der vier. Stressperlen bilden sich auf meiner Stirn, ich merke wie mein Stresspegel durch die Decke schießt. Der Puls rast. Was soll ich jetzt machen? Soll ich gehen? Soll ich warten und als vierte Person um einen Platz betteln?

Die nächsten beiden Mitstudenten verlassen grinsend den Seminarraum. Vor mir steht noch ein Typ, Mitte 30. Eher Typ Langzeitstudent. Der nimmt mir jetzt meinen Platz weg?

Ich stelle mir vor, wie ich ihn mit einer gekonnten Blutgrätsche à la Sergio Ramos aus dem Weg räume und heroisch den letzten Platz einnehme. Dann werde ich aus meinem Tagtraum gerissen.

„Hallo Herr Lüggemann. Ich habe leider keinen Seminarplatz für Ihr Seminar zugeteilt bekommen. Kann ich noch nachrutschen?"

Ich traue meinen Ohren nicht. Der Typ will gar keinen Korrekturplatz. Der will nur einen Seminarplatz. Der Weg für mich scheint frei. Wer hätte gedacht, dass das Seminarverteilungsverfahren mir mal unterstützend zum Erfolg verhelfen würde?

„Yes, Yes, Yes."

Auf dem Weg heraus aus dem etwas in die Jahre gekommenen EW-Gebäude, fällt es mir schwer, meine Freude bei mir zu halten. Ich hüpfe die Stufen herunter wie eine junge Elfe und bei jedem Sprung wird meine Erleichterung immer größer, nun endlich den letzten großen Schritt meiner universitären Ausbildung angehen zu können.

Das muss ich Klara erzählen. Ich wühle in meinem Rucksack und greife nach meinem Handy. Nach zweimaligem Klingeln geht Klara dran. Noch bevor sie etwas sagen kann, rufe ich ihr zu: „Da ist das Ding." Das Oli Kahn Zitat geht einfach immer. „Ich hab einen Platz für meine Masterarbeit. In EW."

„Wow, wie geil ist das denn", jubelt Klara leise mit. „Muss wieder auflegen. Hab gerade Dienst. Melde mich später bei dir."

Nachdem die Aufregung über den Tag hinweg etwas nachgelassen hat, gönne ich mir ein Belohnungsessen. Ein Döner bei meinem Dönermann des Vertrauens. Zur Feier des Tages bestelle ich mir sogar noch ein Lahmacun dazu.

Pappsatt sitze ich auf meinem Sessel und schaue mir Basketballvideos auf Youtube an. Von den sportlichen Bewegungen eines Dirk Nowitzkis oder Kobe Bryant kann ich in meinem derzeitigen körperlich vollgestopften Zustand nur träumen. In meiner Hosentasche vibriert es. Klara ist dran.

„Sorry, dass ich eben schnell auflegen musste. Jetzt habe ich aber Zeit. Schieß los. Wie war's?"

Ich erzähle Klara von meiner Stresssituation in der Warteschlange im Seminar. „Als ich dran war, habe ich Herrn Lüggemann direkt nach einem Masterarbeitsplatz gefragt. Er war von der Idee sehr angetan, den Übergang von Kindergarten zur Grundschule in einer Masterarbeit genauer zu betrachten. Da würden wir schon ein geeignetes Thema finden. Er arbeite gerade sowieso in diesem Bereich und forsche an einem Pilotprojekt, was demnächst in Münster starten soll. Hier könne ich mit meiner Masterarbeit thematisch sicher andocken. Ich soll einfach in seine Sprechstunde kommen. Er fand es mega, dass unter den 15 Plätzen, die er für Masterarbeiten vergibt, nun auch ein Mann sei. Ein Mann für die Grundschule. Ein Exot sei ich, meinte er."

„Cool, und hast du Exot den Platz jetzt sicher?", fragt Klara.

„So gut wie. Herr Lüggemann kann mich natürlich noch ablehnen, wenn wir thematisch nicht auf einen Nenner kommen. Aber das ist eher unwahrscheinlich. Ich würde jetzt auch über das Paarungsverhalten von Igeln schreiben, wenn ich müsste", erzähle ich flappsig weiter.

Klara kichert. „Würde bestimmt 'ne sehr pieksige Angelegenheit."

„Und wie ist es bei dir?" Seit einiger Zeit ist die private Lage bei Klara durch die gesundheitliche Verschlechterung von ihrem Vater sehr angespannt.

„Ach." Ein Seufzer folgt dem schwerfälligen Ausatmen. „Ist bescheiden weiterhin. Papa wird immer lustloser, antriebsloser. Jetzt sagt er immer wieder, dass er uns nicht mehr zur Last liegen möchte. Das hat er bisher nie gesagt."

„Puh, das passt nicht zu ihm", stimme ich Klara zu. „Das ist hart, bestimmt auch für deine Mutter, oder?"

„Ja, leider. Abends wenn Papa schläft, weint sie viel. Sehr bedrückend. Sie überlegt jetzt, ihn vielleicht wirklich ins Pflegeheim zu geben. Das wünscht er sich. Er möchte einen Tapetenwechsel. So könnten wir ihn immer besuchen kommen, ohne die Drecksarbeit, wie er sagt, machen zu müssen. Das beschäftigt Mama sehr. Und mich auch."

„Bleib stark." Mehr als diese blöde Floskel bringe ich nicht heraus. Mir fällt es sehr schwer, richtige Worte zu finden.

21

Vollgepumpt mit intrinsischer Motivation starte ich mein Projekt Masterarbeit. Da ich in Sport nur eine Vorlesung zur Trainingswissenschaft und ein praktisches Seminar zur Jungenförderung habe, bin ich in der wunderbaren Ausgangslage, an jedem Wochentag effektiv an meiner Arbeit sitzen zu können.

In Mathe muss ich sogar nur noch ein didaktisches Seminar zur Zahlraumerweiterung besuchen. Jetzt kann ich ernten, was ich durch gutes strukturiertes Arbeiten und Kurse belegen im ersten Mastersemester gesät habe. Meine Oma wäre stolz auf mich für diese konsequente Arbeitsweise.

Das Seminar zur Jungenförderung ist super. Jungen gelten ja oft als schwierig. Vor allem in den ersten Schuljahren. Sie seien unkonzentrierter und lauter als Mädchen, stören häufiger, fordern mehr Aufmerksamkeit, seien unkooperativer und aggressiver. In Kindergarten und Schule verlangen sie mehr Zeit und Raum, seien aber auch schneller abgelenkt und schreiben daraufhin schlechtere Noten.

Im Seminar rücken die Jungen in den Fokus der Aufmerksamkeit. Es geht darum, wie ihre Entwicklung durch gezielte Bewegungsangebote gefördert werden kann. Immer wieder denke ich daran, dass auch die Männerförderung für die Lehrerberufe in den Vordergrund gerückt werden müsste.

Komischerweise denke ich dann an meinen praktischen Kurs „Gymnastik/Tanz“ im vierten Semester. Das war ein Fest. Ein Fest der guten Laune. Wer bislang noch Probleme hatte, sich vor einer Gruppe zum Horst zu machen, der hat es spätestens in diesem Seminar gelernt. Aber es hat Spaß gemacht. Hätte ich nie für möglich gehalten. Aber auch die wenigen Männer im Kurs lernten, ihren Körper gestalterisch einzusetzen. Verschiedene Tanzarten und eine einfache Vermittlung an Schulklassen wurden gelehrt.

Für die Entwicklung von Jungen ist es besonders wichtig, dass sie auch in der Grundschule an Vorbildern sehen, dass auch Männer tanzen können oder es versuchen. So wie ich. Festsituierte Rollenbilder mit dem Abrissbagger einreißen, ein tanzender Mann in der Grundschule, eine Frau im Blaumann auf dem Radlader. Das brauchen Kinder. Das braucht die Gesellschaft. Finde ich.

Herr Lüggemann betreut die Masterarbeit sehr effektiv. Alle zwei Wochen vereinbart er einen Termin mit seinen Prüflingen. Lässt sich dort auf den Stand der Arbeiten bringen. Inhaltlich bringt er sich selbstverständlich nicht ein. Das ist Prüflingssache. Er betreut tatsächlich. Schaut, dass seine Schäfchen schön bei der Sache bleiben. Das hilft ungemein. Die vielen Stunden der Arbeit, das Wälzen der Literatur, das Tippen am PC, Seite für Seite, alles erfährt Wertschätzung.

Um mich völlig auf mich konzentrieren zu können, habe ich mir ein Partyverbot auferlegt. Die Uni steht jetzt für die nächsten Wochen an erster Stelle. Dass sich Klara für eine kurze Zeit den Spitzenplatz teilen muss, ist für sie okay. Ein Fan ist sie aber nicht davon. Vor allem nicht, weil es ihr selbst gerade nicht so gut geht. Das weiß ich auch.

Jeden Abend verabreden wir uns zur Videotelefonie und tauschen uns aus. So ist die Situation noch erträglich, wir unterstützen uns. Immer wieder baue ich Klara auf, versuche sie in Zukunftsträumereien zu verwickeln. Das lenkt sie ab.

Wenn ich mal nicht an meiner Masterarbeit sitze oder in dem ein oder anderen Seminar meine Prüfungsleistungen auf der Pobacke absitze, bereite ich mich mit Silas auf die letzte Sportprüfung vor. Eine mündliche Prüfung. In Sportsoziologie. Die soll aber voll machbar sein, wird auf dem Campus gemunkelt. Wer in seiner Unizeit nicht geschlafen hat und ein halbwegs sportwissenschaftliches und -didaktisches Denken besitzt, der hat beste Chancen die Prüfung gut zu absolvieren. Soziologie, ein typisches Laberfach halt.

Während unserer Lerntreffs tauschen Silas und ich uns auch über das anstehende Referendariat aus. Silas überlegt, nicht direkt nach seiner Masterarbeit ins Ref zu starten, sondern erst noch eine große Reise zu planen.

„Wann habe ich sonst nochmal die Zeit und Möglichkeit dazu, völlig frei und außerhalb der Ferien zu reisen. Kleine Weltreise halt“, meint er immer.

Ich kann das gut verstehen. Er ist ungebunden und für seine zukünftige Heimat hat er sich noch nicht festgelegt. Er würde jetzt auch sein Referendariat an einem ganz anderen Ort in NRW starten, das wäre ihm egal. Er würde auch nochmal umziehen.

Ich bin da ein wenig anders. Mein Ziel ist es, zurück in die Heimat zu kommen. Münster gefällt mir weiterhin sehr. Aber im Herzen bin und bleibe ich ein Aachener, ein Öcher Jung. Und die Sehnsucht nach Klara, meiner Familie, Moritz, ja jetzt immer mit Lina, ist groß. Wieder auf den schönen Tivoli gehen, der Alemannia zujubeln. Das zieht mich magisch an.

Letzte Woche bin ich zu einer Infoveranstaltung der Fachschaft gegangen. „Wo und wie geht es zum Referendariat“ war das Thema. Das hat geholfen. Nach der Sitzung wusste jeder Zuhörer und Zuseher, was zu tun ist. Respekt an die Fachschaft.

Klara erzähle ich nicht, dass die Seminarorte für Beginn des Refs im November bekanntgegeben wurden. Im Halbjahresrhythmus wechseln die jeweiligen Ausbildungsorte, um strukturierte Abläufe in Schulen und Ausbildungsseminar ermöglichen zu können. Zusätzlich wird ein Bewerbungsverfahren eingesetzt, welches dann nach bestimmten Kriterien einen Platz an einem Ausbildungsort zuteilt. Von Sozialpunkten sprachen die Fachschaftler immer.

Mit mehr Sozialpunkten würde die Chance steigen, seinen Wunschort zugewiesen zu bekommen. Sozialpunkte bekomme man für private Gründe, wie eine Ehe, oder eigene Kinder am Wohnort, das Ausüben eines Ehrenamts am Ort, das Mitpflegen von Familienangehörigen und und und. Die Liste für mögliche Sozialpunkte ist lang.

Ein Fachschaftler erzählte, dass eigentlich jeder Bewerber mittlerweile einen Sozialpunkt für eine eheähnliche Lebensgemeinschaft erhielte. Diese wird ja nicht amtlich festgehalten. Man braucht nur eine Person, die tatsächlich in der gleichen Wohnung gemeldet ist und bescheinigt, dass man eine Beziehung führe. So sei es nicht untypisch, dass in vielen WGs kurz vor Bewerbungsstart viele Beziehungen unter den Bewohnern ausbrächen. Zumindest auf Papier. Verrückt, aber wahr.

In diesem Durchgang stellen für mich die Seminarstandorte Aachen, Siegburg und Mönchengladbach die einzig nahen Ausbildungsmöglichkeiten in Heimatnähe dar. Die beiden letzteren würden ordentlich Pendelei bedeuten. Daher setze ich all meine Hoffnungen auf einen Platz im Seminar Aachen.

Ich nehme mir vor, auch Tobias mal anzurufen. Vielleicht kann ich das Ref ja auch in seiner Schule machen. Träumen soll ja weiter erlaubt sein.

Silas und ich beschließen, uns in der nächsten Woche mit der Bewerbung um einen Referendariatsplatz genauer zu beschäftigen. Je nach Tagesverfassung machen wir sie bestenfalls direkt noch fertig und schicken sie ab.

Unser Lerntandem funktioniert weiter einwandfrei. Uns gelingt es, die richtige Balance zwischen An- und Entspannung zu finden. Sobald wir merken, dass bei einem von uns die Konzentrations- und Aufnahmefähigkeit rapide nachlässt, legen wir eine kleine sportliche Pause ein.

Uns ist beiden klar, dass wir später Lehrer werden wollen, die immer wieder kleine, bewegte Pausen in den Unterricht integrieren, da wir am eigenen Körper feststellen können, wie effektiv das Lernen nach einer kleinen motorischen Übung wieder funktionieren kann. Der mündlichen Prüfung in Sport sehen wir so gut vorbereitet sehr gelassen entgegen.

Zum denkbar schlechtesten Zeitpunkt beginnt in Brasilien die Fußballweltmeisterschaft. Als sport- und besonders auch fußballbegeistertes Wesen hätte die WM für mich gerne ein paar Wochen später beginnen können. Gerne direkt nach Abgabe meiner Masterarbeit.

Jetzt befinde ich mich in den letzten Zügen und muss mich mit der täglichen Verlockung auseinandersetzen, den Platz am PC gegen einen Platz auf der Bierbank beim Rudelgucken zu tauschen. In den meisten Fällen besiege ich meinen inneren Schweinehund und bleibe zielgerichtet bei der Fertigstellung meiner Abschlussarbeit. Bislang bin ich sehr zufrieden mit meinem Vorankommen und meinen Erkenntnissen. Vor der Brust bleibt mir noch das Fazit. Darin sollen mögliche Schlussfolgerungen für den Unterricht oder ein Schulprogramm deutlich werden. Das Schreiben des Fazits empfinde ich als besonders anspruchsvoll. Wenn man hier falsche oder irreführende Resonanzen findet, kann man direkt die ganze Arbeit getrost in die Tonne kloppen.

Die deutsche Nationalmannschaft spielt bisweilen mittelmäßigen Fußball. Letzte Woche haben sie es gerade so über die Verlängerung gegen Algerien ins Viertelfinale geschafft. Dort wartet jetzt Frankreich. Ein ganz schöner Brocken.

Vorher wartet auf Silas und mich aber ein noch größerer Brocken: Die mündliche Prüfung in Sport. Nach der Prüfung zerfällt der Brocken aber in kleine Steine, die uns vom Herzen fallen. Denn ohne Probleme meistern wir die Prüfung exzellent. Und das heißt 1,0. Besser geht es nicht. Ein seltenes Gefühl, aber wunderbar.

Silas und ich freuen uns wie Honigkuchenpferde und beschließen, uns abends am Sportcampus zu treffen. Dort findet bei gutem Wetter immer *Public Viewing* statt. Und das Wetter spielt mit. Sonne, 20 Grad im Schatten. Was will man mehr. Für heute wird meine Masterarbeit also ad acta gelegt. Morgen ist ja auch noch Tag.

Die Stimmung ist ausgelassen. Silas und ich fliegen auf der Erfolgswelle. Nur das Spiel lässt noch Wünsche übrig. Ein sportlicher Leckerbissen wird uns noch nicht geboten.

„Lass uns morgen mit der Bewerbung fürs Ref beschäftigen", schlägt Silas in der Halbzeit vor. „Nächste Woche ist Bewerbungsschluss."

„*Damn*, stimmt. Ja, müssen da jetzt echt mal ran. Aber wollt' morgen noch an der Masterarbeit arbeiten. Komm da im Moment echt nicht zu Potte."

Silas scheint nicht sonderlich begeistert. „Dauert doch nicht lang. Vielleicht ist das ja eine gute Ablenkung von der öden theoretischen Laberei in deiner Arbeit."

„Ich denk drüber nach. Noch ein Bier?", frage ich und schäle mich aus dem Holz-Liegestuhl. Silas reckt den Daumen nach oben, trinkt den Rest aus seiner Flasche in einem Zug leer und gibt sie mir mit. „Ich zähl auf dich", ruft er mir grinsend hinterher.

Der wuchtige Kopfball von Hummels reicht Deutschland aus. Sie erreichen mit etwas Glück auf ihrer Seite das Halbfinale gegen Brasilien, dem Ausrichterland der WM. Silas und ich haben schon gut einen im Tee, feiern den Sieg wie den WM-Titel. Beim Blick auf die Uhr wird uns ein wenig mulmig. Es ist 19.45 Uhr. Blöd, wenn man schon um 18.00 Uhr loslegt wie die Feuerwehr und dann zwei Stunden später alkoholisch schachmatt gesetzt wird.

Wir spüren, dass die letzten Wochen durchaus kräftezehrend waren und die weiteren es auch sein werden. Das ständige Lernen und das stets aufzubringende hohe Maß an Konzentration wirken wie Sport. Sport für den Kopf. Und das schlaucht.

„Digger, bin völlig platt. Ich geh nach Haus und hau mich hin." Silas ist ein Freund der schnellen Abbrüche. Auch auf Partys ist er der Meister des polnischen Abgangs. Eh man sich versieht, ist er auch schon ohne ein Wort des Abschieds über alle Berge. Während Silas sich langsam aufrappelt und loslaufen will, greife ich ihn mir nochmal an der Schulter.

„Wir sehen uns morgen. Ich komm vorbei. Morgen machen wir die Anmeldung!"

Silas grinst, klopft mir auf den Rücken und tritt den Heimweg an.

Ich schaue ihm hinterher. Guter Typ, denk ich mir. Ist mir echt ans Herz gewachsen über die Studi-Zeit. Mal schauen, ob wir den Kontakt halten können, wenn wir ins Ref starten. Ich werde etwas sentimental.

Ich stehe noch eine Weile auf dem Campus und lasse meinen Blick über die verschiedenen Sportstätten schweifen während ich in Erinnerungen schwelge. Ein tolles Gefühl. Kurz fühle ich mich so wie Kaiser Franz Beckenbauer in Rom, 1990, allein im Stadion nach dem gewonnen WM-Finale gegen Argentinien. Schnell werde ich aber wieder aus dem Traum geweckt. Meine Blase meldet Alarm. Die Liter Bier sind nun verarbeitet und wollen ausgeschieden werden.

Am Wochenende möchte Klara mich besuchen kommen. Nach langer Zeit nochmal. Ich habe mir als internes Ziel gesetzt, bis dahin meine Masterarbeit stehen zu haben. Zwei Wochen schneller als nötig. Daher vereinbare ich mit ihr, dass wir bis dahin abends nur noch kurz telefonieren oder schreiben, damit ich voll im Fokus bleiben kann.

Klara ist meiner Meinung, sicher in der Hoffnung, dass ich dann in kurzer Zeit die große Last, die großen Einbußen, die so eine Masterarbeitserstellung mit sich bringt, abschütteln kann. Ich erzähle ihr folglich weiter nichts von meinem Treffen mit Silas nach dem Spiel gegen Frankreich, bei dem wir unsere Bewerbungen für das Ref und unsere Wunschseminarstandorte bearbeitet haben.

Ab jetzt heißt es Daumen drücken, dass wir unsere jeweiligen Priorisierungen durchgedrückt bekommen.

Das Wochenende mit Klara ist ein Traum. Losgelöst von den Problemen, die sie zu Hause hat, genießt Klara jede Sekunde im Münsterland. Bei bestem Wetter machen wir Ausflüge mit den Fahrrädern, springen spontan in den Dortmund-Ems-Kanal und lassen es uns anschließend auf dem Einmalgrill in der Abendsonne schmecken. Ich verschwende keine Gedanken an meine Masterarbeit. Ich habe sie fertig. Mein mir selbst auferlegter Druck hat geholfen. 86 Seiten, wie ich finde, feine wissenschaftliche Schreiberei befinden sich nun mehrfach gesichert in meiner Wohnung.

Meinem Vater habe ich eine Version geschickt, damit er sie übers Wochenende einmal durchliest. Nächste Woche arbeite ich dann seine Korrekturvorschläge ein. Danach heißt es ab zum Copy-Shop, die gedanklichen Ergüsse schwarz auf weiß drucken und binden lassen. Letzter Schritt dann Abgabe im Prüfungsamt. Was ein Ritt!

Am nächsten Tag beschließen wir, einen Hafentag einzulegen. Der Hafen von Münster ist nicht sonderlich groß, aber einen Ausflug wert. Viel Gastronomie und Kulturangebote säumen das Hafenbecken. Ein schöner Ort, nah an der Münsteraner Innenstadt. Viele Münsteraner nutzen diese schöne Fleckchen Erde gerne zum Aus- und Entspannen.

Klara und ich schlendern die Hafenpromenade entlang, vorbei an den vielen Cafés und Restaurants. Die Außengastronomie ist gut besucht, wer jetzt ein Plätzchen finden möchte, muss Glück haben. Wir haben uns ein Getränk to-go mitgenommen, einen Cocktail für Klara und ein feines Pinkus-Pils für michg.

„Na, was meinst du, wie das Spiel morgen ausgeht?“, fragt mich Klara als eine Gruppe von Jungs, könnte ein Junggesellenabschied sein, feuchtfröhlich an uns vorbeitorkelt. Alle tragen Fußballtrikots, die meisten Deutschlandtrikots. Deutschland hat vor ein paar Tagen den WM-Ausrichter eine böse Niederlage erfahren lassen. 7:1 stand es nach 90 Minuten. Für Brasilien bedeutete dies das desaströse Ausscheiden, für Deutschland den Einzug in das nicht zu erwartende Finale. Gegen Argentinien geht es. Wie 1990.

„Wir holen uns den Pott. Die Gauchos sind fällig. 2:1 tippe ich-“ Innerlich ekele ich mich kurz vor mir selbst und meinem patriotischen „Wir“. Schließlich wäre mein Anteil an einem möglichen WM-Titel kleiner als die Wahrscheinlichkeit, dass man einen ordentlichen Bierfurz noch im Nachbarland riechen könnte. Aber die Euphorie vor dem Finale hat auch mich gepackt und ich bin jetzt somit ein Mitglied des deutschen „Wir-Teams“.

„Da bist du aber optimistisch. Bei Argentinien spielt doch Messi, oder?“, führt Klara noch an.

„Oh, Frau Müller-Hohenstein. Da sagen Sie etwas“, necke ich Klara liebevoll, die sich daraufhin einen weiteren Schluck ihres

Cocktails gönnt. „Auch Messi muss leider morgen mit einer Niederlage leben“, ergänze ich.

„Du, spontane Idee. Ich könnte meine Kollegin fragen, ob sie Montag den Dienst mit mir tauscht. Dann könnte ich morgen Abend mit dir zusammen das Finale schauen und würde dann Montagvormittag zurückdüsen. Also wenn es für dich okay ist und du noch nichts Großes geplant hast?“ Klara überfällt mich recht spontan mit dieser Idee.

Ich freue mich über den Vorschlag. „Groß geplant habe ich nichts, wollt' mit Silas wieder an der Fachschaft schauen. Da ist immer *Public Viewing* und gute Stimmung und die Getränke sind nicht so teuer. Aber da kannst du ja einfach mitkommen. Silas wird sicher nichts dagegen haben.“

„Ach cool. Dann frage ich mal bei meiner Kollegin an. Vielleicht habe ich ja Glück.“

Wir entscheiden uns noch für eine Pizza zum Mitnehmen. Mit den Pizzakartons setzen wir uns auf die Steinbänke direkt am Hafenbecken. Das veralgte, grüne Wasser lässt sich noch die restliche Abendsonne auf die Oberfläche scheinen. Kaum Wind, kaum Bewegung im Wasser. Im Hintergrund die Musik aus der Außengastro der Pizzeria, in der wir selbstverständlich keinen Platz mehr ergattern konnten. Aber der Platz am Wasser tut es auch. Vielleicht nicht so bequem, aber dafür mit Eins-a-Blick und Atmosphäre.

„Wie geht es jetzt eigentlich nochmal genau weiter? Also mit Masterarbeit und Abschluss und so?“, fragt Klara.

Ich kaue zu Ende und nicke dabei heftig mit dem Kopf, um ihr zu signalisieren, dass ich gleich antworte, wenn ich den dicken Teigklopps meiner Calzone heruntergewürgt habe. „Nächste Woche gebe ich hoffentlich meine Masterarbeit ab. Ab da haben der Dozent und ein Zweitprüfer acht Wochen Korrekturzeit. Dann erfahre ich vom Prüfungsamt meine Note und bekomme mein Abschlusszeugnis zugeschickt.“

„Oh, wow. Wie festlich. Gibt es keine Feier? In vielen Studiengängen gibt es doch Examensfeiern, einmal kräftig feiern. Sind ja doch einige Jahre, die man studierend verbringt", sagt Klara ein wenig verdutzt.

„Ne, gibt es nicht. Die Lehrerausbildungen an Unis haben selten hohen Stellenwert. Man erhält als Uni nur sehr wenig Forschungsgelder und andere Mittel habe ich mal gehört. Da sind andere Sparten natürlich besser aufgestellt, wie Medizin, Jura und Co. Wo Geld fließt, wird meist auch mehr Bedeutung beigemessen. Und bedeutendere Studiengänge werden dann natürlich auch entsprechend gefeiert. Lehramtsausbildungen laufen so nebenbei her, muss man aus Uni-Sicht halt anbieten. Gefühlt zumindest."

Während ich darüber spreche, merke ich tatsächlich, dass ich ein wenig traurig darüber bin, dass es keine große Abschlussfeier für die Lehrerabsolventen gibt. Schön im Schloss mit feinem Zwirn, ein bisschen Musik und anschließend Party. Abiball 2.0. Das wäre was.

„Ja, dann feiern wir halt so." Klara streichelt mir über den Rücken und gibt mir einen aufmunternden Kuss.

Ich muss wohl ein bisschen bedröppelt aus der Wäsche geschaut haben.

„Und wann erfährst du, wo du zum Referendariat hinmusst?", fragt Klara anschließend.

Ich habe Klara in der letzten Zeit kaum bis wenig darüber erzählt. Daher ist sie noch gar nicht auf dem Stand, dass ich mich dazu entschieden habe, wieder zurück in Richtung Heimat, zu ihr zu ziehen.

„Jau, musste mich bewerben, letzte Woche. Für Seminarstandorte. Da konnte ich Wunschausbildungsorte nach Priorisierung angeben. Welchen ich aber bekomme, erfahre ich erst in ein paar Wochen. Mal schauen. Die Orte reichen von Aachen bis Hamm. Alles dabei."

„Ich drück dir die Daumen, dass du einen guten Platz bekommst", gibt Klara nüchtern wieder. Dabei versucht sie so wenig angepisst wie möglich darüber zu wirken, dass ich keine sichere Zusage geben kann, dass ich wieder zurückkomme.

Fies wie ich bin, entscheide ich mich dazu, sie noch ein bisschen zappeln zu lassen. Meine Entscheidung steht ja schon fest. Meine

Wahl der Seminarstandorte ermöglicht mir die Rückkehr zu Klara in die Heimat.

Bei einer guten Seminarwahl mit kurzen Pendlerwegen, bei einer schlechten mit ordentlich Pendelei. Das würde ich aber in Kauf nehmen. Das weiß ich. Nur Klara noch nicht. Fies. Schön fies.

Silas hat natürlich nichts dagegen, dass Klara uns am nächsten Tag zum Finale der Fußball-WM begleitet. Vielmehr freut er sich sogar darüber. Er hat Klara schließlich nicht so häufig getroffen, aber in vielen Erzählungen von ihr hören dürfen.

Die Fachschaft hat zum Finale nochmal ordentlich aufgefahren. Eine zweite Leinwand wurde mitaufgebaut, um von allen Sitzplätzen aus gute Sicht auf eine der Leinwände haben zu können. Die Bierzeltgarniturbänke und Liegestühle haben sich ebenso verdoppelt. Die gute Stimmung hier scheint sich rumgesprochen zu haben. Ein zweiter Bierwagen sorgt für zusätzliche kalte Getränke.

Die Rahmenbedingungen sind gesteckt, jetzt liegt es an uns, der deutschen Mannschaft, den Titel nach Hause zu holen.

Klara hat sich stolz ihr einziges Fußballtrikot übergezogen. Podolski mit der zehn, Klara als Spielmacherin. Das Deutschlandtrikot von 2010 habe ich ihr mal aus Spaß geschenkt, weil sie immer von dem so sympathischen „Lukas“ schwärmte.

Pünktlich um 21.00 Uhr pfeift der Schiedsrichter mein nächstes WM-Finale mit deutscher Beteiligung an, das ich nach der Niederlage gegen Brasilien 2002 bewusst miterleben kann. 1990 war ich zwar schon körperlich dabei, ich kann mich aber natürlich nicht mehr an meine Zeit als Dreijähriger erinnern. Jetzt bin ich voll da. Argentinien spielt gut, vergibt aber eine super Chance. Als Christoph Kramer nach einem Zusammenstoß mit einer Kopfverletzung den Platz verlassen muss und Argentinien zunächst ein Tor erzielt, rutscht mir das Herz in die Hose. Klara klammert sich vor Anspannung oft an mir fest. Das WM-Fieber hat sie nun auch erreicht.

Silas springt jubelnd aus seinem Liegestuhl auf und verschüttet dabei eine Menge Bier aus seinem Becher, als der Schiedsrichter völlig zu Recht das erzielte Tor aufgrund einer Abseitsstellung aberkennt. Erleichtert prosten wir uns zu und genehmigen uns einen ordentlichen Entspannungsschluck.

Die zweite Halbzeit wird spielerisch nicht viel besser, aber die deutsche Mannschaft zeigt kämpferische Tugenden. Sie wollen das Spiel nicht herschenken. Wirklich hochkarätige Chancen spielen sich beide Mannschaften nicht mehr heraus. Die Fußballexperten würden jetzt „die Mannschaften neutralisieren sich im Mittelfeld“ in ihre Mikros schallen lassen.

Vor Ende der Spielzeit wechselt der Bundestrainer noch einmal. Für unseren erfolgreichsten Stürmer Klose bringt er Mario Götze. Einen ganz anderen Stürmertypen.

„Ist der gut?“, fragt Klara. Mehr als acht Spieler könnte sie bestimmt nicht auf Anhieb auswendig aufzählen. Silas und ich grinsen uns an, so wie es Männer oft machen, wenn sie meinen, gerade in unglaublich männlichen Gefilden unterwegs zu sein. Völlig alberner Chauvinismus. Vor allem vor den Hintergrund, dass ich eher der Anti-Mann bin, der anstrebt im Frauendomizil Grundschule tätig werden zu wollen.

„Ist kein schlechter, spielt bei Bayern München. Anderer Stürmertyp als Miro Klose, aber mal sehen“, antwortet Silas fachmännisch.

Beide Mannschaften retten sich in die Verlängerung. Nochmal 30 Minuten Zusatzspielzeit, bei zunehmenden Kräfteverlusten auf beiden Seiten. Die erste Halbzeit der Verlängerung verabschiedet sich nach ereignisarmen 15 Minuten in die nächste Halbzeitpause.

„Wenn jetzt in der zweiten Halbzeit nichts passiert, geht es ins Elfmeterschießen. Ich mach mir jetzt schon fast vor Aufregung in die Hosen“, ruft uns Silas zu. Seine Beine verknotet er gymnastisch, um das Gefühl des Wasserlassens zu unterdrücken. Eine gefühlte Minute später springt er auf. „Ich geh lieber schnell. Meine Blase platzt bald, muss pinkeln wie ein Zirkuspony. Soll ich euch noch was zu trinken mitbringen?“

„Ja, gern. Ich nehme noch ein Bier. Aber beeil dich, geht gleich weiter.“

Klara schüttelt dankend den Kopf. „Bin sitt.“ Das Wort nutzt sie gern.

Der Schiedsrichter pfeift die zweite Halbzeit an. Von Silas noch keine Spur. Die nächsten fünf Minuten vergehen. Die Anspannung bei allen Zuschauern wächst zusehends. Eine Gruppe leicht alkoholisierter Kommilitonen beginnt sich die Nervosität von der Seele zu singen und stimmt Deutschland Fan-Chöre an. Viele steigen mit ein. Eine tolle Stimmung.

„Wow, wie im Stadion“, entfährt es mir. „Wo bleibt Silas denn?“, sage ich in die Runde, ohne dabei eine wirkliche Antwort zu erwarten. Klara zuckt mit den Schultern und schnappt sich ihr Handy.

„Ich filme kurz die Stimmung für meine Eltern“, ruft sie mir zu. Auf der Leinwand sehe ich André Schürrle auf der linken Seite frei lossprinten. Impulsgesteuert springe ich auf. Die Stimme des Kommentators wird immer lauter, übertönt die Fangesänge. Als Schürrle linksaußen flankt, höre ich nur „der kommt an!“ Tom Bartels, der Kommentator, sieht Götze völlig frei in der Mitte „Mach’ ihn!“, Schuss mit links, „Mach’ ihn!“, der Ball schlägt ein, „er macht ihn!“

Von jetzt an habe ich nur noch verschwommene Bilder im Kopf. Ein Jubelsturm durchzieht den Sportcampus, alle schreien und springen vor Freude wild herum, liegen sich in den Armen. Wahnsinn. Deutschland führt 1:0 gegen Argentinien.

Nach Minuten der Ekstase beruhigt sich die Lage wieder und alle stehen nun Daumen drückend vor der Leinwand. Noch fünf Minuten Spielzeit durchstehen. Dann ist der Titel unser.

Silas fällt mir plötzlich von hinten um den Hals. „Jaaaa!“, schreit er mir unschön ins Ohr. „Verdammt, war das ’ne Schlange am Toilettenwagen. Jetzt hab ich das Tor verpasst. Egal…Hauptsache wir führen!“, fährt er fort.

„Wenn du Glück hast, hat Klara es auf Video. Sie hat die Zeit vorher gefilmt. Dann kannst du es dir nachher nochmal auf Replay live angucken“, beruhige ich ihn. Silas klopft mir kumpelhaft auf die Schulter.

Bei Abpfiff brechen alle Dämme. Deutschland kann Emotionen. Eskalation der Freude. Silas, Klara und ich liegen uns in den Armen. Was ein Abend, was ein Spiel.

„Irgendwie geil, dass unser Studium mit so einem unvergesslichen Event zu Ende geht“, freut sich Silas. Seine Stimme zittert vor Freude. Silas löst sich aus der Umarmung und genießt den Moment. Ich schnappe mir Klara und drücke ihr einen dicken Kuss auf die Lippen, schaue sie an. Mich überkommen die Gefühle und ich lasse freudestrahlend meine Karten fallen: „Ich komm wieder nach Hause. Das steht fest. Habe nur Seminarstandorte gewählt, die ich pendelnd von dir aus erreichen kann. Ich will bei dir sein!“, hauche ich ihr zu.

Klaras Augen füllen sich mit Tränen. Sie nimmt mich so fest in den Arm, dass es mir fast schwerfällt, zu atmen.

22

Hi Riko. Hier ist ein Brief von deiner Uni angekommen. Prüfungsamt Münster als Absender. Kuss, Mama.

Die SMS-Nachricht erhalte ich mitten in meiner Mittagspause. Ich trinke meinen Kaffee aus, lege die belegte Wurstsemmel zur Seite und mache mich auf die Suche nach Klara. Unser Ferienhaus ist zwar nicht riesig groß, steht aber auf einem großen Grundstück mit prächtigem Garten. Klara ist gerade dort, um ein Nickerchen in der Hängematte zu machen. Es ist 13.00 Uhr. Die Glocken der nahegelegenen Kirche bestätigen die Zeit auch auditiv. Im Brief könnte die Note meiner Masterarbeit stehen. Muss eigentlich. Die Frist der Korrektur ist abgelaufen.

Die Uni-Post geht schon seit jeher an die Adresse meiner Eltern, weil ich dort weiter mit Zweitwohnsitz gemeldet bin. War einfacher. Und vorteilhaft, vor allem wenn es um das Begleichen von Studiengebühren und Co. ging. Da ging die Post immer an die richtige Adresse: An meine spendierfreudigen Eltern. Nicht selbstverständlich für alle Studenten. Ich für meinen Teil wusste meine privilegierte Situation stets zu schätzen.

Klara liegt tatsächlich mit Kopfhörern im Ohr in der Hängematte. Den Blick in den Himmel gerichtet. Vor drei Tagen haben wir spontan entschieden, eine Woche in den Urlaub zu fahren. Ins Allgäu. In die Natur. Noch einmal außerhalb der Feriensaison die günstigen Urlaubszeiten ausnutzen.

In Lechbruck am See fanden wir dieses schöne Ferienhaus, mit Seeblick. Preislich ein Schnapper, wunderschön gelegen und nicht weit weg von der schönen bayrischen Stadt Füssen, dem Schloss Neuschwanstein und den Bergen. Idyllisch. Genau, der richtige Ort, um noch einmal die Seele baumeln zu lassen, bevor sie im Referendariat ordentlich geschunden werden wird.

„Ruf deine Mutter an und sag ihr, dass sie den Brief öffnen soll!“, rät mir Klara, nachdem ich ihr von der Nachricht erzähle.

Gesagt getan.

„Sehr geehrter Herr Kordel, ihre Masterarbeit im Fachbereich Erziehungswissenschaften wurde wie folgt bewertet: erster Prüfer 1,0, zweiter Prüfer 1,3, Gesamtnote 1,15."

Nach diesem Satz meiner Mutter falle ich aus allen Wolken. Wie Hammer ist das denn? Mit einer solchen Bewertung hatte ich auf gar keinen Fall gerechnet. Gut schon, aber so sehr gut dann auch wieder nicht. Ich habe Gänsehaut am ganzen Körper, Freudentränen schießen mir in die Augen. Ich habe es geschafft. Das Studium ist durch. Jetzt habe ich es Schwarz auf Weiß.

„Wir sind stolz auf dich!", ruft mir meine Mutter selbt ganz ergriffen am Telefon zu. „Macht euch noch eine schöne Zeit!"

Die machen wir uns. Das letzte Sorgenkind Masterarbeit ist nun auch ruhiggestellt. Jetzt heißt es genießen und Kraft tanken für das anstehende Referendariat. In einem Monat geht es los. Wo, steht noch nicht fest. Diese Info müsste aber auch bald eintrudeln.

Als wir uns auf dem Rückweg mit anderen Mitleidenden in einen der unzähligen Staus auf der A7 stellen, nutzen wir die Zeit für kleine Telefonate. Effektives Zeit-Nutzen-Verhältnis.

Beim Telefonat mit Klaras Mutter über die Freisprechanlage im Wagen bemerke ich bei Klara, dass sie einen Weg für sich gefunden hat, mit der belastenden Situation rund um den Gesundheitszustand ihres Vaters umzugehen. Empathisch, aber trotzdem zielgerichtet bespricht sie mit ihrer Mutter am Telefon die aktuelle Lage. Ihr Vater befindet sich in der zweiten Probewoche im Pflegeheim. Ein wunderbares Angebot. Über einen Zeitraum von 14 Tagen darf man auf Probe in das Pflegeheim Sonnenschein ziehen, jegliche Zu- und Anwendungen testen. Ein großer organisatorischer Aufwand für die Mitarbeiterinnen und Mitarbeiter, aber ein lohnenswerter. Klaras Mutter berichtet, dass vielen potentiellen Bewohnern in dieser Probezeit die Angst genommen wird und sie die Potentiale für sich entdecken. Dadurch ziehen die meisten dann auch gerne ein.

„Wie läuft es denn bei Papa im Heim?", fragt Klara.

„Du kennst ihn ja. Er spricht nicht gerne darüber. Aber sein insgesamter Eindruck ist viel positiver, lebendiger, lebensfreudiger geworden. So sehe ich das. Und bislang hat er noch nicht gesagt, dass es ihm nicht gefalle. Auch die Betreuer und Pfleger haben mir bisher nur positives Feedback über ihren Nobbi, wie sie ihn nennen, gegeben", berichtet Klaras Mutter. In ihrer Stimme hört man aber deutlich heraus, dass es vor allem sie ist, die noch sehr mit der neuen Situation zu kämpfen hat. Verständlich.

Für die Rückfahrt brauchen wir fast neun Stunden von Haustür zu Haustür.

„Jetzt bin ich ja fast wieder urlaubsreif", stelle ich unverhohlen fest, als wir mit Sack und Pack beladen wieder in Klaras Wohnung zurückkehren.

„Das glaub ich dir. Ich freu mich auch schon wieder auf den nächsten Urlaub mit dir. Und jetzt freu ich mich erstmal weiter darüber, dass du ab jetzt wieder ständig an meiner Seite sein kannst", ruft mir Klara freudestrahlend zu.

23

Knapp sechs Wochen später sitze ich wieder im Auto. Fahrtrichtung: Laurensberg, einem kleinen Stadtteil von Aachen. Vor zwei Wochen trudelte bei mir die Zuteilung für meinen Referendariatsplatz ein. Das Zentrum für schulpraktische Leistungen Aachen wurde mir als Standort für meine Zeit als Referendar zugewiesen. Klara und ich feierten die Nachricht sehr. So war mir schon mal gewiss, dass ich ohne große Probleme zu meiner zukünftigen Ausbildungsschule pendeln kann.

Einen Tag später konnte ich dann auch schriftlich fixiert nachlesen, an welche Schule es mich für die nächsten 18 Monate binden würde: Die Gebrüder-Grimm-Schule in Aachen Laurensberg. Ein eigentlich schöner Ortsteil, manchmal ein wenig bonzig angehaucht mit vielen Villen und Einfamilienhäusern, aber auch vielen Plattenbauten und kleinen sozialen Brennpünktchen.

Meine kleine Illusion, vielleicht wieder bei Tobias in Monschau zu landen, zerplatzte somit leider.

Gestern wurden wir neuen Referendare im ZfsL begrüßt und vereidigt. Bin nun „Beamter auf Widerruf“. Klingt schon edel. Die Zeremonie war das eher nicht. Das übliche Blabla der Seminarleitung, eine Rede des alten Seminarsprechers und dann die Einteilung der zuständigen Fachleiterinnen und Fachleiter.

Meine Mathefachleitung, Frau Peruck-Hoog, wirkte erstmal ziemlich sympathisch. Ich schätze sie auf Mitte/Ende 30, neben ihrer Arbeit als Fachleiterin arbeitet sie noch für einen großen Schulbuchverlag in der Forschung und Entwicklung von Mathebüchern.

Bei meiner Sportfachleiterin fiel ich erstmal hinten rüber, als ihr Name zur Ausbildungsgruppe der Sportreferendare zugeordnet wurde. Von den Plätzen erhob sich ein altes Schlachtross, Anfang 60, klein und stabil, mit Nickelbrille und Raspelkurzhaarschnitt. Renate Kynast in Aufgequollen dachte ich gehässig bei mir. Ich ermahnte mich innerlich wieder zur Vernunft: Das Alter und die körperliche

Statur mussten ja nichts über die Lehr- und Ausbildungsfähigkeit der Fachleiterin aussagen. Ein Fahrlehrer oder eine Fahrlehrerin müssen ja auch nicht aussehen wie Lewis Hamilton.

Über die ganze Begrüßungsfeier begleitend kam mir der Wunsch von Tobias zum Ende meiner Praktikumszeit in den Sinn, den er mir mal in einem kleinen Small-Talk über die Referendariatszeit mit auf den Weg gab: „Ich hoffe, dass du Glück bei deinen Fachleitern haben wirst. Es gibt viele. Aber leider viele, die man eher nicht haben möchte. Vielleicht nicht unbedingt fachlich, eher didaktisch-pädagogisch. Nicht umsonst geistert schon seit jeher das Gerücht durch alle Schulen, dass sich besonders die Lehrerinnen und Lehrer auf solche Stellen bewerben, die keinen Bock mehr auf Unterricht haben."

Bei der Hälfte der anwesenden Fachleiterinnen und Fachleiter würde ich Tobias' Gerücht als wahr gelten lassen. Zumindest vom ersten Blick her. Ich hoffe natürlich, dass meiner Vermutung im Laufe der Ausbildung immer mehr die Luft aus den Segeln genommen werden kann.

Heute geht es an die Schule. Erster Schultag für mich. Am Telefon meinte die Schulleiterin aber schon, dass mein erster Tag eher ein Kennenlernen der Schule ist. Ich müsse mir keine Sorgen machen, direkt in den Unterricht werde ich noch nicht geschickt werden. Beruhigend.

Vor der Schule angekommen, stehe ich einem klobig wirkenden, dreistöckigen alten Gebäude aus Backstein gegenüber. Laut Internetseite werden in der Schule acht Klassen von 14 Lehrerinnen und Lehrern unterrichtet. Auf dem Schulgelände befindet sich noch eine kleine Einfachturnhalle und ein in die Jahre gekommener Schulhof, bei dem die auf dem Asphalt aufgemalten Hüpfkästen noch am ehesten zum Spielen einladen.

Mein erster, zugegeben eher negativer, Eindruck bestätigt sich beim Eintritt ins Gebäude aber nicht. Sehr aufgeräumte, bunte Flure, viele von Kindern gestaltet, bieten mir ein sehr willkommen heißendes Bild.

„Ah, da ist er ja“, höre ich eine Stimme von der Treppe herunterrufen. „Guten Morgen, Herr Kordel, kommen Sie ruhig herauf. Hier befindet sich das Lehrerzimmer!“

Eine Gruppe von Lehrerköpfen zieht sich nun wieder aus dem Treppenhaus zurück, nachdem sie einen Blick über die Schulter der Schulleiterin auf mich erhaschen konnten.

„Marlies Altmann mein Name, Schulleiterin.“ Sie streckt mir die Hand zur Begrüßung entgegen. „Wir sind alle im Lehrerzimmer. Habe vergessen, Ihnen mitzuteilen, dass heute eine pädagogische Ganztagskonferenz stattfindet. Also haben die Schülerinnen und Schüler keinen Unterricht.“

„Kein Thema“, versuche ich möglichst cool auf die Nachricht zu reagieren. Wirklich Bock auf eine lange Konferenz an meinem ersten Tag habe ich zwar nicht, dieses Gefühl schiebe ich aber professionell zur Seite und heuchele Interesse. „Das passt ja wunderbar. Dann kann ich direkt das ganze Kollegium auf einen Schlag kennenlernen. Top. Worum geht es denn inhaltlich?“ Aus den Erzählungen meiner Mutter weiß ich, dass sich bei Ganztagskonferenzen meist gezielt einem Thema gewidmet wird.

„Hochbegabtenförderung in der Grundschule“, antwortet Frau Altmann. „Sie werden sehen, dass das bei unserer Schülerschaft durchaus hilfreich werden kann.“ Während der Antwort rückt sie ihren Cardigan des Hosenanzugs stolz zurecht. Äußerlich könnte sie auch als Politikerin durchgehen. Von-der-Leyen-Kleidungsstil.

Ich erwische mich wieder dabei, wie ich mich in einem kleinen Tagtraum verliere. Darin: Frau Altmann, die ihren Satz von eben noch einmal wiederholt und ich. Ich stehe vor ihr und klatsche. Eher ironisch. Weil ich es albern finde, sich damit so zu brüsten, dass die Schüler so unglaublich leistungsstark seien. Das liegt natürlich nur an der Schule. Aus der Uni weiß ich noch aus einem Seminar, dass nur wenige Kinder in einer Klasse wirklich hochbegabt sind.

Viele Eltern hätten gerne, dass ihr Kind hochbegabt sei, damit sie ihr mitunter eher bescheidenes soziales Verhalten damit begründen könnten. Dem ist aber nicht so. Besonders im Kopf habe ich noch, dass die Begabtenförderung auch eher semi-fair ist: Kinder aus eher sozial-benachteiligten Schichten werden eher seltener als Hochbegabte entdeckt als Kinder aus der Mittel- oder Oberschicht. Ist ja klar, hier an dieser Schule kann sich der Begabtensuche gewidmet werden, wechselt man aber in eine Schule nach Gelsenkirchen, dann macht man sich eher auf die Suche nach allen Schülern, um sie alle pünktlich im Unterricht sitzen zu haben.

Ich wecke mich schnell selbst wieder auf, drücke meine Gedanken in die „Später-Schublade“ und gehen hinter Frau Altmann ins Lehrerzimmer.

Am Abend schaue ich bei Moritz vorbei. Nach etwas längerer Zeit nochmal ein Treffen ohne weibliche Anhänge. Moritz wohnt in einer kleinen Zwei-Zimmer-Wohnung mitten im Zentrum Aachens. Eine schöne Altbauwohnung, mit hohen Decken, aber dafür eher mittelgut gedämmt. Im Winter könnte man die Fenster eigentlich auch öffnen, so schlecht isolieren sie die Heizwärme. So ist es auch heute. Wir haben zwar noch keinen Winter, aber einen trüben, kalten Herbsttag. Usseliges Wetter.

„Junge, Junge, hast du es wieder muckelig kalt hier“, ziehe ich ihn auf.

„Ach, hör auf. Das muss ich mir schon immer von Lina anhören. Die läuft hier eigentlich immer herum wie ein Eskimo. Sie trägt hier eine ‚Hausjacke‘“, erzählt Moritz kopfschüttelnd. „So schön die Wohnung auch ist, vor allem von der Lage her, so bescheiden ist hier die Temperierung. Aber vielleicht ändert sich das ja auch bald.“ Moritz grinst schelmisch.

„Mach’s nicht so spannend, Mo. Hau raus, die News.“

„Alles klar. Lina spricht in letzter Zeit immer wieder mal vom Zusammenziehen.“

Mit großen Augen schaue ich Moritz an.

„Anfangs war ich noch zurückhaltend“, fährt er fort, „aber mittlerweile find ich die Idee gar nicht mehr so absurd. Ich find sie jetzt sogar eher schön. Wir hängen eh die meiste Zeit zusammen ab. Entweder bin ich bei ihr, oder sie bei mir.“

Seit ich wieder in Aachen bin, wohne ich eigentlich auch bei Klara in ihrer Einliegerwohnung im Haus ihrer Eltern. Mein Zimmer bei meinen Eltern existiert zwar weiterhin, aber mein Hauptwohnsitz ist nun bei Klara. Ich kann Moritz also nur in seinem Gefühl unterstützen. Ich finde es wunderbar, mit Klara zusammenzuleben und wünsche Moritz selbiges mit Lina.

„Willkommen in der Spießigkeit mein Freund“, rufe ich laut und hebe eine imaginäre Bierflasche zum Prost. „Darauf sollten wir anstoßen. Ich fänd’s mega. Ihr passt wunderbar zusammen. Und wenn ihr merkt, dass ein Zusammenleben funktioniert, dann macht es!“, motiviere ich ihn zustimmend. „Ausziehen geht immer!“, ergänze ich lachend und gehe zum Kühlschrank.

Moritz hat ein paar Bier kaltgestellt. Allzu viel werde ich natürlich nicht trinken, morgen wartet mein erster Tag im ZfsL, meinem Studienseminar. Da möchte ich ja nicht direkt betrunken aufkreuzen.

Wir setzen uns aufs Sofa. Wie in guten alten Zeiten schmeißt Moritz die Playstation an. *NBA live*, Basketball mit der Konsole. Gut waren wir noch nie, aber Spaß hatten wir immer. Meist spielten wir nur zwei Spiele, immer gegeneinander. Moritz immer mit den Lakers und Kobe Bryant. Ich wählte immer die Dallas Mavericks mit unserem Dirk Nowitzki aus. Entsprechend versuchten wir auch immer wieder, unsere Star-Spieler in Szene zu setzen. Das gelang immer nur laienhaft, war uns aber zu jeder Zeit völlig schnuppe. Nach zwei Spielen reichte es uns dann auch schnell wieder, da sich unsere Spielzüge meist auf Alleingänge mit Kobe oder Dirk oder wilden Drei-Punkte-Würfe beschränkten. Für alle anderen Spielmöglichkeiten fehlte uns das Können.

So ist es auch heute. Nach zwei Siegen für mich und die Mavericks legt Moritz den Controller beiseite. „Lass aufhören. Wie es die Tradition verlangt“, sagt er lächelnd.

„Wie läuft es denn im Betrieb?“, frage ich ihn. „Da seht ihr euch ja jetzt auch ständig. Also du und Lina.“

„Edel läuft’s, hätte ich nicht gedacht. *Don't fuck the company,* sagt man ja. Würd’ ich aber so nicht unterschreiben.“ Moritz grinst neckisch.

Ich frage nicht weiter nach.

„Ne, Spaß beiseite, hat sich echt gut eingespielt. Lina ist ja in einem ganz anderen Bereich als ich. Klar, läuft man sich öfters mal über den Weg, aber da wir nie einen Hehl aus unserer Beziehung gemacht haben, stört sich auch keiner dran.“

„Auch meine Oma nicht?“, frage ich verwundert.

„Ne, absolut nicht. Seit ich mit Lina zusammen bin, wirkt es fast so, als sei sie in die Familie aufgenommen worden. Lina wird gegrüßt, nicht herumkommandiert und manchmal erwische ich deine Oma sogar dabei, wie sie einen Smalltalk mit Lina anfängt.“ Eine Kehrtwende im Umgang mit Lina um 180 Grad.

„Wow, cool eigentlich. Immer wieder für eine Überraschung gut, meine Oma“, entfährt es mir. Tatsächlich wundere ich mich sehr darüber. Klar weiß ich, dass meine Oma in sich kein schlechter Mensch ist. Aber diesen kompletten Wandel hätte ich nicht für möglich gehalten. Bestimmt hat sie sich nur Sorgen gemacht, dass Lina eine Gefahr für Moritz darstellen könnte. Dass sie sich einen Erben für die Firma wünscht, daraus hat sie ja nie einen Hehl gemacht. Und dass sie liebend gerne Moritz auf diesem Posten sehen würde, wird mir nun auch immer klarer. Seit Lina mit Moritz zusammen ist, sieht sie vielleicht keine Gefahr mehr darin, dass mein Vater die mögliche Nachfolge in Linas statt in Moritz’ Hände legen würde.

Ich klopfe mir innerlich selbst auf die Schulter für diese reibungslose Herleitung für die überraschende Verhaltensänderung meiner Oma. Kommissar Riko Kordel ermittelte für sie.

„Und bei dir?“ Moritz entreißt mich unsanft aus meiner Träumerei.

„Alles gut soweit“, beginne ich noch leicht überrumpelt. „Heute den ersten Tag in der Schule gehabt. Hab dir ja geschrieben, dass ich jetzt für das Referendariat in Laurensberg bin, im ‚guten“ Teil‘.“

Dabei hebe ich demonstrativ beide Hände und ahme mit Zeige- und Mittelfinger die Anführungszeichen nach, die meine Ironie unterstreichen sollen.

Moritz hasst diesen *Move*. Immer schon ätzte er gegen diese Bewegung.

„Junge, lass diese Spackerei weg", blafft er mich direkt grinsend an. „Und wie sind deine neuen Kollegen so? Wie läuft das jetzt eigentlich ab? Setz' mich mal als Nichtlehrer auf den Stand!"

„Alles klar. Dann schnall dich mal an mein Freund." Ich hebe Lehrer-Hempel-*like* den Zeigefinger.

„Auf den ersten Blick wirken die Kollegen sehr freundlich. Mehr kann ich noch nicht sagen. Habe die bislang nur in der Konferenz gesehen. Da wirkten auf jeden Fall alle sehr fleißig. Müssen sie wahrscheinlich auch sein, da meine Chefin ordentlich die Zügel in der Hand hält. Ihr scheint es sehr wichtig zu sein, dass an ihrer Schule stets Hochleistung von Seiten des Lehrpersonals gebracht wird, aber auch hohe und gute Leistungen auf Seiten der Schülerinnen und Schüler nachher auf der Habenseite stehen."

„Klingt ja erstmal nicht verkehrt", wirft Moritz ein und nickt dabei mit dem Kopf.

„In der Schule bin ich an vier Tagen in der Woche und unterrichte 14 Stunden. Davon manche alleine, manche im *Teamteaching*. Für meine beiden Fächer Mathe und Sport muss mir die Schule eine Ausbildungslehrerin zur Seite stellen. Das ist eine Kollegin, die dieses Fach derzeit unterrichtet. Mit denen plant man die ersten Unterrichtsreihen. Sie sind quasi meine schulischen Ansprechpartner, wenn es um ein spezifisches Fach geht.

In Mathe habe ich Frau Klattert, eine sehr erfahrene Grundschullehrerin. Sie muss nur noch drei Jahre bis zur Rente arbeiten und möchte jetzt nochmal neuen Schwung durch die Betreuung eines Referendars mit in den Unterricht bringen. Von der kann ich mir sicherlich einige heiße Kniffe aus vierzig Jahren Unterrichtserfahrung abgucken. Da bin ich sehr gespannt drauf.

Für meine Ausbildung im Fach Sport hat sich Frau Welzel gemeldet. Sie hat zwar keine Ausbildung, also kein Studium im Fach Sport gemacht, unterrichtet aber jetzt wohl schon seit 20 Jahren Sport in der Grundschule mit Übungsleiterlizenz. Sie hat mir ehrlich gesagt, dass sie bei der Planung von Unterrichtsreihen nicht immer eine große Hilfe sein kann, weil sie selbst nicht immer zu 100 Prozent fachlich und thematisch fit sei.“

„Okay. Klingt erstmal ein bisschen verwirrend für den Laien. Verrückt, dass man ein Fach ausbilden darf, dass man selbst nicht studiert hat.“

„Der Lehrermangel macht es möglich“, antworte ich ketzerisch. „An der Schule gibt es keine ausgebildete Sportfachkraft. Traurig aber wahr. In meinem Fachseminar in Sport sind wir zu siebt. Davon aber vier Männer, yeah!“

„Wow. Das ist mal eine Quote.“ Moritz schaut erstaunt. Thematisch ist er ja voll auf dem Stand, schließlich war er ja damals mit mir bei der berühmtberüchtigten Werbeveranstaltung in Münster.

„Und sonst, wie ist die Verteilung in deiner Schule und in den restlichen Fächern?“

„Anders“, antworte ich kurz und knapp. „Im Studentenseminar Aachen fangen gerade achtzig neue Lehramtsanwärterinnen und -anwärter an. Während der Begrüßungsfeier habe ich mal meinen Blick durch den Saal schweifen lassen und zwölf Männer gezählt. Inklusive mir. Und in meiner Schule bin ich neben dem Sonderpädagogen und dem Hausmeister jetzt der dritte Mann.“

„Krass, das sind ja nur knapp 15 Prozent männliche Referendare, die jetzt mit dir anfangen. Da hat sich ja dann in den letzten Jahren mal gar nichts verbessert. Obwohl die Landesregierung so eine tolle Werbekampagne für mehr Männer in der Grundschule gestartet hat. Woran mag das wohl liegen?“, fragt Moritz hämisch.

Wir gehen nicht weiter auf das Thema ein, sondern lassen über den am Fernseher angekoppelten Laptop Youtube Videos aus der NBA ablaufen. Die Top-Dunkings der letzten Jahre, ein *Must-see*, wenn ich mich allein mit Mo auf einen Herrenabend treffe.

Nachdem Vince Carter, Kobe Bryant und Co. uns reihenweise traumhafte Dunkings präsentiert haben, wage ich einen Blick auf die Uhr. Oha, schon 20 vor elf.
„Ich würde gleich mal die Biege machen. Morgen habe ich meinen ersten Seminartag. Von 8.30 Uhr bis 16.30 Uhr. Da will ich möglichst fit reinstarten", kündige ich meine zeitnahe Verabschiedung an.
„Jau, kann ich verstehen. Muss morgen ja auch wieder früh raus. Aber mega, dass es wieder mal für einen kleinen Herrenabend reichte. Es war mir ein Fest. Was ist denn morgen im Seminar angesagt?", fragt Moritz noch interessiert.
„Ja, wenn ich das wüsste." Tatsächlich bin ich selbst sehr gespannt auf das, was morgen auf mich zukommen wird. Ein wenig Anspannung und Aufregung sind selbstredend mit dabei. „Laut mir zugeschicktem Plan starte ich morgen mit meinem ersten Fach, also Mathematik. Das geht dann bis 12.00 Uhr. Nach einer Mittagspause geht es von 12.45 Uhr bis 16.30 Uhr mit Sport weiter. Ab der darauffolgenden Woche ändert sich der Turnus wöchentlich. Man hat dann immer alternierend eins seiner Fächer als Seminar und nachmittags das Kernseminar. Das ist das reinpädagogisch-didaktische Seminar, das ausbildungsbegleitend mitläuft".
„Also Mathe und Sport immer alle vierzehn Tage abwechselnd und nachmittags immer dieses Pädagogikseminar, oder?", fragt Moritz mit angestrengtem Gesichtsausdruck. „So ist es", stimme ich ihm zu. „Sag das doch einfach einfach! Nicht in deiner komplizierten Lehrersprache", neckt mich Moritz.Für diese kleine Provokation erntet Moritz einen pantomimischen Nackenklatscher in der Luft von mir, wonach ich danach schon leichte Aufbruchsstimmung verbreite und mir meine Schuhe anziehe.

Moritz bekommt mit, dass ich mich auf den Weg machen werde. „Straffer Zeitplan, mein Lieber. Ich drück dir die Daumen für morgen. Wird schon!" Moritz klopft mir kumpelhaft auf den Rücken und reicht mir meine Jacke. „Schön, dass du da warst. Grüß Klara von mir!"

24

Heute soll es schön werden. Kein Regen, herbstliche zehn Grad und Sonnenschein.". Ich entscheide mich spontan, die acht Kilometer bis zum ZfsL mit dem Fahrrad zurückzulegen. Das Seminar befindet sich in einem großen Gebäudekomplex am Stadtrand Aachens. Während meiner entspannten Fahrt werde ich in meiner Entscheidung, das Fahrrad zu nehmen, bestärkt. Die Autos reihen sich von Ampel zu Ampel in mehrere Staus ein. Klar, Berufsverkehr.

Nachdem ich einen schönen Parkplatz für meinen Drahtesel gefunden habe, leitet mich die tatsächlich sehr offensichtliche Beschilderung zielgerichtet zum Trakt der Seminarräume für das Seminar Grundschule.

Zum Fachseminar Mathematik. Die Aufschrift des einlaminierten Ausdrucks an der Tür zeigt mir den Eintritt in meine fachlich-begleitete Berufsausbildung an. Jetzt geht es los. Ich öffne die Tür, trete ein und schaue direkt in ähnlich angespannte und aufgeregte Gesichter. Circa zwölf Mitreferendarinnen und ein Referendar sitzen schon an den im Hufeisenformat gestellten Tischen. Insgesamt ist es eher ruhig, hier und da wird ein bisschen getuschelt und sich ein wenig ausgetauscht.

Kaum habe ich mich an einen noch freien Platz direkt vorne gesetzt, öffnet sich die Tür ein weiteres Mal und unsere Fachleiterin Frau Peruck-Hoog betritt abgehetzt den Raum. Sie legt ihre Tasche und zwei mitgebrachte Körbe voll mit Material auf dem Pult ab, wirft einen Blick auf die Uhr, nickt kurz, hängt ihre Jacke über ihren Stuhl und legt los:

„Guten Morgen meine Damen und Herren, entschuldigen Sie mein gerade noch pünktliches Erscheinen. Ich begrüße sie zu unserem Fachseminar Mathematik. Leider hatte meine Tochter heute Morgen eher weniger Lust auf einen Besuch des Kindergartens, wodurch ich selbst ziemlich in Verzug gekommen bin. Mein Name ist Melanie Peruck-Hoog, bin 38 Jahre alt und seit drei Jahren Fachleiterin für dieses Fach hier in diesem Seminar. Ich sortiere mich kurz, sie haben also noch kurz drei Minuten Zeit, sich kennenzulernen."

Frau Peruck-Hoog startet mit dem Sortieren ihrer mitgebrachten Materialien und schließt ihren Laptop an den Beamer an. Währenddessen wird im Raum ein bisschen mehr gequatscht. Da ich den letzten Platz am Ende des Hufeisens bekommen habe, versuche ich ein Gespräch mit meiner einzigen Sitznachbarin zu beginnen.

„Hi, ich bin Riko, bin mal gespannt was auf uns heute zukommt", teste ich als Dosenöffner für einen kleinen Plausch. Meine Sitznachbarin wendet sich mir nur ein wenig zu. Kommunikationsforscher würden diese Situation jetzt nicht als Beispiel für eine gelungene Körperhaltung während eines Gesprächs nutzen können.

„Ich bin Heike. Und an welcher Schule bist du?", antwortet mir meine Sitznachbarin. Ihr Blick führt dabei aber irgendwie an mir vorbei. Ein wenig irritiert versuche ich nicht den Faden zu verlieren.

„Ich bin an der Gebrüder-Grimm-Schule in Laurensberg", antworte ich freundlich. Kurz passiert nichts. Dann nickt Heike und haucht ein leises „cool" in den Raum. Mehr sagt sie nicht.

„Schön, dich kennenzulernen. Sehen uns ja jetzt öfters hier", versuche ich, den Smalltalk aufrechtzuerhalten. „Und deine Schule? Wo ist die?"

„In Monschau. Raphaelschule", erklärt sie knapp.

„Edel. Grüß mir Herrn Lank von mir. Bestell einfach viele Grüße von Riko. Vielleicht erinnert er sich ja noch an mich."

Da sie nicht weiter nachfragt, scheint es sie auch nicht zu interessieren, woher ich ihre Schule kenne. Sie hat tatsächlich die Schule von Tobias zugewiesen bekommen. Wenn sie wüsste, was sie da für ein Glück hat. Egal, man muss auch gönnen können. Danach reden wir nicht weiter. In die Schublade der mir sympathischen Mitreferendare wird sie es vorerst nicht schaffen.

Frau Peruck-Hoog hat es derweil geschafft, sich zu organisieren und startet ihr Seminar mit der ersten Folie ihrer Power Point Präsentation. Eifrig wird mitgeschrieben, obwohl sie mehrfach erwähnt, dass sie uns die Folien nach Veranstaltungsende per E-Mail zukommen lässt. Unverbesserliche Perfektionisten schreiben trotzdem mit. Ich zähle nicht dazu und höre lediglich zu.

Nach Beendigung des Seminars weiß ich zumindest um einiges mehr als vorher. Ich habe nun einen Überblick, was ich im Laufe der 18 Monate Vorbereitungsdienst alles abliefern muss. Verdammt viel. Die Messlatte der Erwartungen von Seiten des Seminars ist hoch. Neben dem regelmäßigen Besuch und der aktiven Mitarbeit während der Seminarsitzungen, besucht uns Frau Peruck-Hoog fünfmal zu abgesprochenen Terminen im Unterricht. Den sogenannten Unterrichtsbesuchen, von denen man öfters hört.

Dort zeigt man eine Unterrichtsstunde, welche von der Fachleiterin anschließend im gemeinsamen Gespräch erörtert und didaktisch-inhaltlich untersucht wird. Und das Ganze dann nochmal im Fach Sport. Schnell realisiere ich, dass die nächste Zeit nur wenig mit Langeweile und Freizeit zu tun haben wird. Mir wird immer klarer, warum in vielen Internetforen viel von „der schlimmsten Zeit" oder „dem Beziehungskiller" geschrieben wird, wenn es um die Arbeitsbelastung während des Referendariats geht.

Während der Mittagspause hole ich mir beim nahegelegenen Bäcker eine belegte Laugenstange, vertrete mir ein bisschen die Beine, um für die nächsten drei Stunden Seminarsitzung fit zu sein. Nach einer kleinen Runde um das Gebäude und durch den anliegenden, kleinen Park setze ich mich auf eine Bank am Eingangsbereich.

Ein wenig später nähert sich ein mir bekanntes Gesicht dem Eingangsbereich. Ein Mitreferendar aus dem Sportseminar, Firat. Wir haben auf der Begrüßungsfeier kurz gequatscht. Typ Triathlet. Ich hebe lässig meine Hand zum Gruß. Firat erwidert meinen Gruß und schlendert auf mich zu. In seiner Hand auch noch die Papiertüte des Bäckers.

„Hallo, auch 'ne Runde gedreht?", beginne ich das Gespräch mit dem offensichtlichen Opener.

„Ja, kurz zum Bäcker und mir mal die Gegend hier angeschaut.

Hier ist ja direkt ein Waldgebiet, sieht schick aus, muss ich mal mit dem Rad lang", geht Firat direkt auf meine Frage ein. „Bin ja jetzt nach Aachen gezogen, habe Wuppertal nicht bekommen und dann Aachen zugelost bekommen. Ohne Sozialpunkte bist du halt ein Fähnchen im Winde."

„Hätte dich schlechter treffen können!", versuche ich ihm gut zuzusprechen. „Aachen ist eine sehr schöne Stadt. Hier wirst du es sicher für die Ref-Zeit gut aushalten können!"

Seine Schule liegt direkt in der Innenstadt, erzählt er weiter und fügt stolz hinzu, dass er jetzt auch eine kleine Einzimmerwohnung in Laufnähe zur Schule gefunden hätte.

„Top. Dann kann ja nichts mehr schiefgehen!"

„Die Rektorin war auch sehr froh, dass sie mich zugelost bekommen haben. Für Aachener Verhältnisse haben sie wohl einen recht hohen Anteil an Schülerinnen und Schülern mit Migrationshintergrund. Und da ich ja offensichtlich auch einen Einwanderungshintergrund habe und kurdisch spreche und verstehe, sieht sie in mir noch mehr als nur einen Referendar. Mal schauen, was da so auf mich zukommen wird", berichtet Firat von seinem Empfang in der Ausbildungsschule.

„Schon irre, wie unterschiedlich die Startbedingungen und Rahmenbedingungen für uns als Referendare so sind in Punkto Schülerschaft, Kollegium, räumliche Ausstattung und Co. Und bewertet werden wir aber nach ein und derselben Prüfungsordnung. Schon eine Mammutaufgabe für Fachleiterinnen und Fachleiter, da objektiv Noten vergeben zu können, finde ich", sage ich.

Tatsächlich habe ich viel darüber nachgedacht, ob eine Bewertung des Referendariats fair ist. Zu einer endgültigen Entscheidung bin ich noch nicht gekommen. Da kann ich sicherlich in knapp 18 Monaten mehr zu sagen. Hoffentlich nur positives.

„Lass mal hochgehen." Firat schaut auf seine Armbanduhr. „Ist 20 vor. Ab in den zweiten Teil."

Das Sportfachseminar startet von Beginn an mit einer ganz anderen

Atmosphäre als das Matheseminar. Unsere Fachleiterin Frau Rurbrandt wartet schon fast ungeduldig auf den Startschuss für ihr Seminar. Leicht hibbelig tänzelt sie hinter ihrem Pult her, nickt uns und den anderen hereinkommenden Referendaren hastig zu. Allzu lange muss sie nicht warten, da wir nur eine Gruppe aus sieben Personen sind.

Während ich mich setze, sehe ich schon aus den Augenwinkeln die unzähligen, aufgehängten Plakate an den Wänden. Auf den Tischen warten aufgestellte Bücher darauf, später angeschaut zu werden. Anders als Frau Peruck-Hoog arbeitet Frau Rurbrandt ohne digitales Medium, eine Power Point gibt es nicht.

Pünktlich um 12.45 Uhr startet das Rurbrandt -Info-Feuerwerk. Ich bin ein schneller Schreiber, komme aber bei der Schnelligkeit an Infos kaum mehr hinterher, in Stichworten nur die allerwichtigsten Kernpunkte zu notieren. Schnell stelle ich fest, dass die Ansprüche im Fach Sport um einiges anspruchsvoller wirken, als es mir im Fach Mathematik erschien. Als Frau Rurbrandt eine kurze Pause in ihrem Informationsfeuerwerk einlegt, um ein anderes Plakat aufzuhängen, versuche ich, mich kurz abzulenken, und denke an den ersten Satz unserer Sport-Fachleiterin zurück:

„Guten Mittag, mein Name ist Frau Rurbrandt, bitte mit dt, und wir haben in der nächsten Zeit miteinander das Vergnügen.“ Eigentlich ein normaler Satz. Aber mich störte der Hinweis zur richtigen Notation ihres Namens mit dt. Und woher soll ich wissen, ob Rurbrandt ohne h oder Rurbrandt mit h geschrieben wird? Es gibt die Rur ja auch mit und ohne h. Wenn sie schon so pingelig darauf achtete, dann bitte auch richtig pingelig.

„Herr Kordel, jemand zu Hause?“ Unsanft weckt mich Frau Rurbrandt aus meinem Tagtraum. „Herr Kordel, welche Rahmenbedingungen haben Sie an ihrer Ausbildungsschule im Bereich Sport vorgefunden, war die Frage?“

Ich blicke auf und schaue in das ungeduldige Gesicht meiner

Fachleiterin. „Wow, super Riko. Direkt einen tollen Eindruck hinterlassen“, denke ich mir und stammele los:

„Auf den ersten Eindruck, super Rahmenbedingungen. Bislang habe ich die Turnhalle nicht vollständig gezeigt bekommen, mein erster Eindruck zeigt mir aber, dass sie gut gepflegt wird. Einziger Wehrmutstropfen bislang bleibt, dass es an meiner Schule keine ausgebildete Sportlehrkraft gibt. Eine eigene Schwimmhalle mit Lehrschwimmbecken besitzen wir nicht, wir fahren mit dem Bus zum städtischen Hallenbad“, schiebe ich noch nach.

Frau Rurbrandt nickt mir zu.

„Puuh“, innerlich atme ich durch.

Als Frau Rurbrandt eine Gruppenarbeit für die nächste Dreiviertelstunde ankündigt und jeder Gruppe einen Stapel Literatur auf den Tisch legt, fällt es mir wie Schuppen von den Augen: Die nächste Zeit in Sport wird besonders. Ob besonders bescheiden oder besonders wertvoll möchte ich zum jetzigen Zeitpunkt noch nicht festlegen.

Völlig erschöpft falle ich am Abend früh ins Bett. Seminartag eins hat Spuren hinterlassen. Morgen geht es wieder ab in die Schule. Zeit zur Erholung bleibt nicht mehr. Ich bin angekommen. Angekommen im echten Leben. Dem Arbeitsleben.

Klara redet mir noch gut zu, als ich mich in Richtung Bett verabschiede. Verkehrte Rollen. Sonst war ich es meist, der noch ein wenig länger aufblieb.

„Du packst das. Du bist immer schon mit besonderen Charakteren klargekommen. Dann kommst du auch mit Frau Rurbrandt klar. Auch wenn sie besonders scheint. Gib ihr noch ein bisschen Zeit, vielleicht kannst du ja auch mehr von ihr lernen, als du es gerade denkst. Bleib positiv.“

25

Ein Jahr später bin ich schlauer. Auf der einen Seite habe ich im Laufe der vielen Seminartage und der unzähligen Unterrichtstage in der Schule Meilensteine auf meinem Weg hin zum Grundschullehrer erreichen können. Auf der anderen Seite bin ich auch schlauer im Umgang mit meinen Fachleiterinnen geworden.

Man weiß nun wie sie ticken, welche Form von Unterricht sie präferieren. Und diesen Erwartungen versuche ich, in jedem meiner Unterrichtsbesuche gerecht zu werden. Auch wenn ich manche Dinge vielleicht anders angehen würde, als Frau Peruck-Hoog oder Frau Rurbrandt.

Am Ende geht es tatsächlich um die Abschlussnote. Und diesem Druck, am Ende eine gute bis sehr gute Note erreichen zu können, muss man sich stellen und gewachsen sein.

Immer wieder wird im Seminar betont, dass eine Entwicklung bewertet werde, sprich, nicht jeder einzelne Unterrichtsbesuch fließt gleichwertig in die Benotung ein. Das soll wohl die psychische Belastung mindern, in jedem Besuch Perfektes abliefern zu können. Eigentlich ein guter Ansatz. Leider wird über Flurfunk und Forenbeiträge oft anderes berichtet. Da lautet der Tenor eher, dass bei verbocktem Unterrichtsbesuch das Erreichen einer sehr guten Abschlussnote unwahrscheinlich wird. Entwicklung hin oder her.

Um gar nicht erst in diese Lage zu kommen, versucht jeder Referendar oder jede Referendarin natürlich, in jedem Unterrichtsvorhaben das maximale Notenziel zu erreichen. Und dieses Anstreben hinterlässt bei vielen Spuren, vielleicht sogar eher Narben.

Der Willen hin zum Perfektionismus, der stetige Druck, zu funktionieren, abzuliefern sich mit anderen messen zu müssen, lässt viele Nerven schnell blank liegen. Nicht selten fließen Tränen in Nachbesprechungen von Unterrichtsbesuchen, wenn die Fachleiterin das Gesehene bespricht, einschätzt und bewertet.

Auch ich mache mir Druck. Ich möchte das Referendariat bestmöglich bestehen. Der Einfluss meiner Note auf eine spätere Einstellungschance und dem Erhalten einer verbeamteten Stelle an einer Grundschule ist immens hoch.

Zu Bewerbungsgesprächen wird man nach Ranking eingeladen, die Bestbewertesten zuerst. Bislang bin ich ganz zufrieden mit meinen Leistungen. Und wenn ich mich nicht allzu sehr in meinen beiden Fachleiterinnen täusche, sind sie es auch. In Mathe vielleicht sogar noch ein bisschen mehr als in Sport. Da findet Frau Rurbrandt bislang tatsächlich immer was zu bemängeln.

Was mir aber unglaublich den Rücken stärkt, ist das Feedback meiner Schule. Das Kollegium unterstützt mich sehr, meine Rektorin ist mir gegenüber sehr wohlwollend und lässt mir oft freie Hand in meinen Planungen. Das ist keine Selbstverständlichkeit.

Aus Gesprächen mit Firat kenne ich das auch anders. Da sind die Rahmenbedingungen völlig konträr. Letztens wollte er eine Stunde mit einer Kollegin tauschen, um einen Unterrichtsbesuch im Fach Sport in der ersten Stunde zeigen zu können. Frau Rurbrandt konnte terminlich nicht anders. Die Prüfungsklasse hatte aber zum vorgegeben Zeitpunkt nach Stundenplan keinen Sportunterricht, sondern eine Musikstunde bei Firats Kollegin. Und diese nette Dame beharrte auf ihrer Stunde und tauschte nicht einfach kurz die Stunden, damit Firat seinen Unterrichtsbesuch zeigen konnte. Eine richtig miese Sache. Denn dadurch konnte Firat seine geplante, schriftlich ausgearbeitete Stunde nicht als Unterrichtsbesuch zeigen.

Für ihn bedeutete das doppelte Arbeit, eine neue Stunde in Perfektion er- und ausarbeiten und auf einen neuen Termin bei Frau Rurbrandt hoffen. Dieses unkollegiale Verhalten stieß sogar bei der sonst so eiskalten Frau Rurbrandt auf Ablehnung.

Demnächst soll ein Gespräch mit der Seminarleitung und der Schulleitung von Firat stattfinden. Für Firat wird es wohl nicht mehr allzu viel bringen. Denn die einzig mögliche Drohung von Seiten des Seminars ist, demnächst keine Referendare mehr an diese Schule zu setzen. Wenn die Schulleitung gar nicht darauf reagieren wird, könnte Firat sonst noch seine Ausbildungsschule wechseln. Ob das allerdings was bringt, steht in den Sternen, jetzt sechs Monate vor der Abschlussprüfung.

Auf meiner Habenseite stehen nun vier Unterrichtsbesuche in Mathe und drei in Sport. Folglich darf ich mich noch zweimal Frau Rurbrandt und einmal Frau Peruck-Hoog präsentieren.

In den nächsten fünf Schulwochen habe ich nur noch einen Besuch in Sport eingeplant. Die Kinder werden eine Winterolympiade in der Turnhalle erstellen, „spielerische Ausdauerschulung" soll das Thema werden. Ein paar Ideen schwirren mir im Kopf herum. Aber das genaue Raster erstelle ich erst nach dem nächsten Wochenende.

Bis dahin halte ich zunächst erstmal Rücksprache mit Frau Welzel, meiner Ausbildungslehrerin in der Schule in Sport. Viel Input erwarte ich mir daraus aber nicht, eine besonders große Hilfe war sie mir bislang nicht. Zumindest inhaltlich nicht. Sonst schon, sie hält mir immer den Rücken frei und ermöglicht es mir somit überhaupt, mich eigenständig auszuprobieren.

Ob eine Ausbildungslehrerin für mich besser wäre, die mich stetig leitet und mir ihre Ideen versucht, schmackhaft zu machen, bezweifle ich. Aber da ist sicher jeder Referendar oder jede Referendarin anders. In Sport fühle ich mich auch ohne die leitende ausbildende Hand, die mich leitet, sehr sicher.

Viel mehr Input erwarte ich mir aber vom nächsten Wochenende. Da lädt Frau Rurbrandt das Sportseminar ins Sauerland ein, dreitägige Exkursion des Seminars. Wir zahlen vorerst nur die Unterkunft, das wird aber von den Ausbildungsschulen anschließend mit Geldern aus dem Fortbildungsetat beglichen.

Das macht Frau Rurbrandt wohl mit jedem Jahrgang, den sie betreut. Ich finde es super. Es geht tatsächlich um Wintersport. In Theorie und Praxis sollen wir dort geschult werden im Bereich Skifahren, Langlaufen und, für die Grundschule noch spezifischer ausgearbeitet, Spiel- und Sportideen für Draußenstunden im Winter.

Wenn wir im Seminar den anderen Referendaren davon erzählen, fallen oft neidische Sprüche. Aber da stehen wir drüber. Ich freue mich auf die kleine „Klassenfahrt“ und bin gespannt, welche Herausforderungen dort auf uns warten.

Am Abend packe ich schon mal mit Klara den Großteil meiner Sachen.

„Wenn du am Wochenende weg bist, treffe ich mich mit Moritz und Lina. Die neue Küche kommt und sie müssen da noch ein bisschen was wegräumen“, erzählt sie mir während sie meine zurechtgelegten Wintersachen in meinen kleinen Koffer packt.

„Coole Idee. Mach das. Kannst mir ja ein Foto von euch bei der Maloche schicken.“

Moritz und Lina wohnen jetzt seit vier Monaten zusammen, eine schöne Wohnung im Neubau, Dreizimmer mit Balkon in der Soers. Schöne Wohngegend, zentrumsnah, aber auch nah an der Natur. Und nah am Tivoli. Einziger Negativpunkt bisher: Auf die Küche mussten sie nach Einzug fast drei Monate warten.

„Liegt denn eigentlich schon Schnee im Sauerland?“, fragt Klara.

„Laut Wetterbericht soll es wohl kalt werden, da könnte was runterkommen. Bislang liegt nur Schnee aus den Schneekanonen auf den beschneiten Pisten.“

„Reicht ja auch. Ihr fahrt ja keine langen Strecken“, merkt Klara an. Ich stimme ihr nickend zu und schließe meinen kleinen Rollkoffer und schiebe ihn neben meinen Schreibtisch im Arbeitszimmer.

Ich versuche, den Stapel an Papier auf meinem Tisch zu übersehen, scheitere aber kläglich. Ein Blick reicht schon und direkt schaltet sich der Fokus wieder auf Schule, Unterrichtsvorbereitung, dem Schreiben von Unterrichtsentwürfen, dem Wälzen des Lehrplans und des schuleigenen Arbeitsplans. Zeit für Entspannung? Leider weiter selten.

Klara hält weiter tapfer durch, unterstützt mich, wo sie nur kann, redet mir gut zu, hält meine stressbedingten Launen aus. Auch keine einfache Zeit für sie. Ich mag mir nicht vorstellen, wie es wäre, wenn mein Referendariat bislang nicht so reibungslos verlaufen wäre.

Ich erinnere mich an die ersten Wochen eigenen Unterrichts an meiner Ausbildungsschule. Da ging es direkt holprig los. Keine drei Wochen in der Schule lernte ich schnell auch die unschönen Seiten des Lehrerberufs kennen.

Meine 14 Unterrichtsstunden in der Schule wurden ziemlich fair auf sieben Stunden Mathe- und sieben Stunden Sportunterricht aufgeteilt. In Mathe war ich in der Klasse meiner Ausbildungslehrerin Frau Klattert, der 3b. Außer donnerstags, da musste ich ja ins Seminar, traf man mich also während des Unterrichts dort an. In zwei Stunden waren wir doppelt gesteckt, unterrichteten also im Duo, *Team-Teaching*. Die anderen beiden Stunden betrafen meinen bedarfsdeckenden Unterricht. Damit ist eigenständig und allein durchgeführter Unterricht gemeint. Von 14 Stunden sollten das wenn möglich neun Stunden sein. Die anderen drei Stunden verteilten sich auf Mathestunden der anderen Jahrgänge im *Team-Teaching*, mit der Absicht, mir einen möglichst breiten Einblick in den Matheunterricht unterschiedlicher Jahrgänge zu ermöglichen.

Im Sportunterricht bekam ich zwei Klassen zugeteilt. Gemeinsam mit Frau Welzel unterrichtete ich drei Stunden Sport in der 1a. Meist war ich sehr froh, dass wir zusammen im Unterricht waren, denn bei den I-Dötzchen passiert ja meist immer etwas Unvorhergesehenes. Von Unfällen, spontanen Schreiattacken, Schwierigkeiten beim Umziehen bis hin zu Schwierigkeiten beim wieder Anziehen und dem Wiederfinden der eigenen Anziehsachen war alles dabei.

Bedarfsdeckend, also alleine, unterrichtete ich die Klasse 4a. Diese Klasse werde ich nicht mehr so schnell vergessen. Als erste Unterrichtsreihe stand für mich und die Kinder das Thema „Gleichgewichtsschulung“ an. In der Abschlussstunde durften die Kinder an verschiedenen Stationen ihre Gleichgewichtsfähigkeiten erproben. Ich orientierte mich beim Stationsaufbau an Ideen eines großen Schulbuchverlags und bastelte daraus einen herausfordernden Stationslauf.

Ich war sehr stolz darauf, mit welcher Freude die Kinder am Sportunterricht teilnahmen und auch die Methode des Stationslaufs und die Einhaltung der Regeln akzeptierten und umsetzten.

Die Phase des stolzen Zufriedenseins wurde aber jäh unterbrochen: Ein dumpfer Knall, mit anschließendem Geschrei und Weinerei war schuld. Dieser Sound hat sich bei mir eingebrannt.

Wildes Durcheinandergelaufe. Ich eile direkt zum Herd des Geräuschs, Station sieben. Das Balancieren über die Bank mit einem Partner und Seitentausch. Laura, ein etwas stämmigeres, aber nicht unsportliches Mädchen liegt schreiend auf dem Boden, auf ihr Senad, ein schüchterner, zierlicher Junge und die seitlich umgekippte Bank.

Ich versuche, äußerlich ruhig zu bleiben. Innerlich pocht mir das Herz bis zum Hals. Zum Glück hatte mir Frau Welzel zu Beginn des Referendariats einen wichtigen Tipp gegeben: Dreifachpfiff mit der Pfeife bedeutet *Notfall*. Ertönt dieses Signal bedeutet das für alle Schülerinnen und Schüler, dass jegliche sportliche Bewegung sofort beendet und ein Platz am Turnhallenrand aufgesucht wird. Ich puste kräftig dreimal in meine Trillerpfeife. Die Kinder flitzen aufgeregt an den Rand und setzen sich hin.

Die Mucksmäuschenstille wird nur durch das Geschrei von Laura und dem zaghaften Schluchzen von Senad durchbrochen. Ich hebe vorsichtig die Bank hoch und stelle sie wieder auf. Senad rappelt sich auf.

„Alles gut?“, frage ich ihn während ich mich zu Laura runterbeuge, die sich schmerzverzerrt das Fußgelenk hält.

„Alles gut. Ich hab nichts. Ich hab mich nur erschreckt“, meint Senad mit leiser Stimme und schlurft zu den anderen an die Seite.

„Was ist passiert?“, frage ich Laura. Ich versuche, Ruhe auszustrahlen.

„Die Bank ist umgekippt und dann voll auf meinen Fuß drauf“, antwortet sie weinend. Mein Blick wandert herunter zu ihrem Fuß. Ich nehme ihre Hand behutsam beiseite.

Der mir jetzt dargebotene Anblick treibt mir Panik ins Gesicht. Das Fußgelenk ist fast auf Handballgröße angeschwollen. Ihr Fuß sieht eher so aus wie der einer ausgewachsenen Elefantendame.

Ich winke Linus, den Klassensprecher zu mir. Ängstlich kommt er auf mich zu.

„Flitz mal schnell zum Lehrerzimmer und gib Bescheid, dass ein Krankenwagen gerufen werden soll. Und eine Lehrerin soll bitte auch kommen!"

Linus nickt, dreht auf der Stelle um und rennt los.

Keine fünf Minuten später trifft dann auch der Rettungswagen ein. Ein Sanitäter und eine Sanitäterin kommen in voller Montur in die Halle. Frau Altmann ist auch da. Linus hat sie auf dem Flur erwischt und direkt informiert.

„Machen Sie sich keinen Kopf. Unfälle passieren. Vor allem in Sport. Ich übernehme. Gehen Sie zurück zu den anderen Kindern und beruhigen sie sich auch erstmal", meint sie ermunternd. Man muss mir wohl die Aufregung angesehen haben.

Ich wünsche Laura eine gute Besserung, als die Sanitäter sie auf der Trage aus der Halle bringen. Zu diesem Zeitpunkt weiß ich noch nicht, dass ich Laura für die nächsten vier Monate nicht sehen werde.

Am nächsten Schultag frage ich zunächst die Klassenlehrerin von Laura, was die Untersuchung im Krankenhaus ergeben habe.

Aus dem Gespräch erfahre ich, dass Laura einen komplizierten Fußbruch erlitten habe und gestern noch fünf Stunden operiert wurde.

„Ihre Eltern haben für heute 12.00 Uhr ein Gesprächstermin bei Frau Altmann erbeten", meint meine Kollegin mit mitfühlendem Gesichtsausdruck. „Die Eltern sind nicht ohne. Ihr Vater ist wohl leitender Oberstaatsanwalt beim Amtsgericht, unangenehmer Typ. Kann dir ein Lied von Gesprächen mit ihm pfeifen", fährt sie fort.

Als sie meine Sorge in den Augen erkennt, schiebt sie nach: „Aber Frau Altmann kann mit solchen Typen. Die verteidigt ihr Kollegiumsrudel bis aufs Letzte."

Über den Vormittag verteilt, schwirrt mir nur ein Thema durch den Kopf. Habe ich etwas falsch gemacht? Wird der Vater etwas gegen mich unternehmen? Wird er mich anklagen?

Als ich Frau Altmann in der Pause treffe, bittet sie mich kurz zu einem vier Augen Gespräch in ihr Büro. „Ich werde das Gespräch heute Mittag mit den Eltern erstmal alleine führen. Ich kenne die Eltern mittlerweile sehr gut und ich möchte nicht, dass Sie dort in eine unangenehme Situation gebracht werden. Denn den Eltern geht es jetzt darum, einen Schuldigen zu finden. Dass es ihrer Tochter dadurch nicht bessergehen wird, interessiert sie nicht. Sollte ich Sie für das Gespräch brauchen, werde ich sie rufen lassen."

Auf der einen Seite beruhigt mich die Aussage meiner Rektorin sehr. Auf der anderen Seite fühle ich mich ein wenig unter Wert verkauft, wie ein schutzloses Häschen, dass die Hasenmama jetzt vor dem bösen Fuchs beschützen muss.

Im Gespräch mit meiner Ausbildungslehrerin Frau Welzel kann ich meinen Sorgen freien Lauf lassen. Ein schönes Gefühl.

„Du wirst sicher einen Bericht schreiben müssen, indem du den Stationslauf erläuterst. Insbesondere der Aufbau der betreffenden Station und der Unfallhergang müssen beschrieben werden. So läuft das meist, wenn ein Elternteil in irgendeiner Art und Weise Beschwerde einlegt. So wie ich das jetzt verstanden habe, wollen die Eltern schriftlich und wenn nötig auch gerichtlich festgelegt bekommen, dass mögliche Folgeschäden, die durch die schwere Verletzung ihrer Tochter entstehen können, versichert werden. Von der Unfallkasse. Also nicht privat. Ich glaube nicht, dass sie dir persönlich an den Karren pinkeln wollen. So schätze ich die nicht ein."

Ein wenig Verständnis für die Eltern habe ich ja. Laura ist ihr einziges Kind, die kleine Prinzessin. Da kämpft man natürlich stark für die Belange der Tochter.

„Tritt aber auf jeden Fall noch schnell der Gewerkschaft bei. Dann bist du rechtlich gut abgesichert", rät mir Frau Welzel abermals. Das hat mir Tobias damals auch schon geraten. Zum Glück habe ich noch eine private Rechtschutzversicherung über meinen Vater laufen. Das gibt mir ein gutes Gefühl. In meiner Freistunde fange ich an, einen kleinen Unfallbericht mit angehängtem Stationsaufbau anzufertigen. Kann ja nicht schaden.

Das Hin und Her mit Stellungnahmen, Gesprächen und Co. zieht sich über fast zwei Monate. Lauras Eltern versuchen tatsächlich auf allen möglichen Wegen, das Beste für ihre Tochter rauszuschlagen. Da sich aber dann endgültig kein fahrlässiger Aufbau oder ein Fehlverhalten von Seiten des Lehrers oder eines anderen Schülers nachweisen lässt, werden alle Beschwerden abgewiesen. Mir fällt ein Stein vom Herzen.

Klara war und ist für mich jederzeit die Stärkung im Rücken, die ich während dieser besonderen Zeit brauchte. Neben meinen Eltern natürlich, die sich rechtlich auch schon gut aufgestellt hatten.

„Leg es zur Seite. Sortiere es in Ruhe weg, wenn du wieder da bist“, erinnert mich Klara an eine kleine gedankliche Auszeit.

Ich schiebe den Stapel ein wenig weiter weg und setze mich zu ihr aufs Sofa.

„Lass uns einen Film schauen. Haben wir schon lange nicht mehr gemacht“, schlägt Klara vor.

26

Das Essen im Hotel „Zur Waldesruh“ in Winterberg ist gut. Beim Buffet findet jeder etwas. Von Schnitzel mit Pommes bis zu Gemüseallerlei und deftigem Kartoffelgratin.

Wir sitzen mit Frau Rurbrandt in einem kleinen Nebenraum des Gasthauses. Hier haben wir tagsüber auch Seminar.

Heute Vormittag sind wir angekommen. Anreise in Selbstorganisation war angesagt, um Kosten zu sparen zu. Firat bot sich und sein Auto als Fahrer an.

„Benzer! Standesgemäß!“, lachte Firat mich an, als er mich zu Hause mit seiner alten Mercedes E-Klasse abholte. „Ein bisschen Klischee-Türke muss ich ja auch bleiben.“

Wie befürchtet liegt kein Schnee. Aber das tut der Stimmung keinen Abbruch. Nach einer kleinen theoretischen Einführung über die „Legitimation von Wintersport“ im Lehrplan und den pädagogischen Perspektiven auf diesen Bereich des Sportunterrichts, folgt dann auch schon die erste Praxiseinheit vor der Mittagspause: Auf dem hauseigenen, beschneiten Anfängerhügel, dem „Idiotenhügel“, dürfen wir vielfältige Bewegungserfahrungen auf dem Untergrund „Schnee“ machen.

Frau Rurbrandt hat dafür ordentlich aufgefahren und einige bekannte Materialien wie Schlitten, Rodel, kleiner Bob mit Spezialschneekufen, aber auch eher ungewöhnlichere Hilfsgegenstände dabei, wie Woks, Mülltüten, Autoreifen, Bobby Cars und Co.

Spaß vorprogrammiert. Fazit der knapp 30-minütigen Spaßeinheit: So wie wir, nur natürlich unbeholfener, fühlen sich viele Schülerinnen und Schüler, wenn es an das Thema Wintersport geht.

Mit diesem Wissen und der Möglichkeit des Perspektivwechsels in Schülersicht, ist die Ausgangslage für das restliche Seminar gesetzt. Nach der kleinen Mittagspause und einer Kartoffelsuppe als Stärkung beginnt am Nachmittag der dreistündige Skikurs. Hier geht es nicht darum, dass wir selbst zu Top-Skifahrern ausgebildet werden. Das schafft man nicht. Eher werden uns vielfältige Übungen dargeboten, Tipps und Regeln erläutert, die man als Lehrkraft beachten und anwenden muss, wenn man diese Disziplin mit einer Klasse behandeln möchte. Egal ob im Sportunterricht oder einer Klassenfahrt. Die meisten Inhalte ergeben wahrscheinlich eher für die weiterführende Schule Sinn. Ich kann die Intention meiner Fachleiterin aber auch sehr gut nachempfinden. Denn Klassenfahrten im Winter bieten sich auch in der Grundschule an, dann tummeln sich die Termine nicht alle im Sommer. Und vielfältige Bewegungserfahrungen im Schnee während einer Klassenfahrt zu sammeln, ist doch wunderbar.

Es macht echt Spaß und man lernt viel. Frau Rurbrandt ist nach wie vor keine Sympathieperson, entpuppt sich aber als Sportlerin durch und durch. Mit einem immensen Wissen und unglaublich viel Materialien.

Für den Abend gibt sie uns frei. Wir dürfen nach freien Gelüsten den Tag in Winterberg ausklingen lassen. Mahnend gibt sie uns aber mit auf den Weg, dass morgen früh der Theorieteil zum Eislaufen stattfindet, pünktlich um 9.00 Uhr im Seminarraum. Wer nach 12.00 Uhr noch alkoholisiert sein sollte, darf später nicht mit in die Eishalle, was einem Abbruch des Seminars nahekommt.

Wir befolgen dem Rat unserer Fachleiterin und geben nicht Vollgas. Aber Halbgas schon. Wir entscheiden uns für eine kleine Kneipentour und geben uns die Aufgabe, dass jeder einmal in einem Lokal ein Getränk für alle ausgeben muss.

Folglich besuchen wir sieben Lokale. Schule und Unterricht rücken in der Zeit in den Hintergrund.

Kurz stellen wir uns vor, dass wir jetzt ein Foto in die große Seminar-WhatsApp-Gruppe mit allen Referendaren schicken müssten. „Sport-Seminar on Tour." Wir schenken uns es aber aus Rücksicht auf die Gefühle der Anderen.

Mein Gefühl erlebt eine Zeitreise und bietet mir einen wohligen Klassenfahrtsflashback.

Gegen halb drei bringt uns ein Großraumtaxi zurück ins Hotel.

Wir haben gut einen sitzen, albern feuchtfröhlich herum, aber noch nicht unangenehm.

Firat und ich teilen uns ein Doppelzimmer. Ich schaffe es noch, meine Hose auszuziehen, falle dann aber erschöpft ins Bett. Morgen wird anstrengend.

27

„Brrrr, Brrr, Brrrr.“ Pause. „Brrrr, Brrrr, Brrrr.“
Träume ich? Hier vibriert doch was. Ich schrecke auf. Habe ich schon wieder was verpasst? Ist heute Prüfung? Ruft Silas an?

Unangenehme Gedanken an meine verkorkste und verspätete Leichtathletikprüfung machen sich breit. Ich springe aus meinem Bett zu meiner Jeans, die ich gestern wohl noch irgendwie über den Stuhl in die Ecke des Raums geworfen haben muss. Hastig fummle ich mein Handy aus der Hosentasche und schaue auf das Display. Es ist 8.30 Uhr.

32 unbeantwortete Anrufe von Moritz. Was will der denn? Vier WhatsApp Nachrichten ploppen auf, geschrieben im Zeitraum von 15 Minuten, von 6.45 Uhr bis 7.00 Uhr. Alle von Moritz.

Nachricht 1: *Riko, geh ans Handy.*
Nachricht 2: *Geh dran!*
Nachricht 3: *Ist wichtig, Junge. Kein Spaß jetzt.*
Nachricht 4: *Egal. Ich komm zu dir. Schick mir dein Hotel!*

Noch leicht beschwipst, schüttele ich irritiert den Kopf.

„Was' los?“, brummt Firat von der anderen Bettseite und zieht sich das Kopfkissen über den Kopf.

„Weiß ich auch noch nicht.“ Ich wähle Moritz auf dem Display auf und rufe zurück. Nach nur einem Klingeln nimmt er direkt ab.

„Riko. Bist du dran?“, fragt er. Seine Stimme überschlägt sich dabei fast.

„Öhm, ja. Wer sonst?“

„Wo bist du? Du musst nach Hause. Klara braucht dich jetzt. Ich bin schon in Winterberg, wusste ja, dass du hier bist. Weiß nur nicht, in welchem Hotel du bist.“

„Jetzt mal langsam, Mo! Was ist passiert?“

„Erzähl ich dir später. Zieh dich an, pack deine wichtigen Sachen und nenn mir jetzt dein Hotel, du Horst!“

„Jaja. Zur Waldesruh, am Ortsausgang.“

„Alles klar. Wird ja nicht so weit sein. Komm runter, wenn du fertig bist. Ich steh dann vor der Tür.“

Plötzlich funktioniere ich wieder. Wie damals vor der Leichtathletikprüfung. Alkoholische Nachwirkungen sind wie weggeblasen. Vor meinen Augen rauscht ein Horrorszenario nach dem anderen vorbei.

Was ist nur passiert? Ist etwas mit Klaras Papa? Ich packe leicht chaotisch meine Sachen in den Koffer.

„Was machst du?“, fragt Firat, der jetzt von der Unruhe gestört die Sitzposition im Bett eingenommen hat.

„Irgendwas ist passiert. Ich werde jetzt abgeholt. Sorry. Klärst du das alles mit Frau Rurbrandt und Co. und nimmst meine Sachen mit, wenn ich hier was vergesse?“, frage ich ihn eilig.

„Ja klar. Ich kümmere mich“, antwortet Firat verdutzt. Wie ein angefahrenes Reh sitzt er im Bett und versteht die Welt nicht mehr.

Wie von der Tarantel gestochen laufe ich durch den Hotelflur zum Treppenhaus und verlasse das Hotel durch die Hotellobby. Wie ein Typ, der gerade aus dem Hotelzimmer flüchtet, nachdem er dort mit seiner heimlichen Affäre erwischt worden ist.

Moritz steht schon am Straßenrand, der Motor läuft. Kaum bin ich eingestiegen, drückt er auch schon aufs Gaspedal.

„Schnall dich an. Du musst nach Hause. Klaras Mama ist tot.“

Hab ich mich verhört? Geschockt hake ich nach. „Du meinst Norbert, Klaras Papa?“

Moritz schüttelt den Kopf. Er wirkt geknickt und getroffen, bleibt aber weiter konzentriert. Er ist gerade Fahrer eines sehr schnell fahrenden BMWs. „Nein, Klaras Mama. Klara hat sie heute Morgen tot auf dem Badezimmerboden gefunden, im Nachthemd.“

Setzt mein Herz aus? Atme ich noch? Ich kann meine Gefühle nicht bündeln, nicht bändigen. Ich kann nicht weinen. Ich glaube es nicht. Ich kann nicht schreien, mein Hals scheint zugeschwollen. Ein dumpfes Brummen in meinen Ohren.

Klaras Mama? Die ist doch topfit. Klaras Papa, ja. Leider würde mich diese Nachricht nicht so überraschen. Aber Klaras Mama?

Wenn schlimme Dinge passieren, versuche ich immer, sie zu verdrängen. Mir eine Lücke zu suchen, aus der ich herauskriechen kann. Ein Argument zu finden, dass die Sache erträglich macht oder nichtig erscheinen lässt.

Früher war ich immer fest davon überzeugt, dass ich Abstürze mit einem Flugzeug oder einem defekten Aufzug überleben könne. Ich müsse ja einfach nur kurz vorm Aufprall hochspringen. Dann könne ich mich retten.

Ich suche diesen Gedanken, suche mein Rettungsschlupfloch. Bei aller Anstrengung: Ich finde es nicht.

Kurz vor Olpe realisiere ich: Es gibt keinen Ausweg. Klaras Mama ist tot.

Ohne dass ich es steuern kann, schießen mir die Tränen in die Augen und ich weine. So wie lange nicht mehr. Ich kauere mich auf dem Beifahrersitz zusammen und schluchze. Moritz streichelt meinen Rücken. „Lass es raus. Es tut einfach weh!"

Das Weinen hat gutgetan.

Als ich wieder Kraft zum Reden finde, fällt mir nur ein: „Danke Mo!"

Moritz zischt mit den Zähnen, um zu signalisieren, dass es nichts zu danken gibt. „Ehrensache Riko. Wir, und besonders du, müssen jetzt für Klara da sein, stark sein. Die ist fix und alle. Lina und Norbert sind jetzt bei ihr. Deine Eltern wollen nachher auch noch vorbeikommen. Deine Mutter hat schon angeboten, sich um den ganzen belastenden Bürokratiekram zu kümmern."

Ein schönes Gefühl, dass die Familie zusammensteht. Sie sich hilft. Aber es zerreißt mir weiter das Herz, akzeptieren zu müssen, dass Klara nun ihre Mutter verloren hat.

Niemand hat den Tod verdient. Und wenn es eine am wenigsten verdient hätte, nach dem ganzen Mist, den sie im Leben schon durchgemacht hat, dann wäre es Klaras Mama.

In meinem Kopf singt Herbert Grönemeyer leise im Hintergrund von seiner verstorbenen Ehefrau.

Die Worte treffen mich ins Mark. Wie versteinert sitze ich auf dem Beifahrersitz und starre ins Leere. Ich spüre wieder Tränen meine Wangen herunterkullern.

Nach nicht mal zwei Stunden fährt Moritz vor Klaras Elternhaus vor. Dem Haus, indem auch unsere Wohnung liegt. Und heute Morgen meine Schwiegermama in spe, würdelos auf dem Badezimmerboden.

Mir läuft ein Schauer über den Rücken. Ich atme tief durch. Entschlossen sammle ich meine letzte Kraft, um jetzt vollends für meine Freundin da sein zu können.

„Erinnerst du mich morgen Abend daran, dass ich mich vorerst in der Schule und im Seminar krank melde“, bitte ich Moritz noch vor dem Aussteigen.

„Klar. Das mach ich.“

Ich steige aus und gehe auf meinen bisher persönlich schwersten Weg.

28

Unser persönlicher Schicksalsschlag macht natürlich auch schnell im Seminar und in meiner Schule die Runde. Mein Hausarzt schreibt mich netterweise für zwei Wochen krank. Danach ist es nicht mehr lang bis zu den Weihnachtsferien. In meiner Schule herrscht dafür volles Verständnis. Alle sprechen mir Mut zu und bieten mir ihre Unterstützung für die jetzt natürlich stressiger gewordene Zeit bis zur Prüfung an. Frau Altmann hat sich sogar als Zeichen der Anteilnahme des Kollegiums zur Beisetzung von Klaras Mutter angekündigt. Der berufliche Rückhalt von Seiten des Kollegiums hilft mir ungemein weiter.

Meine Fachleiterinnen zeigen sich ebenso geschockt von der Nachricht. Jeder auf seine persönliche Weise. Frau Rurbrandt war ja quasi eine der ersten, die von meinem plötzlichen Verschwinden und dem traurigen Grund dafür informiert werden musste. Sie bleibt sich aber auch jetzt treu und zeigt wenig Empathie oder eigene Gefühle. Sie spricht mir professionell ihr Beileid aus, akzeptiert die Krankmeldung, fordert dann aber schnell auch schon wieder Leistung.

So muss ich zum Beispiel zu meinem Wiedereinstieg ein neues Thema für meinen Unterrichtsbesuch wählen, da das letzte Vorhaben in meiner Lerngruppe ja schon durchgeführt worden sein müsse. Dass dem nicht so sei, interessiert sie nicht. Sie fordert eine neue Unterrichtsplanung, ein neues Reihenthema.

Ich bleibe weiter bei meiner Meinung: Für mich ist Frau Rurbrandt fachlich super ausgebildet, pädagogisch-menschlich aber leider minderbemittelt. Und das sehe nicht nur ich so.

Um immer weiter positiv bleiben zu können, versuche ich mich im Umgang mit Frau Rurbrandt stark auf ihre fachliche Seite zu beschränken. Ich nehme mir vor, möglichst viel von ihrem sportlichen Know-how abzukupfern. Die letzten beiden Unterrichtsbesuche im Sport verlaufen konträr. Mein vierter Unterrichtsbesuch zum *Rope-Skipping*, also Seilspringen, wird von mir bewusst sehr offen geplant und das eigene Lernen der Kinder in den Vordergrund gerückt. Mithilfe eines Lerntagebuchs dokumentieren die Kinder nach jeder Sportstunde ihre Lernerfahrungen und tauschten sich über ihre Fortschritte oder Probleme aus.

Dieses Unterrichtsvorhaben habe ich von Tobias. Als er im Referendariat war, wurde diese Einheit frenetisch von seiner damaligen Fachleiterin bejubelt. Frau Rurbrandt hingegen kann eher nicht als Fan dieses offenen Sportunterrichts bezeichnet werden. In der Nachbesprechung der Stunde liest sie mir ordentlich die Leviten und zeigt mir, wie ihrer Meinung nach eine Stunde zum *Rope-Skipping* geplant und durchgeführt werden müsse.

Auch wenn ich weiter anderer Meinung bin, stimme ich ihr zähneknirschend zu. Jegliche weiteren Diskussionen oder Vetos meinerseits würden mir ohnehin nicht positiv ausgelegt.

Mein letzter Unterrichtsbesuch verläuft dafür umso besser. Thema Werfen. Die Kinder zeigen einen Stationslauf à la bonne heure und reflektieren ihr Lernverhalten anschließend weitestgehend ohne mein Mitwirken.

Ich kann über die Stunde verteilt als Lernbegleiter wunderbar mitwirken. Auch Frau Rurbrandt zeigt sich sehr zufrieden und wünscht mir in der Nachbesprechung sogar schweren Herzens alles Gute für meine Prüfung, „da wäre sie ja dann nicht dabei“.

Nein, das ist sie sicherlich nicht. Zur Abschlussprüfung darf man als Referendar eine Fachleiterin ins Prüfungskomitee berufen. Und da war mir schnell klar, dass meine Wahl auf Frau Peruck-Hoog fallen würde.

Mit Frau Rurbrandt will ich nach dem letzten Unterrichtsbesuch möglichst schnell abschließen.

Frau Peruck-Hoog zeigt sich sehr ergriffen, als ich sie vor meiner letzten „Zirkusstunde für einen Sitz in meinem Prüfungskomitee anfrage. „Zirkusstunde“ nennt sie immer die angekündigten Unterrichtsbesuche.

Gemeint ist damit die besondere, die völlig durchgeplante und mit sehr viel Aufwand in Organisation und Material bestückte Unterrichtsstunde, die sowohl für Kinder als auch für die teilnehmenden Erwachsenden meist sehr schön, aber eines auf gar keinen Fall sind: alltagstauglich.

Daher erinnert uns Frau Peruck-Hoog immer daran, dass diese Stunden im Referendariat natürlich notwendig sind, im späteren Lehrerleben aber so nicht leistbar.

Als Rat gibt sie uns mit auf den Weg, möglichst zweimal in der Woche eine solche „Zirkusstunde" mit den Kindern durchzuführen.

Jegliche anderen Stunden sind ja nicht schlecht, nur weil keine sieben verschiedenen Differenzierungsmöglichkeiten und ähnliches zur Verfügung stehen. Eine übliche Mathestunde, orientiert am Mathebuch, kann auch vieles.

Im letzten Unterrichtsbesuch, meinem fünften in Mathe, müssen die Kinder im Bereich der Kombinatorik arbeiten. In Absprache mit Frau Welzel entwickelte ich eine Unterrichtsreihe, bei der die Kinder mehrere, wenn nicht sogar alle möglichen Kombinationsvarianten finden sollen. Mithilfe von sogenannten kooperativen „Mathekonferenzen", sollen sich die Kinder über ihre Vorgehensweisen austauschen. Und das funktioniert wunderbar.

Da in vorhergegangenen Stunden auch oft eine Mathekonferenz eingebaut wurde, sind den Kindern der Ablauf und die Regeln einer solchen Methode bekannt.

Während des laufenden Unterrichtsbesuchs sitzen die Fachleiterin, die Ausbildungslehrerin und manchmal auch die Rektorin im Hintergrund des Klassenraums und beobachten den Unterrichtsverlauf, das Lehrer- und Schülerverhalten.

Als alle Kinder in ihre Arbeiten vertieft sind und ich vollständig als lernbegleitende Lehrkraft fungiere, nutze ich einen kleinen Moment für einen Blick auf meine „Ehrenloge", wie Frau Peruck-Hoog scherzhaft oft die erwachsenen Unterrichtsbeobachter nennt.

Alle grinsen zufrieden, in Frau Welzels Augen glänzt sogar Stolz hervor. Ihre letzte Klasse, ihr letzter Referendar. Vielleicht hat sie da gerade drüber nachgedacht.

Mir zeigen die zufriedenen Gesichter, dass meine Stunde sehr gut verläuft. Und das tut sie auch.

Im Nachgespräch bestätigt mir meine Fachleiterin nicht nur die sehr gute Stunde, sondern auch eine insgesamt bravouröse Mitarbeit im Seminar.

Sie ziehe ihren Hut vor meiner Leistung, auch vor dem Hintergrund des tragischen Schicksalsschlags. Sie freue sich auf meine Prüfung.

Beim Verabschieden nutzt Frau Peruck-Hoog den kleinen Moment unter vier Augen. „Entschuldigen Sie, Herr Kordel. Ich weiß, dass ich gerade ein wenig die professionelle Ebene verlasse, aber persönlich interessiert es mich schon, weil mich ihr trauriger Vorfall sehr beschäftigt hat. Wie geht es Ihrer Freundin?

Kurz bin ich irritiert über diese offene Frage meiner Fachleiterin, entscheide mich dann aber doch zu einer ehrlichen Antwort.

„Wir arbeiten dran, es zu verarbeiten. Ganz verarbeitet bekommen wir es bestimmt nicht.“ Ich ermahne mich innerlich für das mehrfache verwenden des Begriffs „Arbeit“ und schiebe es auf meine Anspannung, wenn ich über dieses sehr belastende Theme spreche. „Dafür war es einfach zu heftig und plötzlich“, fahre ich fort. „Am meisten belastet meine Freundin die Tatsache, dass sie keinen Abschied von ihrer Mutter hat nehmen können. Von einem auf den anderen Tag einfach nicht mehr da. Das nagt an einem. Ich gebe mein Bestes, ihr auf diesem kräftezehrenden Weg beizustehen, muss aber auch gestehen, dass ich selbst ja einer nicht immer förderlichen Belastung schulischerseits ausgesetzt bin. Zum Glück übernimmt meine Familie viel Seelenpflasterei und auch ihr Vater findet wieder zurück zu alter Stärke. Er lebt im Heim.“

Frau Peruck-Hoog schaut mitfühlend an mir vorbei. Vielleicht ein Schutzreflex, um nicht bei direktem Augenkontakt in Tränen auszubrechen.

„Woran ist ihre Schwiegermutter denn verstorben?“, fragt sie leise.

„Schwerer Hirnschlag. Nachts auf der Toilette. Leider zu lange unbemerkt. Sie wohnte alleine“, schiebe ich nach.

Es gongt. Eine Klassenraumtür öffnet sich und Jungen und Mädels stürmen mit Tornistern auf dem Rücken aus dem Gebäude.

„Ja, dann mach ich mich auch mal auf den Weg. Alles Gute Ihnen weiterhin. Und bestellen Sie ihrer Freundin viel Kraft von mir. Sie machen das toll. Wir sehen uns nächste Woche im Seminar.“

Frau Peruck-Hoog stemmt sich ihren großen Rucksack auf, gibt mir zur Verabschiedung die Hand und geht den Kindern hinterher in Richtung Ausgang.

Ich schaue ihr noch einen kurzen Augenblick hinterher. „Eine tolle Frau“, murmele ich und bin froh, dass ich bei ihr die Ausbildung machen konnte.

29

„Einmal das Schnitzel Berner Art." Der freundliche Kellner mit leichtem Akzent vom Balkan reicht meiner direkt aufzeigenden Oma den großen Teller herüber.

Alle sind da. Ein Tisch für zwölf Personen ist extra für uns in einem kleinen Nebenraum der Gaststätte „Waldschenke" eingedeckt. Schön im Preuswald gelegen, sind wir nach einem kleinen Spaziergang hier eingekehrt.

Keine fünf Stunden ist es nun her, dass ich mich „Grundschullehrer" nennen darf. Heute war Prüfungstag. Und den habe ich gemeistert. Wir feiern im Stammlokal meiner Familie. Seit ich denken kann, gehen meine Eltern hier essen. Jegliche Geburtstagsfeiern, an die ich mich erinnern kann, fanden hier statt. Würde es nach meiner Oma gehen, säßen wir sicher bei Harry im „Salon". Aber um sie geht es heute ja zum Glück nicht.

Hungrig fallen meine Eltern, meine Oma, Moritz und Lina über ihre servierten Essen her. Klara hilft gerade ihrem Vater, der mit einem Pfleger aus dem Heim an der Feier teilnimmt, beim Schneiden des Schnitzels.

Meiner Familie gegenüber sitzen Frau Altmann, Frau Welzel und Frau Klattert, meine an der Ausbildung beteiligten Lehrerinnen aus der Schule, und Firat und Silas, meine Buddies aus Studium und Referendariat.

Silas hat vor einem halben Jahr sein Referendariat in Bielefeld angefangen. Nach dem Studium entschied er sich dann doch für eine einjährige Weltreise. Firat hat erst nächste Woche Prüfung. Beide haben es sich aber nicht nehmen lassen, heute dabei zu sein. Ich freue mich riesig über all meine Gäste.

Um 13.36 Uhr war es soweit. Das Prüfungskomitee gab meine Bewertung bekannt. Die letzten zehn Minuten musste ich im Lehrerzimmer warten, damit meine Prüfer sich zur Beratung zurückziehen können.

„Wenn wir so weit sind, kommen wir Sie holen“, gaben sie mir auf den Weg. Neben Frau Peruck-Hoog für Mathe und Frau Spitz, einer jungen Fachleiterin aus Düsseldorf für Sport, übernahm der Rektor einer großen Grundschule aus Düren den Prüfungsvorsitz. Herr Fiedler, Anfang 60, stämmiger Typ mit feinem Schnurrbart. Könnte auch Künstler sein.

Nach anfänglicher Aufregung am Morgen fand ich über den Tag verteilt immer mehr zu innerer Gelassenheit und Ruhe, sodass ich teilweise sogar die Prüfungsstunden genießen konnte.

In jedem Fach musste ich eine Unterrichtsbesuchsstunde zeigen. So wie zehnmal davor schon im Seminar geübt. Die Klassen arbeiteten in Champions-League Niveau mit. Einfach toll.

In Mathe zeigte ich eine Stunde zur Geometrie. Die Kinder forschten an Pentominos und tauschten sich in Lerntandems über ihre Erfahrungen aus. Frau Peruck-Hoog zeigte mir einmal, von allen unbemerkt, einen Daumen-Hoch, um mir zu signalisieren, dass alles top verlief. Das gab mir unendlich viel Sicherheit.

Nach der Stunde musste ich eine maximal 15-minütige Stellungnahme abgeben zur gezeigten Unterrichtstunde. Was habe ich beobachtet? Ist das Lernziel der Stunde erreicht worden? Wenn nein, was hätte ich verändern müssen?

Und selbiges danach dann nochmal in Sport. Erst eine Stunde durchführen, danach die Stunde reflektieren. Verlaufen beide Stunden gut, bereitet sich das Prüfungskomitee auf das anstehende Kolloquium vor, eine mündliche Prüfung. Mir wird davor eine halbe Stunde Pause eingeräumt, um mich kurz zu sammeln und Kräfte zu bündeln.

Im abschließenden Kolloquium werde ich nochmal vollends gefordert. Als Referendar beginnt man die Prüfung mit einem knapp 15-minütigen Vortrag zu einem Thema aus den Handlungsfeldern des Unterrichts. Darauf kann man sich gut vorbereiten.

Nach dem Vortrag folgt eine halbe Stunde mündliche Prüfung zu allen im Seminar gelernten Themen. Jegliche Kräfte und Gedankenpower werden im Laufe des Tages von Frage zu Frage aus dem eigenen Körper gesaugt.

Zur Vollendung der mündlichen Prüfung beendet der Prüfungsvorsitzende die Fragezeit und bittet den Referendar aus dem Raum, damit sich das Komitee zur Bewertungsberatung zurückziehen kann.

Für mich verlief der achtstündige Prüfungstag wie im Flug. Man hat kaum Zeit durchzuatmen. So wie es oft Hochzeitspaare berichten, wenn sie nach ihrem eigenen Hochzeitstag befragt werden. Anspannung, Anforderung, ständiges abliefern-Müssen und im Rampenlicht Stehen, scheinen die Zeit schneller laufen zu lassen. So als stelle man die Spielgeschwindigkeit eines Films oder eine Serie auf 1,5.

Nach Ablauf der Wartezeit, in der ich erschöpft 20 Minuten im Lehrerzimmer saß, holte mich Herr Fiedler vom Lehrerzimmer ab. „Herr Kordel, sie dürfen dann."

Frau Peruck-Hoog und Frau Spitz grinsten mir freundlich zu, als ich den Prüfungsraum wieder betrat.

„Wir können nur gratulieren", begann Herr Fiedler. „Sie haben die Prüfung wunderbar gemeistert und schließen ihr zweites Staatsexamen mit 1,32 ab. Herzlichen Glückwunsch."

„Sie sind ab jetzt Grundschullehrer!", übernahm Frau Peruck-Hoog das Wort.

Die Rocky-Mountains rutschten mir vom Rücken herab. Ein Gefühlschaos brach in mir aus. Ich hätte vor Freude schreien können, Freudentränen vergießen vor Erleichterung, aber auch Weinen vor dem Hintergrund mancher Erfahrungen und psychischer Belastung der letzten 18 Monate.

Als ich den Prüfungsraum verlies, traute ich meinen Augen kaum. Vor dem Raum standen meine Liebsten bereit, meine beiden Ausbildungslehrerinnen und Frau Altmann schenkten im Hintergrund Sekt aus. Meine Eltern hielten große Heliumballons in der Hand, Moritz und Lina ließen von der Seite Konfettikanonen knallen. Klara und ihr Vater standen bzw. saßen gemeinsam mit meiner Oma neben der Gruppe.

Ergriffen lachten sie mich an. Freudentränen in den Augen. Ich musste mich selbst zwicken. Auch meine Oma zeigte Gefühle. Still und heimlich lief eine dicke Träne ihre Wange herunter, als sie mich umarmte und feste drückte.

„Ich bin stolz auf dich, mein Lieber!"

Das hatte ich so von ihr nie gehört, aber immer gewusst. Und jetzt habe ich es für immer in meinem Herzen abgespeichert. Jetzt kann kommen was will.

Den Abschluss des anstrengenden Tages hätte ich mir kaum besser ausmalen können. Ein entspannter kleiner Spaziergang durch den Wald mit anschließendem Festschmaus mit meiner Familie und Freunden. Als mir mein Vater während des Essens auch noch erzählt, dass er in Zukunft beruflich etwas kürzertreten wolle, ist der Tag vollends perfekt. Ich liege ihm schon länger in den Ohren, dass er zu viel arbeitet und sich mehr Ruhe gönnen solle. Bestimmt hat ihn der plötzliche Tod von Klaras Mutter wachgeküsst und ihm bewusstgemacht, wie schnell alles vorbei sein kann.

„Und, hast du dir schon Gedanken bezüglich der zukünftigen Leitung des Geschäfts gemacht?", frage ich ihn interessiert.

Mein Vater nickt überzeugt, so als ob es für ihn das Leichteste aller Zeiten sei, sein eigenes Geschäft in Zukunft in nachfolgende Hände übergeben zu müssen.

„Ich habe da firmenintern so jemanden im Blick, den werde ich demnächst als meinen Nachfolger einarbeiten", antwortet er mit einem Lächeln und deutet mit dem Kopf nickend in Richtung von Moritz, der sich gerade wieder im regen Gespräch mit meiner Oma befindet.

„Wow, wie cool!", fährt es aus mir heraus.

Diesen Tag werde ich mein Leben lang nicht vergessen.

30

Heute ist mein letzter Tag als Beamter auf Widerruf. Ich lausche den Reden der Seminarleitung und des Seminarsprechers. Sogar der Bürgermeister schaut vorbei, um ein paar Worte zu sagen.

Es ist Zeugnisverleihung. Das Seminar hat es sich nicht nehmen lassen und seinen Absolventen einen feierlichen Festakt ermöglicht. In einem kleinen Festsaal im Eurogress, Aachens Veranstaltungslocation Nummer eins, ist zu Speis und Trank geladen worden.

Gemeinsam mit meinen Eltern, Klara und Moritz sitze ich an einem der Tische und erfreue mich an dem schönen Ausklang des Referendariats. Eine schöne Veranstaltung, die anschließend in einem nahegelegenen Club noch veredelt werden kann, sofern man möchte.

Ab morgen bin ich dann erstmal ein stellensuchender Grundschullehrer. Habe mir vorgenommen, direkt Tobias mal eine Nachricht zukommen zu lassen. Vielleicht gibt es an seiner Schule ja Bedarf oder er hat einen guten Tipp für mich.

„Und kommen wir nun zu unserem letzten Redner des heutigen Abends", ertönt die Stimme der Seminarleitung durch die Lautsprecher des Saals. „Wir begrüßen Herrn Heinrich Stuckmeier, Referent für das Schulministerium NRW. Herzlich willkommen!"

Applaus schallt durch den Raum. In meinem Kopf rattert es los. Beim Hören des Namens klingelt etwas.

Moritz beugt sich nach vorne und nimmt Blickkontakt mit mir auf. Wir staunen nicht schlecht, als der Mann auf die Bühne tritt, der vor circa sechs Jahren die Infoveranstaltung für mehr Männer in der Grundschule mitgestaltet hat.

Moritz schüttelt ungläubig den Kopf. „Dass der immer noch auftreten darf", lacht er.

Ich grinse. Jetzt ist es eine komplett runde Sache.

„Hallo Anzugshorst. Da bist du ja wieder", murmele ich. „Ich Kinderhorst hier unten, du Anzugshorst da oben. Auf gute Zusammenarbeit!"